KB269110

곰현의 낙수에서 배로 황하로 들어가며
즉흥시를 지어 부현의 벗들에게 부치다

自鞏洛舟行入
黃河卽事寄府縣僚友

강물 낀 푸른 산 뱃길은 동쪽을 향하고
동남쪽 사이 활짝 열려 드넓은 황하로 통하네
겨울 나무는 먼 하늘 끝에 닿아 희미하고
석양은 물결 속에서 사라져 간다

來水蒼山路向東
東南山豁大河通
寒樹依微遠天外
夕陽明滅亂流中

만검조종
萬劍祖宗

만검조동 5

한성수 新무협 판타지 소설

초판 1쇄 찍은 날 § 2006년 7월 29일
초판 1쇄 펴낸 날 § 2006년 8월 4일

지은이 § 한성수
펴낸이 § 서경석

편집장 § 문혜영
편집책임 § 김민정
편집 § 유경화 · 심재영

펴낸곳 § 도서출판 청어람
등록번호 § 제1081-1-89호
등록일자 § 1999. 5. 31
어람번호 § 제2-0968호

주소 § 경기도 부천시 원미구 심곡1동 350-1 남성B/D 3F (우) 420-011
전화 § 032-656-4452 팩스 § 032-656-4453
http://www.chungeoram.com
E-mail § eoram99@chollian.net

ⓒ 한성수, 2006

ISBN 89-251-0240-4 04810
ISBN 89-5831-984-4 (세트)

만검조종
萬劍祖宗
Fantastic Oriental Heroes
한성수 新무협 판타지 소설
5
대란의 조짐, 천하를 진동하다!
도서출판 청어람

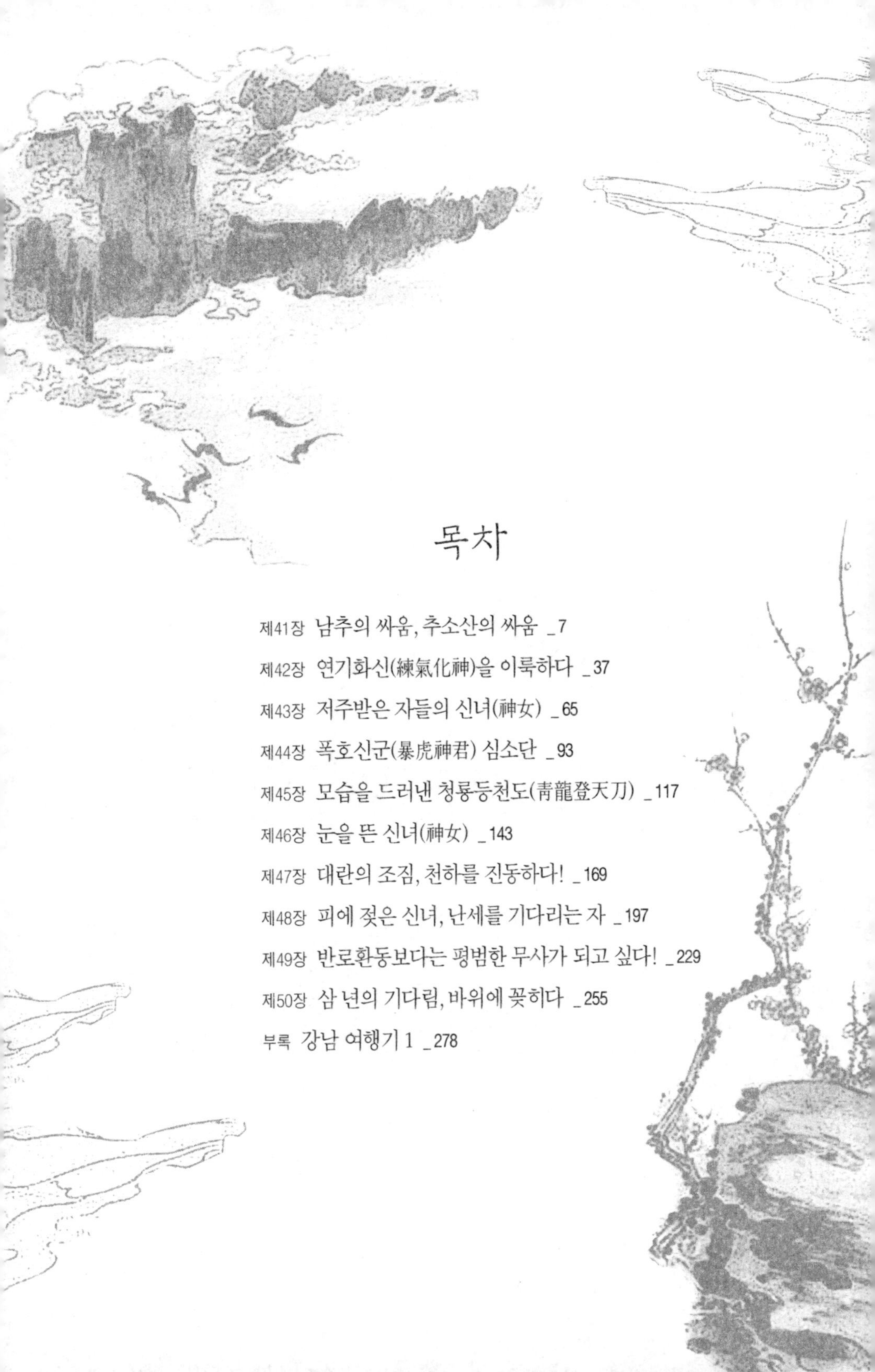

목차

제41장
남추의 싸움, 추소산의 싸움

“사부······.”

남추는 얼마 전 떠나온 죽현 쪽에서 연달아 푸른 검광과 폭음이 터
져 나오는 광경을 바라보며 마음을 크게 졸였다.

사부 우약연의 무공을 모르는 바는 아니었다.

평생의 목표로 삼은 추소산을 제외하면 그녀가 최고라는 확신.

그것은 신념에 가까웠다.

그렇다고 생각했다.

하지만 남추는 지금 불안한 표정을 감추지 못하고 있었다. 죽현을
떠나기 전 봤던 우약연의 눈동자, 그 가볍게 흔들리고 있던 호수 속의
파문을 기억하기 때문이다.

처음 보는 모습.

우약연을 만난 후 처음 있는 일이었다.

태산이 무너진다 해도 꿈쩍조차 하지 않을 거라 믿고 있던 그녀의 얼굴에 떠오른 여유가 사라진 모습이라니.

남추는 그래서 처음으로 우약연의 명령을 거역했다. 추소산이 없는 이상 자신이 사부를 지키는 게 마땅하다. 그게 마땅한 일일 터였다.

그런데 지금 남추는 우약연과 헤어진 채 죽헌의 가장자리에서 옴짝달싹도 못하고 있었다. 우약연과 헤어지고서 얼마 지나지 않아 만난 거추장스런 짐 때문이었다.

소녀.

십여 세를 조금 넘겼을까?

가무잡잡하고 땟물이 잔뜩 낀 얼굴에 깡마른 어깨.

겁에 잔뜩 질린 얼굴에서 그나마 봐줄 만한 건 커다란 눈 정도라 할 수 있었다.

농촌의 여느 마을에서 언제든 볼 수 있는 평범한 소녀.

그녀를 만난 건 마을 어귀에서였다.

소녀는 마을 사람들이 몽땅 식량 창고 쪽으로 피신했음에도 불구하고 혼자 외딴곳에 떨어져서 오들오들 떨고 있었다. 돌봐줄 사람이나 친인이 한 명도 없어 혼자만 남겨진 것이었다.

남추는 대번에 소녀의 처지를 눈치 챘다. 그 역시 똑같은 고아 출신이었다. 소녀가 평소 마을에서 어떤 대우를 받고 다녔을지는 대충 짐작이 가는 바였다.

그래서 남추는 소녀를 버려둘 수 없었다. 충동적으로 짐 하나를 덜컥 떠맡게 된 것이다.

'제기랄, 하지만 나는 사부가 이렇게 오랫동안 쫓아오지 못하게 될 줄은 몰랐다구!'

툭!

남추는 발끝에 힘을 모아 바닥의 돌멩이 하나를 걷어찼다. 그런 식으로라도 타는 속을 달래야만 했다.

움찔!

남추의 성난 얼굴에 두려움을 느낀 것이리라.

자라처럼 목을 빈약한 어깨 사이에 잔뜩 묻고 있던 소녀가 몸을 한 차례 떨더니 눈에 그렁그렁 눈물을 담았다. 아무래도 그녀의 눈에는 거칠게 자란 남추의 행동 하나하나가 두렵고 무서울 수밖에 없었다.

그때 남추의 가뜩이나 성나 있던 얼굴이 딱딱하게 굳어졌다. 방금 전에 걷어찬 돌멩이가 바닥에 떨어지자마자 푹 꺼지듯 사라졌기 때문이다.

"이… 런……!"

남추의 행동은 슬며시 내뱉은 경호성보다 빨랐다. 어려서부터 강호의 밑바닥을 전전하며 깨닫게 된 위험에 대한 본능이 어느새 발동하고 있었다.

슥.

재빨리 신형을 날려 바닥에 납작 엎드린 남추가 발끝으로 소녀의 가냘픈 정강이를 걷어찼다. 그녀에게 몸을 숙이라 소리를 지르는 것보다는 그 편이 빠르단 판단이었다.

과연 그랬다.

정강이를 얻어맞은 소녀가 대뜸 바닥에 풀썩 주저앉았다. 적어도 큼지막한 멍이 들었으리라.

"아, 아파……."

"쓰읍!"

소녀는 고통을 호소하려다가 얼른 입을 양손으로 막았다. 남추의 늑대처럼 번뜩이는 눈빛을 봤기 때문이다.

그렇게 소녀를 침묵시킨 남추가 등에 매달고 있던 타구죽봉을 재빨리 손에 쥐었다.

꾸욱!

'와라! 악당아!'

남추는 방금 전에 돌멩이를 삼킨 구멍을 잔뜩 노려봤다. 땅속에 숨어 있던 적이 지금 당장이라도 튀어나와 살기 어린 공격을 감행할 것이란 판단을 내렸음이다.

한데 갑자기 잔뜩 겁에 질려 있던 소녀가 킥 하고 웃어버렸다. 그리고 그때 남추가 잔뜩 노려보고 있던 구멍 속에서 불쑥 두더지 한 마리가 머리를 내밀었다.

찍!

두더지 주제에 녀석은 쥐새끼처럼 울더니 금세 다시 머리를 땅속으로 감췄다. 방금 전에 남추의 발을 맞고 튀어나간 돌멩이에 놀라 모습을 드러냈다가 별것이 없어 보이자 도로 하던 짓을 하러 사라진 것이다.

"끄응."

남추의 입에서 앓는 소리가 흘러나왔다.

자연스레 타구죽봉을 쥐고 있던 손아귀에서 힘이 풀렸다.

한낱 두더지 따위에게 잔뜩 긴장한 자기 자신이 무척이나 한심스러워졌다.

그때 남추의 시시각각 변화하는 얼굴 표정을 몰래몰래 훔쳐보고 있던 소녀가 눈을 한차례 깜빡였다. 그리고 모깃소리만 한 목소리가 흘러나온다.

"저, 저기……."

"뭐?"

움찔!

다시 몸을 떨며 목을 어깨 깊숙이 집어넣은 소녀가 잔뜩 움츠린 표정으로 손가락 하나를 들어 보였다.

"…그러니까 저기… 요."

"……."

남추가 다시 소녀에게 눈을 부라리려다가 안색을 딱딱하게 굳혔다. 그제야 새롭게 변한 주변의 상황을 눈치 챌 수 있었다.

'제기랄, 어느 틈에……'

슥.

깨달음과 동시였다.

남추가 신형을 벌떡 일으켜 세웠다. 양손에는 어느새 굳건하게 타구죽봉이 들려져 있고, 눈 깊숙한 곳에선 긴장된 빛이 넘쳐흐른다. 어느새 죽림을 가로지르며 모습을 드러낸 십여 명의 회의인들 때문이었다.

사사사사삭!

귓전을 간질이는 소리.

그와 함께 한 명을 남긴 채 회의인들은 바람같이 신형을 날려갔다. 남추를 완전히 무시한 것이다. 그리고 남은 한 명이 갑자기 다짜고짜 남추를 향해 파고들었다.

파팡!

남추의 타구죽봉이 바로 움직임을 보였다. 잔뜩 끌어올리고 있던 기파를 한꺼번에 폭출시키며 급습해 온 회의인에게 찔러 들어간 것이다.

종상벽하.

그동안 추소산의 검공연무를 훔쳐본 결과 익히게 된 검초.

지극히 평범한 검초이나 남추의 타구죽봉에 담긴 기력은 보통이 아니었다. 우약연에게 매일같이 뒤통수를 얻어맞는 동안 자연적으로 쌓인 내력이 담겼다. 평범하다면 오히려 그게 더 이상할 터였다.

그러나 남추의 타구죽봉을 급습해 들어온 회의인은 전혀 어려움없이 피해냈다.

평범한 삼류의 무인이 아니란 의미.

쉬악!

머리 하나만큼만 고개를 숙이는 것으로 타구죽봉의 직격을 피한 회의인의 수장이 바람을 가르는 소리를 냈다.

빠각!

남추는 타구죽봉을 곧추세워서 간신히 회의인의 일장을 막아냈다. 그러자 죽봉을 타고 음산한 암경이 파고든다.

"크윽!"

남추는 진기가 격탕되는 걸 느끼곤 얼른 뒤로 신형을 물렸다. 자연스레 입가로 한 가닥 핏줄기가 내비친다. 일격을 나눈 것만으로 내상을 입었음이다.

"호오?"

회의인의 눈에 이채가 떠올랐다. 자신의 일장을 남추 같은 소년이 막아낸 게 신기했기 때문이다.

그가 방금 전에 날린 장력의 이름은 최심장(摧心掌)으로 일류의 내가고수가 아니라면 설혹 방비하고 있었다손 치더라도 크게 내상을 입는, 일종의 좌도방문의 장공이었다. 남추 같은 앳된 소년이 막아내자 놀란 것은 당연하다.

그러자 남추가 그 틈을 보아 부근에서 오돌오돌 몸을 떨고 있던 소녀를 재빨리 자신의 뒤로 돌려세웠다.

이렇게 된 이상 그녀를 지키는 게 지금 그가 할 수 있는 최선이었다. 다른 것 따윈 생각할 계제가 아니었다.

파팍!

남추는 자신이 가장 잘하는 걸 했다.

개방 거지 시절 힘에 부치는 상대를 만났을 때 잘 사용하곤 하던 짓.

발끝으로 바닥을 찍어 차서 흙덩이를 회의인의 눈앞으로 날린 것이다.

파파팟!

회의인이 소매를 휘둘러 흙덩이를 좌우로 흩뜨려 버렸다.

그 순간.

남추는 자신의 타구죽봉에 전력을 몽땅 쏟아 부었다.

종상벽하, 팔방풍우.

추소산만큼 정교한 건 아니었다. 전혀 비교할 수 없을 만큼 어색했다.

하지만 그건 어엿한 이검 연환이었고, 추소산이 펼칠 때와 동일한 위력을 발휘했다.

파팟!

순간 연환을 일으킨 타구죽봉이 회의인의 어깻죽지를 찍었다. 다시 최심장을 날리려던 회의인에게 강력한 일격을 가한 것이었다.

"컥!"

회의인의 표정이 크게 일그러졌다.

분노와 당혹감.

회의인은 자신이 도대체 어떤 수법에 당했는지 알지 못했다. 극히 평범하던 검초가 갑자기 눈앞에서 변화를 보이더니, 느닷없이 어깨에 엄청난 고통이 느껴졌다. 확인하고 자시고 할 여유 따위가 있을 리 만무하다.

거의 본능적으로 그는 아직 경력이 남아 있던 좌장을 강하게 앞으로 내쳤다. 일단 바로 코앞까지 파고든 남추를 때려눕히는 게 급했다.

콰득!

회의인의 최심장은 남추가 급하게 세운 타구죽봉을 맞고 굴절을 일으켰다. 최초 목표로 했던 가슴이 아니라 옆구리에 격중한 것이다.

"푸확!"

남추의 입에서 기다렸다는 듯 피화살이 터져 나왔다. 그러나 그의 눈빛은 조금의 흐트러짐도 보이지 않았다.

스슥.

역시 추소산에게 전수받은 수류보의 변화를 일으키며 신형을 옆으로 이동시킨 남추의 발끝이 몇 개의 각영을 일으켰다. 머리를 노리는 듯하나 사실은 상대의 하체가 목표.

퍽!

일시 허실을 간파하지 못한 회의인이 자신의 하초를 붙잡은 채 바닥에 무너져 내렸다. 남자의 가장 중요한 부위가 터져 버리자 순간적으로 정신을 잃지 않을 재간이 없었다.

"쿨럭! 쿨럭!"

남추는 자신의 눈앞에서 개구리처럼 납작 뻗어버린 회의인을 노려보다 연신 기침을 토해냈다.

방금 전에 한차례 토혈을 했음에도 기침에 피가 섞여 나온다. 아무래도 옆구리로 파고든 최심장의 내경이 폐를 건드린 것 같다.

그래도 남추는 그 자리에 주저앉을 수 없었다.

나머지 회의인들이 향한 방향.

바로 얼마 전까지 우약연이 마인과 일대 격전을 벌이고 있던 장소가 있는 곳이었다. 우약연에 대한 걱정이 다시 고개를 내밀지 않을 수 없다.

'사부가 아직도 이곳으로 오지 않는 걸 보면, 그 마인 녀석은 보통 고수가 아닌 게 분명하다. 적어도 사부가 쉽사리 이길 수 있는 상대는 아닐 거야. 그런데 그 지독한 녀석들이 떼거지로 몰려갔으니, 사부에게 큰 위험이 닥친 셈이다.'

회의인의 최심장에 얻어맞은 옆구리에 손을 갖다 댄 채 천천히 호흡을 고른 남추가 억지로 허리를 폈다.

핑!

기침은 둘째 치고 머리가 어지러운 게 최심장의 내경이 영향을 끼친 게 폐뿐은 아닌 것 같다. 아무래도 걸음을 옮기기가 쉽지 않을 듯했다.

그때였다.

싸움이 벌어지는 동안 거의 안색이 새파랗게 변해 있던 소녀가 주춤거리며 남추 쪽으로 다가왔다.

딱 보기에도 소심해 보이는 소녀로선 큰 용기를 낸 셈.

그녀가 거칠게 숨을 내쉬고 있는 남추에게 특유의 기어들어 가는 목소리로 말했다.

"저, 저기… 많이 아픈가요?"

"쳇, 어떨 것 같아 보여?"

"마, 많이 아파 보여요."

"그래, 널 지키려다가 장가도 못 가보고 새파란 청춘에 죽을 뻔했다."

퉁명스런 남추의 대답에 소녀가 두 눈에서 눈물을 뚝뚝 흘렸다. 여태까지 두려움에 벌벌 떨면서도 절대 보이지 않던 눈물을 남추의 말 한마디에 흘리고 만 것이다.

"울긴 왜 울어?"

"아, 아니에요."

얼른 소녀가 더러운 소매로 얼굴을 훔쳤다. 그리곤 조그맣지만 또렷한 목소리로 한마디 더 한다.

"고마워요……."

"……."

남추의 여태까지의 흉험하던 얼굴이 크게 누그러졌다.

"뭘 그런 걸 가지고 그러냐. 당당한 강호의 협객으로서 나이 어린 소매를 보호하는 건 당연한 일인걸."

"그, 그래도……."

"제길, 말을 하려거든 제대로 해. 바보같이 목소리 흩뜨리지 말고."

"여, 여태까지 저한테 이렇게 잘해준 분은 아무도 없었어요. 이태 전에 돌아가신 어머니 말고는."

'제길, 역시 고아였구만.'

내심 중얼거린 남추가 눈살을 가볍게 찌푸려 보였다. 계속 노력한 끝에 비로소 호흡이 어느 정도 정상으로 돌아오고 있었다.

이제 움직일 때가 된 것인데, 소녀가 눈에 밟혔다. 방금 전에 일부러 퉁명스레 대했는데도 고맙다 말하는 그녀를 놔둔 채 떠날 순 없겠다는 생각이 들었다.

'역시 데려가야 하나…….'

내심 한숨을 내쉰 남추가 소녀에게 말했다.

"어쨌든 넌 내가 끝까지 지킬 테니, 이제부터 내 곁에서 절대 떨어지지 마라."

"……."

소녀는 대답 대신 고개만 크게 끄덕여 보였다. 그게 그녀가 지금 남추에게 할 수 있는 유일한 보답이었다.

＊　　　　＊　　　　＊

스으.

추소산은 곧바로 묵암검을 헌원무진의 명문을 향해 찔러 넣었다.

종상벽하.

또다시 종상벽하, 오룡희주, 황룡포섬.

표흘한 종상벽하에 이은 삼검 연환의 검세가 헌원무진의 양어깨에 위치한 견정혈을 동시에 노렸다. 처음부터 연환검초를 펼쳐 헌원무진을 압박하려는 의도였다.

"건방진!"

헌원무진은 종횡하는 검식의 변화를 한차례 어깨를 흔드는 것으로 피해냈다. 삼검 연환이 비록 바람같이 빠르다 하나 신성천교의 수많은 쾌절초들을 뛰어넘을 순 없었다.

순간 검초의 움직임이 더욱 빨라졌다.

쉐쉐쉐쉐쉑!

추소산이 펼친 사검 연환에 의해 급속히 늘어난 묵암검의 검은 검기가 단숨에 헌원무진의 코앞까지 이르렀다. 그리고 흡사 밤하늘을 수놓는 폭죽처럼 무수히 많은 검기들이 폭발을 일으키기 시작한다.

선택의 상황!

헌원무진은 양자 간에 택일을 해야만 했다.

뒤로 물러서거나 온몸으로 폭발적인 검기를 받아내거나.

헌원무진이 선택한 건 후자였다.

휘익.

헌원무진은 대기를 크게 진동시키는 파공음과 함께 장권을 한차례 회전시켰다. 그러자 그의 장심으로부터 미증유의 거력이 일어났다.

혼원벽력강(混元霹靂罡)!

혼원쌍혈강에 비해 제압할 수 있는 범위는 적으나 하나의 타점을 상정한 위력은 극강한 수법이다.

그는 추소산이 검기를 뿜어내는 검초를 중첩하듯 연환시켜 만들어 낸 사검 연환의 검강에 힘 대 힘으로 맞섰다. 그러기로 마음먹었다.

쩌릉!

순간 묵암검이 만들어낸 암흑의 검강이 묘한 굴절을 일으키며 사방으로 산란했다. 헌원무진의 혼원벽력강을 뚫지 못하고 튕겨진 것이었다.

'큭!'

추소산은 폭발적으로 몰아쳐 온 혼원벽력강의 반탄력에 강한 압박을 받으며 이를 악물었다.

금방이라도 신음이 터져 나올 것 같다. 그만큼의 충격이 몰아쳐 왔다.

그러나 추소산은 재빨리 발끝을 움직였다.

수류보.

일시 현란한 분영을 만들며 추소산의 신형이 뒤쪽으로 이동했다. 곧바로 휘몰아쳐 온 헌원무진의 장환을 피하기 위함이었다.

콰쾅!

방금 전까지 추소산이 서 있던 자리에서 커다란 폭발이 일었다. 장법에 있어 검강에 비견된다고 알려진 장환의 위력이 어느 정도인가를 보여주는 모습이다.

스슥.

그때 순간적으로 몇 개나 되는 분영을 만들어낸 추소산의 신형이 헌원무진의 머리 위에 모습을 드러낸다. 장환이 거센 폭발을 일으킨 찰나의 순간, 틈을 봐서 공중으로 몸을 띄워 올리는 데 성공한 것이었다.

쉬악!

대기를 가르는 날카로운 소성.

헌원무진은 일시 눈앞이 캄캄해지는 걸 느꼈다. 추소산의 묵암검에서 일어난 암흑의 검기가 천공의 태양 빛을 가려 버렸기 때문이다.

갑작스런 어둠.

이는 사람으로 하여금 심정적인 공포를 야기시킨다. 어둠을 피하고자 함이 타고난 본능이니까.

그러나 헌원무진은 보통 사람이 아니었다.

초절정에 이른 무인.

결코 보통의 사람이 될 순 없다.

스으.

그는 곧바로 자신의 천령혈로 떨어져 내린 암흑의 검기를 신형을 살짝 비트는 것만으로 피해냈다.

그리고 내뻗어진 일격!

추소산이 떨어져 내릴 것으로 예상된 곳을 향해 다시 검붉은 장환이 쏟아졌다. 추소산이 공중에서 신형을 이동시킬 수 있는 극고의 신법을 익히지 않은 이상 눈 뜨고 당할 수밖에 없는 상황이 된 것이다.

툭.

그 순간 추소산은 극고의 신법을 펼치는 대신 다른 방도를 강구했다.

공중에서 슬쩍 틀어진 신형.

순간적인 이동과 동시에 그의 신형이 빨랫줄처럼 앞으로 뻗어나온 헌원무진의 팔뚝을 찍더니 또다시 방향을 바꿔 버렸다. 그야말로 눈 깜짝할 새에 벌어진 일.

슛!

그와 동시.

추소산의 손끝으로부터 시작되어 종으로 움직이던 검기의 방향이 순간적으로 횡의 궤적을 그렸다.

일반적인 검초의 상리를 벗어난 변화.

묵암검의 검봉이 노린 건 추소산의 하단전을 박살 내기 위해 급격한 변화를 일으키고 있던 헌원무진의 좌장이었다. 처음부터 그가 어떤 식의 반응을 보일지 알고 있지 않았다면 펼칠 수 없는 기초(奇招).

카캉!

묵암검과 혈육으로 된 손바닥의 격돌음이라곤 절대 볼 수 없는 괴음이 일었다. 그리고 치열한 공방을 펼쳤던 두 사람의 신형이 좌우로 갈라졌다.

"푸학!"

추소산의 입에서 한 덩이 핏물이 터져 나왔다. 헌원무진이 묵암검의 검기를 막기 위해 쏟아낸 내경이 심맥을 강하게 진동시킨 결과였다.

그러나 상태가 좋지 않기는 헌원무진 역시 마찬가지.

급하게 펼쳐 낸 장환을 뚫고 파고든 묵암검의 검기에 베인 듯 그의 손바닥에선 핏물이 점점이 떨어져 내렸다. 검강에 버금가는 장환으로도 묵암검의 암흑 검기를 완전히 막아내기란 쉬운 노릇이 아니었음에 분명하다.

양패구상(兩敗俱傷).

겉으로만 봐서는 누가 우세한지 알 수 없다. 거의 동시에 부상을 당했기 때문이다.

그 같은 상황하, 두 사람은 똑같이 상대방에 대한 꺼림칙한 마음을 느꼈다. 처음처럼 쉽사리 전력을 다해 달려들기란 결코 쉽지가 않았다. 승패를 결정짓기 어려울뿐더러 승부를 보자면 각기 생명을 걸어야만 하기 때문이다.

그러나 두 사람이 격전을 벌인 근처엔 지금 한 명의 절세가인이 정신을 잃고 쓰러져 있었다. 두 사람 모두에게 절대적인 가치를 품게 하는 여인, 우약연이다.

힐끗.

추소산과 헌원무진의 시선이 거의 동시에 우약연을 향했다. 그러자 다시 맹렬하게 치솟아오르기 시작한 투기.

분노.

그리고 소유욕.

어떤 것이든 사나이의 의지를 극한까지 끌어올리는 마력을 가지고 있다. 고래로부터 유전되어 온 원초적인 파괴력, 바로 그것이었다.

참을 수 있을 리 만무한 터.

추소산은 들끓는 진기를 억지로 짓누르곤 바로 풍백의 자세로 들어갔다.

풍림화산.

현재 자신이 펼칠 수 있는 가장 강력한 살상력을 지닌 검초로 헌원무진과 승부를 보려 한다.

헌원무진 또한 다르지 않았다.

천지개정(天地開頂).

정수리 위쪽과 하단전 쪽을 가리킨 두 개의 손바닥.

맹렬한 기운을 함유한 두 개의 수장으로부터 무시무시한 기파가 휘몰아치기 시작한다. 얼마 전 우약연을 무력화시켰던 혼원쌍혈강이 다시금 강대한 위력을 보이며 등장한 것이다.

'큭!'

추소산은 묵암검에 자신을 실은 채 입 밖으로 터져 나오려는 신음의 꼬리를 간신히 붙잡았다.

이미 한차례 타격을 받은 내기가 미친 듯 끓어올랐다. 풍백의 검기 일체에 들어간 상태임에도 혼원쌍혈강이 뿜어내는 기세조차 감당해 내기가 버거웠다.

하지만 풍백은 패도, 그 자체의 검초식. 이대로 펼쳐지기도 전에 그 끝을 보일 리 만무하다.

흔들.

문득 압도적인 혼원쌍혈강에 짓눌려 있던 묵암검의 검봉이 가벼운 움직임을 보였다.

단지 한순간.

천지개정 중 땅의 위치를 점하고 있던 헌원무진의 좌수에서 쏟아져 나오던 핏빛 강기가 흔들렸다.

틈?

헌원무진이 완벽하다고 믿고 있던 혼원쌍혈강의 포획력에 처음으로 균열이 일었다.

추소산으로선 이를 놓칠 수 없었다.

스으.

묵암검이 바로 움직임을 보였다. 검기를 중첩시켜 강기 이상의 파괴력을 만드는 풍백이 형산 이후 또다시 모습을 드러낸 것이었다.

'검폭(劍爆)?'

헌원무진은 일순간 자신의 망막을 채우며 파고드는 검의 폭풍을 느끼고 재빨리 쌍수를 휘저어 보았다.

쌍룡출두(雙龍出頭)!

천지개정의 자세를 취하고 있던 헌원무진의 양 손바닥에서 튀어나온 두 마리 혈룡의 환영이 폭풍과 같은 풍백에 정면으로 맞섰다. 에워쌌다.

그가 취할 수 있었던 최선의 선택.

일순 묵암검으로부터 쏟아진 검강의 폭풍이 미묘하게 흐트러졌다. 쌍룡출두의 강력함을 단숨에 꿰뚫는 데 실패한 것이다.

그것만으로 헌원무진에겐 충분했다.

쩌렁!

헌원무진의 쌍수가 연거푸 회전을 일으키더니 십여 개나 되는 장환을 만들어냈다.

추소산이 검기를 중첩시켰듯 그 역시 장심에 담겨 있던 강기를 연환시켜 장환의 위력을 배가시켰다.

그리고 바람과 같이 움직인 보보(步步).

헌원무진은 단숨에 뒤로 물러섰다. 백 개나 되는 검강의 위력을 지닌 풍백을 파훼하는 데 성공했음이다.

울컥!

추소산은 억지로 풍백을 펼치느라 더욱 악화된 내상으로 치솟아오른 핏물을 꿀꺽 삼켰다. 절대로 지금 헌원무진 앞에서 약한 모습을 보일 순 없었기 때문이다.

그러나 놀라기는 헌원무진 역시 마찬가지였다. 얼떨결에 성명절학인 혼원혈마기를 십이성 발휘해서 위기에서 벗어나긴 했으나 한가닥 두려움을 감출 순 없었다.

풍백.

평생 본 적이 없는 엄청난 위력의 검초.

도대체 어떻게 그런 위력의 검초가 느닷없이 튀어나왔는지조차 이해할 수 없었다. 그전까지 추소산이 펼친 검초들의 평범함에 익숙해져 있었던 까닭이다.

'설마 여태까지 자신의 본실력을 숨겼단 말인가? 날 방심시키기 위해서…….'

헌원무진은 충분히 가능한 일이라 생각했다. 그 정도로 풍백의 위력에 놀랐을뿐더러, 추소산이 여태까지 벌인 일에 대해서 어느 정도 전해

들은 바가 있었기 때문이다.

그렇다면 생각을 달리해야만 한다.

눈앞의 추소산을 자신 정도의 초절정고수로 인정하고 싸움에 임해야만 하는 것이다. 그게 최선이었다.

슥!

헌원무진은 바로 추소산에게 반격을 가하는 대신 다시 뒤로 신형을 물렸다.

충분할 정도로 간격을 벌린 후 서서히 추소산의 본신절기를 파악해 나갈 작정이었다.

우약연에 대한 욕정과 자신을 방해한 추소산에 대한 분노를 잠시 삭이고 대적을 상대하는 자세를 취한 것이다.

하지만 추소산에겐 오히려 그게 큰 도움이 되었다.

풍백의 실패로 인해 내상이 깊어진 상황에서 잠시라도 여유를 찾을 수 있게 되었다. 이 같은 호기를 결코 놓칠 수 없는 게 당연하다.

스슥.

추소산의 발끝이 수류보의 변화를 일으키며 바람같이 헌원무진에게 파고든다.

또한 그의 묵암검이 변화를 일으키니, 단숨에 종상벽하, 황룡포섬, 육합개정의 삼검초가 서늘한 검초들을 쏟아내었다.

헌원무진에게 던진 일종의 미끼.

느닷없이 위력이 급감한 추소산의 검초가 일으키는 변화를 살피던 헌원무진의 눈살이 가볍게 찌푸려졌다. 추소산의 속셈을 쉽사리 파악할 수 없었기 때문이다.

그러나 추소산이 노렸던 게 바로 그것이었다.

헌원무진이 삼검초 속에 담긴 뜻을 파악하느라 잠시 정신을 분산시
켰을 때였다.

툭!

추소산이 발끝으로 지축을 찍듯이 차더니, 순간적으로 가속하며 헌
원무진에게 파고들었다.

봉황전시.

쏜살과 같은 빠르기로 자신을 향해 파고드는 추소산의 모습을 본 헌
원무진의 볼살이 꿈틀거렸다. 내내 참고 있던 분노가 폭발하고 만 것
이다.

'이 녀석, 이따위 허접한 검초 따위로 날 상대하려 하다니! 진정 날
무시하는 거냐!'

헌원무진의 말짱한 좌장이 쏘아져 오는 추소산을 향해 불쑥 내밀어
졌다.

활짝 펼쳐진 장심.

선홍색이 완연한 홍점이 찍혀 있던 그곳으로부터 불꽃과 같고 뇌성
벽력과 같은 기운이 추소산을 노린 채 쏟아져 나왔다. 여태까지 펼쳤
던 장환보다 족히 두 배는 강한 장뢰(掌雷)를 펼쳐 낸 것이었다.

그 순간,

추소산이 어느새 입 안을 가득 채우고 있던 핏물을 토해내며 봉황전
시를 변화시켰다.

은림.

풍림화산 중 두 번째.

추소산이 자신의 모든 것을 걸기에 전혀 부족함이 없는 이름이었다.

‘아… 름답다!’

치열한 격전의 중간, 우약연은 간신히 정신을 회복할 수 있었다. 신녀보다는 한 명의 검사이고자 했던 그녀였기에 보일 수 있는 강인함이었다. 그러나 그런 그녀조차 처음으로 목도한 은림의 은밀하면서도 현란한 변화에는 입을 가볍게 벌릴 수밖에 없었다.

그녀 자신이 검의 고수이자 수련자.

추소산이 만들어낸 지존검 연환검식의 정화라 할 수 있는 풍림화산의 빼어남은 쉽사리 알아볼 수 있었다. 저절로 그렇게 되었다.

앞서 펼쳐진 풍백의 패도적인 힘에 이미 혼을 절반쯤 빼앗겼는데, 다시 은림의 천변만화한 변화를 보자 남아 있던 정신마저 크게 흐트러진다. 여태까지 본 검초 중 이처럼 아름답고 엄숙하며, 은밀한 것을 본 적이 없었기 때문이다.

이는 그녀만의 경험은 아니었다.

‘위험하다!’

헌원무진은 우약연보다 조금 일찍 은림에 대한 경이감에서 벗어났다. 자신이 느낄 새도 없이 전신 혈도를 압박하고 파고든 검초의 은밀함에 전율을 느낄 수밖에 없었다.

촤촤촤촤악!

회오리치며 파고들어 온 은림의 변화를 피하기 위해 헌원무진은 급격하게 신형을 뒤틀었다. 여태까지 공격 외엔 절대 사용하지 않고 있던 혼원혈마기의 호신강기를 극한까지 일으켰음은 물론이었다.

하지만 그것만으론 부족했다.

순식간에 헌원무진의 전신은 핏물로 뒤덮였다. 공격적인 혼원혈마기를 모조리 호신강기로 돌렸음에도 은림의 예봉을 막기에는 역부족이 었다.

휘청!

헌원무진의 장대한 몸이 지진을 만난 듯 흔들린다.

균열이 인다.

결국 가중되는 압력을 견디지 못하고 헌원무진이 황급히 뒤로 신형을 날렸다. 더 이상 견딜 수 없었기 때문이다.

슷!

그 순간 추소산이 그림자처럼 피투성이가 된 헌원무진에게 파고들었다. 이미 무장 해제가 된 것이나 다름없는 헌원무진을 확실하게 제압하기 위함이었다.

순식간에 확장된 검은 검기.

묵암검의 예봉이 막 헌원무진을 꿰뚫기 직전이었다.

팻팻팻팻팽!

추소산의 예민한 청각을 자극하는 기음과 함께 수십 개나 되는 암기가 날아들었다. 모두 추소산의 전신 혈도를 노리며 흉험한 살기를 뿌려댔다.

'방수……'

추소산은 머릿속에서 인 위험 신호에 맞춰 헌원무진을 노리고 있던 묵암검의 방향을 돌렸다. 그의 생명을 취할 경우 자신의 목숨 역시 무사할 수 없음을 알고 있었기 때문이다.

파파파파팟!

순식간에 추소산의 전신을 에워싼 암흑의 검기가 살기등등하던 암기들을 모조리 밖으로 튕겨냈다. 금석을 무처럼 자르는 묵암검의 검기임에도 암기들을 잘라내는 데는 실패했다. 예상 밖의 상황.

바로 그때 사방으로 튕겨진 암기들 너머로 십여 명의 회의인들이 모습을 드러내더니, 일제히 신형을 날려 어느새 추소산과의 거리를 넓힌 헌원무진에게 파고들었다. 얼마 전 남추가 죽림 속에서 조우했던 자들이 결국 도착한 것이었다.

'역시!'

추소산의 눈이 차갑게 가라앉은 순간, 회의인들이 일제히 섬뜩한 남빛 광채를 발하는 검을 빼 들었다.

바람결에 파고드는 역한 내음.

검신에 극독을 바른 독검임에 분명하다. 적어도 곧바로 그들의 맹렬한 검격을 받게 된 당사자인 추소산은 그렇다고 판단을 내렸다.

'내 내력은 곧 완전히 고갈된다……'

추소산은 재빨리 헌원무진과 간신히 정신을 차린 우약연 쪽에 한차례 시선을 던졌다. 마음을 결정해야만 했기 때문이다. 그리고 그는 곧 그리했다. 헌원무진을 죽이고 위험을 자초하기보다 심한 중상을 당한 우약연을 구하는 게 먼저란 판단을 내린 것이다.

판단 이후엔 행동만 남았을 뿐이다.

지지지직!

묵암검을 회전시켜 단숨에 자신을 노리며 파고든 회의인들의 독검을 모조리 점 찍듯 튕겨낸 추소산이 검봉을 바닥 쪽으로 돌리며 강하게 긁어갔다.

철우경지.

소가 밭을 갈 듯 묵암검으로 바닥을 종횡시키자 순식간에 엄청난 양의 흙먼지가 일어났다. 예상했던 그대로였다.

슥!

추소산이 자욱한 흙먼지 속을 뚫고 바람같이 신형을 날렸다.

목표는 우약연.

"아!"

우약연이 입을 가볍게 벌렸다. 그 순간 그녀를 품에 안은 추소산이 신법을 철마류로 바꾸곤 전력으로 신형을 날렸다. 남은 내력 전부를 한꺼번에 털어 넣은 것이다.

순식간에 벌어진 일.

압도적인 검초를 발휘해 자신을 거의 빈사 상태까지 몰아갔던 추소산의 갑작스런 도주에 헌원무진은 잠시 혼란을 느꼈다. 어째서 그가 도주해야만 하는지 전혀 까닭을 알 수 없었기 때문이다.

백척간두(百尺竿頭)라 했던가?

헌원무진은 평생 처음으로 생사의 비좁은 틈 위에 서서 죽음을 경험했다. 거의 거기까지 도달할 뻔했다.

모골이 송연한 경험.

다시는 하고 싶지 않은 불유쾌한 경험이었다.

당연히 자신을 구사일생케 한 회의인들에게 고마움을 느끼지 않을 수 없다. 때맞춰 그들이 모습을 드러내지 않았다면, 지금쯤 자신의 목은 차디찬 땅바닥 위를 아무렇게나 뒹굴고 있을 터였다.

슥!

피투성이가 된 얼굴을 너덜너덜해진 소매로 한차례 훔쳐 낸 헌원무진이 회의인들을 훑어보곤 선두에 선 자에게 미미하게 고개를 끄덕여 보였다.

"칠보추혼독(七步追魂毒)이 발라진 독검에 사류행(蛇流行)의 신법. 묘강(苗疆) 사신혈(蛇神血)의 독인들이 어떻게 이런 곳에 모습을 드러 낸 것이지?"

"속하들은 혈주의 명을 받아 그동안 소존주를 호위하고 있었습니 다."

"호위? 설마하니, 내가 명부(冥府)를 나서 신성천교에 입교한 이후 계속 그래 왔다는 것이냐?"

"소존주께서 바로 명찰하셨습니다. 혈주께서 이 같은 명령을 내리신 것은……."

"거짓말!"

목소리를 슬쩍 높여 독인의 말을 끊은 헌원무진이 나직이 코웃음 쳤 다.

"흥, 사신혈주는 본 교의 대장로님이다. 내 명부에서도 많이 보지는 못했지만 신중한 분으로 알고 있는데, 어찌 이같이 대담한 짓을 벌일 수 있겠느냐. 너희들에게 명부를 떠난 날 감시하라 명령한 자는 사신 혈의 부혈주인 혈유가 틀림없을 것이다!"

"그, 그건……."

말끝을 흐리는 독인의 표정을 살핀 헌원무진의 볼살이 가볍게 꿈틀 거렸다.

혹시나 해서 던져 본 질문이었다.

회의인의 주저하는 모습을 보자 이건 그렇다는 대답을 들은 것이나 진배없었다.

혈천마교 내에서 차기 대존주 자리를 놓고 거의 유일한 경쟁자라 할 수 있는 혈유에 대해 묘한 경쟁심을 느끼고 있던 그로선 내심 화가 나지 않을 수 없는 대목이었다. 자존심이 상해온다.

'아무리 사신혈의 사류행이 은밀하다곤 하나 내 이목을 오랫동안 피한다는 건 불가능한 일일 터. 혈유는 필시 내가 명부를 떠나기 전에 사신혈 비전의 천리추종향 비슷한 것을 뿌려놨을 것이다. 하지만 그렇다면 한 가지 의문이 생긴다. 그는 어째서 후대 대존주의 경쟁자인 날 위기에서 구해준 것인가?'

헌원무진은 혈유의 당최 속마음을 읽기 힘든 눈빛을 잠시 떠올리곤 내심 고개를 가로저었다.

짐작조차 못하겠다.

게다가 지금 급한 건 혈유의 내심을 읽는 게 아니라 심각한 내상을 치유하는 것이었다. 일단 그런 의혹을 푸는 건 후일로 미뤄둠이 현명할 터였다.

"뭐, 어쨌든 너희들은 날 위기에서 구해준 공로가 있다. 비록 그동안 몰래 내 뒤를 쫓은 건 괘씸하지만, 오늘의 공으로써 과를 씻기로 하겠다. 대신……."

"……."

"지금부터 나는 운기행공으로 내상을 치료해야만 하니 잠시 호법을 부탁하도록 하마."

"명을 받들겠습니다!"

혹시라도 헌원무진이 화를 낼까 봐 크게 겁먹고 있던 독인들이 복명과 함께 재빨리 사방으로 퍼져 나갔다. 헌원무진의 명령대로 호법을 서기 위해 사신혈 비전인 사신사상진(蛇神四象陣)을 펼친 것이다.

그러자 기민한 그들의 움직임을 잠시 지켜보던 헌원무진이 얼른 가부좌를 틀고서 자리에 앉았다.

피투성이가 된 외양보다 더욱 심하게 훼손된 내부.

내상을 지금 당장 치료하지 않는다면 혼원혈마기의 커다란 손실을 감수해야만 한다. 신성천교에 입교한 이유 중 하나인 혼원혈마기를 잃는다면, 앞으로 혈천마교의 대권을 차지하는 일은 더욱 지난해질 게 분명하다.

'오늘 신녀를 건드린 이상 다시 신성천교에 돌아가기란 힘들어졌다. 어차피 신성천교의 무공비전과 기밀 사항 등은 충분히 빼돌린 셈이니, 사부님도 내가 다시 명부로 복귀하는 것에 대해 크게 책망하시진 않을 것이다. 일단은 내상을 회복하는 게 중요해.'

헌원무진의 핏빛으로 물든 눈이 천천히 감겨졌다.

욕망.

그 붉고 어두운 색깔을 야심이란 검은색으로 물들이고서 잠시 침묵 속으로 빠져든 것이다. 자신의 미래를 지키기 위해서.

제42장

연기화신(練氣化神)을 이룩하다

　　추소산은 죽현 전체를 에워싸고 있던 죽림을 벗어나 무작정 동쪽으로 신형을 날렸다. 동쪽이 지형상 산이 험하고 골짜기가 깊어 추격자들을 떼어내기 용이하단 판단이었다.

　　그의 판단은 틀리지 않았다.

　　동쪽으로 신형을 날린 지 얼마 지나지 않아 제법 험한 바위산이 모습을 드러냈고, 곧 험악한 오르막길이 시작됐다. 예상대로의 지형 변화였다.

　　그러나 험한 산악 지형이 계속되자 생각지도 못한 문제가 발생했다. 죽현을 떠날 때 생각했던 것보다 훨씬 빨리 내력이 고갈되기 시작한 것이다.

　　저릿!

추소산은 호흡조차 아끼며 산길을 오르던 중 우약연을 감싸 안은 팔 쪽에서 느껴지는 마비 증상에 눈살을 가볍게 찌푸렸다.

'어느새 내력이 전혀 근육에 도움을 주지 못하기 시작했다는 건가?

그렇다.

철마류를 극한까지 펼친 상태임에도 점차 바람과 하나가 되게끔 만들어줬던 단전의 진기가 흩어져 가고 있었다. 솜덩이와 같이 무게가 느껴지지 않던 우약연을 안고 있던 팔뚝 역시 슬슬 힘이 빠져나간다.

그래도 여기서 만약 숨을 돌이킨다면, 다시 끌어올릴 기력이 남지 않는다. 팔이 저려와도 지금 철마류를 멈출 순 없다고 추소산은 생각했다.

한데 그때 여태까지 눈을 감은 채 추소산의 품에 자신을 맡기고 있던 우약연이 천천히 입을 열었다.

"추 소협, 호흡이 거칠어진 지 이미 반 각이 지났어요. 더 이상 무리하면 내상이 치명적으로 발전할 수도 있으니 그만 걸음을 멈추는 게 좋겠어요."

'내 호흡을 세고 있었는가?'

추소산이 우약연에게 시선을 던졌다. 그녀가 정신을 회복한 건 알고 있었지만, 상당한 중상을 당한 터에 여인으로선 견디기 힘든 험한 꼴까지 당한 상황이었다. 냉정하게 자신의 몸 상태까지 살피고 있었다는 건 뜻밖이었다.

"헌원 사자의 혼원혈마기에 제압되어 있던 내기를 방금 전에 소통시키는 데 성공했어요. 어느 정도 무공을 회복했으니, 더 이상 추 소협의 신세를 질 필요는 없겠지요."

"……"

말을 마치자마자 우약연이 슬며시 자신의 섬세한 신형을 추소산의 팔뚝에서 빼내었다. 자신이 계속 의지하고 있으면 결코 추소산이 걸음을 멈추지 않을 것임을 직감적으로 눈치 챘기 때문이다.

그러자 크게 휘청인 추소산의 신형.

말한 바를 바로 실천에 옮긴 우약연이 신형을 빼내자 순간적으로 균형을 잃은 탓에 발생한 현상이다.

스륵!

추소산의 무릎이 앞으로 크게 꺾였다. 그러자 어느새 추소산의 앞에 신형을 고정시킨 우약연이 얼른 자신의 양손을 펼쳐 보였다. 추소산이 앞으로 무너져 내리는 걸 막기 위한 어쩔 수 없는 선택이었다.

포옥!

결국 추소산의 얼굴이 우약연의 섬세한 교구에 파묻혔다.

뜻하지 않은 사고.

잠시 엉거주춤한 모습으로 엉켜 버린 두 사람 사이에 시간이 정지했다. 그동안 함께하며 마음의 소통을 이루고 수없이 많은 비검연무를 해왔지만, 이렇게 서로의 숨결이 맞닿을 정도가 된 건 처음이었다.

옆에서 보는 사람이 있다면 남세스럽다고 낯을 붉히거나, 눈에 불을 켜고 구경에 열을 올릴 만한 상황.

어색함이 없을 수 없다. 그리고 흐트러진 두 사람의 숨결.

더워지고 있던 숨결의 교감 속에 먼저 침묵을 깬 건 우약연이었다.

"추 소협… 보기보다 무겁군요."

"미, 미안합니다……."

"됐어요."

우약연이 부드럽게 미소 짓고는 살며시 추소산을 품에서 밀어냈다.

추소산의 얼굴에 떠오른 당황감을 감춰주는 배려였다. 그러자 간신히 신형을 바로 세운 추소산의 눈빛이 담담하게 가라앉고 만다.

'이 여인은 정말 강하다. 여태까지 봤던 어떤 사람보다도 강해……'

우약연이 찬찬히 주변 지형을 살피곤 미미하게 고개를 끄덕여 보였다.

"역시 추 소협은 대단해요. 용케도 이런 곳을 찾아왔군요."

"승부를 피해 도망한 자에게 대단하단 말은 어울리지 않는 칭찬입니다."

"추 소협은 헌원 사자를 압도했어요. 그에게 방수가 있지 않았다면 오늘 그는 추 소협의 검을 결코 피할 수 없었을 거예요."

"……"

추소산은 침묵했다. 우약연의 말이 결코 틀린 것은 아니나 꽤나 자신하고 있던 풍림화산이 완벽하지 못했다는 자책을 완전히 덜어내긴 힘들었다. 혈문 최강의 전투 부대라 알려진 백인혈룡대를 단숨에 무력화시킨 은림으로도 헌원무진을 완벽하게 제압하는 데 실패했기 때문이다.

'게다가 풍백과 은림을 연달아 펼치자 급격히 내력이 줄어들어 결국 끝에는 도망자가 되어야만 했다. 이 같은 문제는 예전에 전혀 고려치 못한 일이었어.'

여태까지의 싸움은 추소산이 풍림화산을 사용하면 언제나 그 즉시 승부가 끝나곤 했다.

그 정도로 풍림화산의 위력이 절대적이었기도 하지만 헌원무진 정도의 고수를 만나지 않았기에 가능한 일이었다. 언제가 됐든 풍림화산의 문제점은 드러날 수밖에 없었다는 뜻이다.

결국 오늘 헌원무진을 만나 풍림화산의 치명적인 문제점을 발견한 건 추소산에겐 나쁘지 않은 일이었다.

어쩌면 행운이었다.

문제점이란 발견하기가 힘들지 수정보완하는 게 불가능한 것은 아니었기 때문이다.

생각에 잠긴 추소산에게 우약연이 권하듯 말했다.

"추 소협, 제가 호법을 설 테니 지금 당장 운기조식을 취하도록 하세요. 만약 헌원 사자가 추격해 온다면, 제 무공으론 결코 그를 상대할 수 없어요."

"그도 그렇군요."

우약연의 말을 듣고서야 생각에서 빠져나온 추소산이 미미하게 고개를 끄덕이곤 바닥에 털썩 주저앉았다. 은림을 받고 피투성이가 된 헌원무진이 쉽사리 무공을 회복하고 추격까지 할 수 있으리라곤 보지 않았으나 전혀 그런 가능성을 외면할 순 없었다. 지금은 먼저 고갈된 내공을 회복하는 게 급했다.

한참 동안 무아지경에 빠져 있던 추소산은 헝클어졌던 기혈까지 바로잡고서야 운기조식에서 빠져나왔다.

운기조식에 들어가자 검기연공으로 형성된 원정지기가 자연스레 움직임을 보였고, 곧 스스로 살아 있는 생명체라도 된 것처럼 내상까지 저절로 치료해 버렸다.

본래 전진파의 내공 자체가 도가운기의 기본을 철저히 따르는 터라 먼저 몸 안의 흐트러진 기운부터 바로잡으려는 성향을 지닌 탓에 얻은 뜻밖의 결과였다.

스륵.

운기조식을 마친 추소산의 눈에서 맑은 기운이 흘러나왔다. 내력이 정순의 단계에 들어가야만 보일 수 있는 현상.

체내의 진기가 전신 세맥까지 원활하게 유통하는 걸 느낀 추소산의 입가에 담담한 미소가 떠올랐다. 내력이 예전보다 상승했음을 직감적으로 느낄 수 있었다.

'검기연공을 거듭하여 지존 연환검의 풍림화산이 제 모습을 갖춰갈수록 내공 역시 상승하고 있다. 이는 내가 고안해 낸 수련법이 결코 틀리지 않았다는 뜻이니, 이번 싸움으로 얻은 게 전혀 없는 건 아닐 것이다.'

추소산은 천천히 가부좌를 풀고 자리에서 일어나다 눈살을 가볍게 찌푸렸다. 운기조식에 들 때보다 주변이 꽤나 많이 어두워져 있었다.

생각보다 시간이 많이 흘러갔다는 뜻.

문득 시선을 앞으로 옮기자 추소산이 운기조식을 마치기만을 기다리며 호법을 서고 있는 우약연의 창백한 얼굴이 보였다.

미소.

그녀의 입가에 부드러운 웃음이 떠올랐다.

"다행이군요. 이젠 더 이상 버티기 힘들었는데……."

"우 소저……."

추소산이 입을 뗀 순간, 우약연이 무너지듯 그 자리로 풀썩 쓰러져 내렸다.

호법을 서는 동안 체내의 혼원혈마기가 다시 미쳐 날뛰기 시작했다. 억지로 눌러놓고 근본적인 치료를 하지 못한 만큼 처음보다 더욱 내상이 심화된 게 분명하다.

'이런……!'

추소산이 자리를 박차고 일어나 신형을 날렸다. 경공의 사부나 다름없는 투왕 육지견조차 감탄을 터뜨릴 만큼 빠르고 군더더기가 섞이지 않은 움직임.

우약연의 작은 몸을 끌어안은 추소산은 곧 상황이 심상치 않음을 깨달았다.

불덩이 같은 뜨거움.

얼음과 같은 차가움.

두 가지 상이한 성질의 기운에 침습당한 우약연의 몸은 한쪽은 얼음처럼 차고, 다른 한쪽은 용암처럼 뜨거웠다. 신성천교에서도 몇 손가락 안에 꼽히는 마공인 혼원혈마기를 빨리 해소하지 않은 탓에 벌어진 현상.

'나 때문이다!'

추소산의 얼굴로 자책의 빛이 스쳐 지나갔다.

일 수유와 같이 느꼈던 운기조식.

실제론 어느새 한나절 이상이 흐른 뒤였다. 내상 치유를 위한 운기조식 중 딴 곳에 정신이 팔린 추소산 때문에 우약연은 제때 내상을 치료할 수 없었다.

점차 창백하고 검게 죽어가는 얼굴.

우약연의 얼굴을 잠시 내려다본 추소산이 재빨리 발끝에 힘을 담았다. 자신에게 허락된 시간이 그리 많지 않음을 그는 알고 있었다.

*　　　*　　　*

남추가 구한 소녀의 이름은 심미연이었다.

꾀죄죄한 행색을 한 깡촌 고아 소녀가 갖기엔 꽤나 어울리지 않는 예쁜 이름이다.

그 같은 사실을 남추가 깨달은 건 한참이 지나서였다.

그는 심미연을 끌고 죽림을 한참 이동한 끝에 얼마 전까지 치열한 격전이 벌어졌던 장소에 도착했다. 바삐 움직인다고 움직였는데, 자꾸 뒤처지는 심미연 때문에 시간이 제법 소요되었다. 이미 격전은 끝났고, 남은 건 이곳저곳 남아 있는 싸움의 흔적뿐이었다.

완전히 늦어버린 것이다.

남추는 주변을 빠르게 살펴보곤 돌아와 마구 발을 구르며 화를 냈다.

사부 우약연의 생사를 모르는 상황.

남추로선 자신의 무능함과 어리석음을 탓할 수밖에 없었다.

그러자 심미연의 얼굴이 금세 울상으로 변했다. 남추가 화를 내는 것이 모두 자신 때문이라 생각한 탓이다.

커다란 눈을 가득 메웠다가 와락 쏟아져 내리는 두 줄기 눈물.

눈물이 흘러내린 자리가 하얗게 변한다.

얼굴을 가리고 있던 검댕이와 땟자국이 씻겨 내려가며 본래의 모습이 드러난 것이었다.

남추가 깨달음을 얻은 건 바로 그때였다.

심미연을 처음으로 진지하게 살펴본 남추는 비로소 그녀가 생각보다 예쁘다는 걸 눈치 챘다.

느닷없는 깨달음.

그것은 남추가 천하절색이라 할 수 있는 사부 우약연의 뒤를 계속 따른 통에 눈이 한참이나 높아져서 벌어진 일이었다.

웬만한 미모는 눈에 차지도 않는 상황에 남루한 차림에 땟물이 줄줄 흐르는 심미연의 본색을 살필 정도의 관심을 가질 수 있을 리 없었다. 예쁜 소녀에게 반드시 혹해야만 마땅한 혈기 왕성 소년의 진정한 도리를 깡그리 잊어먹은 것도 무리는 아니란 뜻이다.

게다가 남추가 심미연을 만난 건 생사존망의 아주 급박한 상황이었다는 점도 한 가지 요인이 될 수 있었다. 아무래도 그 같은 상황에서 제대로 된 판단을 내리기란 쉬운 노릇이 아니다. 덕분에 제법 그럴듯한 모습을 심미연에게 보일 수도 있었고 말이다.

하지만 그것도 어디까지나 그닥 관심을 가지지 않고서 지나치고 흘려보낼 때의 일이었다.

앞서 말했듯 피가 끓는 나이.

지금처럼 남녀 단둘이서 대숲 한가운데 남은 때조차 관심을 끊기란 쉽지 않는 일이었다. 여태까지처럼 그냥 지나쳐 가는 풍경으로 넘기기란 불가능한 일이었다.

힐끔힐끔.

남추는 언제 듬직한 소협객의 모습을 보였냐는 듯 고개를 심미연 쪽으로 쭉 빼서 들이댔다. 아직 완전히 본색을 드러내지 않은 그녀의 얼굴을 낱낱이 파헤치고야 말겠다는 학구적인 탐험심을 대놓고 드러낸 것이다.

화끈.

심미연의 얼굴이 크게 붉어졌다. 그리고 버릇처럼 움츠러들기 시작한 목과 어깨.

남추의 지나치게 노골적인 행동에 그녀는 소녀 특유의 부끄러움과 당황감을 동시에 드러냈다. 자연스레 고개가 밑으로 향해진다.

그때 남추가 고개를 천천히 뒤로 빼더니 눈살을 가볍게 찌푸려 보였다. 심미연에 대한 관심이 증폭되자 여태까지 자신의 뒤를 힘겹게 따라왔던 그녀의 행동들이 주마등처럼 뇌리를 스쳐 지나갔다.

그리고 떠오른 의문 하나.

남추는 자꾸 뒤처져서 자신의 발을 잡아끌던 심미연의 굼뜬 행동에서 한 가지 이상한 점을 발견했다.

아무리 무공을 전혀 익히지 않았다 해도 심미연의 움직임은 지나치게 느렸다. 보통의 신체 건강한 소녀라면 이렇게까지 움직임이 느릴 순 없다는 점을 여태까지 간과하고 있었다. 혹시 어딘가 다친 곳이 없는지 생각조차 해보지 않은 것이다.

'제기랄, 어째서 나는 그런 생각을 이제야 하게 된 거냐!'

자기 자신을 향해 다시 화를 내기 시작한 남추의 모습을 겁에 질려 바라보고 있던 심미연이 특유의 기어들어 가는 목소리로 입을 열었다.

"…왜?"

남추가 험악한 얼굴—그는 자신의 현재 얼굴이 얼마나 흉측한지 잘 모르고 있다—로 눈을 크게 부라려 보였다.

"너… 어디 아프지?"

"아, 아니에… 요……."

"콱! 변명은 통하지 않아!"

더욱 얼굴에 험악한 기운을 깃들인 남추가 목소리를 높여 심미연의 입을 다물게 만들곤 대뜸 손을 뻗었다. 심미연의 손목을 낚아채서 맥을 제압한 것이다.

“아!”

심미연은 반항도 하지 못하고 가냘픈 몸을 휘청거렸다. 남추의 예상대로 뭔가 몸에 이상이 없고서야 보일 수 없는 모습이었다.

‘씨발, 진짜 아픈 거 맞잖아!’

남추는 심미연의 불규칙적으로 뛰고 있는 맥박을 확인한 후 내심 자신을 향해 욕설을 내뱉었다. 자기 자신의 멍청함에 화가 마구 치밀어 올랐다.

지나치게 가냘픈 맥박.

손가락 끝으로 흘러드는 미약한 기운이 전하는 정보는 단 한 가지, 심미연의 건강이 무척이나 좋지 않다는 것이었다. 자신의 뒤를 쫓기 위해 죽을힘을 다 썼을 그녀의 모습이 손에 잡힐 듯 떠올랐다.

그러자 잔뜩 얼굴을 구기고 있는 남추의 표정을 보고 지레짐작한 심미연이 크게 겁을 먹었다.

“저, 저기… 저는 괜찮아요. 어디든지 따라갈 수 있으니까 제발 버리고 가지 말아주세요…….”

“누가… 버린다고…….”

남추는 격하게 소리치려다가 말끝을 흐렸다. 그의 동공 속으로 심미연의 더욱 겁먹은 얼굴이 투영된다. 어쩔 수 없이 속으로 호흡을 가다듬은 남추가 억지로 성질을 죽이고서 말했다.

“어디 다쳐서 피가 나는 것 같지는 않고… 본래 병이 있는 거지? 어떤 일이 있어도 절대 널 혼자 놔두고 가지 않을 테니까 바른대로 말해.”

“저, 정말로 그럴 거예요?”

“남아일언중천금(男兒一言重千金)이고, 장부의 일언은 네 마리 말이

끄는 마차도 따르지 못한다[사마난추(四馬難追)]라고 했다. 어찌 내가 너 같이 조그만 계집애한테 거짓말을 하겠냐?"

남추가 내뱉은 말들은 모두 강호의 밑바닥을 떠도는 사이 귀동냥으로 주워들은 것들이었다.

언제가 됐든 멋지게 써먹어보고 싶었는데 얼떨결에 심미연을 설득하는 말로 사용하고 말았다.

강호의 뭇 영웅들 앞에서 멋진 풍채를 드러낸 채 내뱉으리라던 애초의 계획과는 전혀 합치점이 없는 상황.

그러나 오랫동안 준비해 뒀던 말이었던 만큼 꽤나 그럴듯하긴 했다. 그렇게 생각되었다.

심미연 역시 그리 생각했음에 분명하다.

그녀는 잠시 감격한 표정을 짓더니, 갑자기 검댕이와 땟국물이 가득하던 자신의 얼굴을 더러운 소맷자락으로 슥슥 닦아냈다. 여태까지 꼭꼭 숨기고 있던 자신의 본색을 처음으로 드러낸 것이다.

"오라버니, 저는 사실 죽현 근방에 있는 청풍서원(淸風書院)의 여식이에요. 태어날 때부터 운수가 사나워서 모친을 잃고 병든 몸으로 태어났답니다."

"서원의 여식? 그럼 여기 사람이 아니란 거냐?"

"…예."

남추의 눈이 세모꼴이 되자 심미연의 목이 다시 어깨 속으로 파고들었다. 그러나 그뿐이었다. 더 이상 그녀의 얼굴에는 여태까지 버릇처럼 보였던 두려워하고 움츠러든 기색이 느껴지지 않았다. 사람이 완전히 달라진 것이다.

'여우!'

남추는 심미연이 여태까지 자신을 속이고 있었다는 걸 알고 내심 혀를 찼다. 그리고 말했다.

"그럼 너는 병약한 몸으로 어째서 그 청풍서원이란 곳을 떠나 이런 벽지까지 온 거냐?"

"이곳에 꽤나 유명한 명의가 있기 때문에 찾아온 거예요. 실은 그 때문에 일부러 옷차림이나 얼굴도 더럽힌 거랍니다."

"뭐?"

남추의 눈에 이채가 빠르게 스쳐 지나갔다. 심미연의 말을 들은 순간, 뇌리를 스치는 개방의 유명 인사 한 명을 떠올릴 수 있었기 때문이다.

"그러니까……."

"너는 개방의 천하제일명의인 견사불구(見死不救) 호심원 선배를 만나기 위해 이곳에 온 것이지?"

"어!"

심미연의 입이 가볍게 벌어졌다. 남추에게 자신의 예측이 정확히 들어맞았음을 확신케 하는 모습.

짜악!

크게 손뼉을 쳐 보인 남추의 얼굴로 활기찬 표정이 떠올랐다.

견사불구 호심원.

강호에서는 따로 생사수(生死手)라는 별호로 유명한 그는 개방 출신의 절정고수임과 동시에 당대 제일의 의원이었다. 북송 때 천하제일의로 이름이 높았던 소요파(逍遙派)의 염왕적(閻王敵)과도 가끔 비교가 되는 명의인 것이다.

그러나 그에겐 괴벽이 하나 있었는데, 그건 바로 개방의 거지가 아닌 한 어떤 환자가 와도 치료를 해주지 않는다는 것이었다. 이는 원 말 맹위를 떨쳤던 명교(明敎) 출신의 명의가 사람이 눈앞에서 죽어도 절대 구하지 않는다는 기벽을 가졌던 걸 따른 행동으로 은연중 강호의 지탄을 받았다.

어찌 보면 당연한 일.

호심원의 명성을 듣고 그에게 난치병을 고치러 왔다가 치료를 받지 못하고 돌아간 자들은 하나같이 이를 갈며 생사수가 아니라 견사불구라 욕하곤 했다.

만약 그가 천하제일대방인 개방의 제자가 아니고 절정의 고수가 아니었다면, 벌써 원한을 품은 자들에게 큰 해코지를 당했을지도 모른다.

하지만 남추에겐 지금 그런 게 중요한 게 아니었다.

사람을 살릴 수도 있고 죽일 수도 있는 손을 가진 자!

그런 그가 근처에 있다고 한다.

무늬뿐이긴 하나 개방의 제자인 남추로선 백만대군을 얻은 것이나 다름없었다. 그를 잘만 구슬리면 사부 우약연의 행방을 탐문하는 데 도움을 얻을 수 있고, 추소산에게 전언을 넣어 소식을 알리는 것 또한 용이할 터였다.

그러니 이제 남은 건 그의 현 위치가 어딘가를 알아내는 것뿐이었다.

내심 재빨리 염두를 굴린 남추가 심미연에게 어깨를 한껏 편 채 웃어 보였다.

"하하, 역시 소매가 날 만나게 된 건 하늘의 가호라 할 수 있구나."

"그게 무슨?"

"나는 본래 개방의 제자야. 그러니 내가 잘만 부탁하면 호 선배님이 필시 소매의 병증을 고쳐 주실 거야."

"아!"

심미연이 다시 입을 벌리곤 두 눈 가득 눈물을 담았다. 전에 보였던 눈물과는 조금 다른 의미, 오직 그녀 자신만이 알 수 있는 감정을 분출해 낸 것이다.

*　　　　*　　　　*

추소산은 재빨리 지형을 살피곤 짐승의 노린내가 깃들지 않은 동굴을 찾아들었다. 과거 옥화산과 악록산에서 수련했던 경험이 큰 도움이 되었다.

큼지막한 종유석으로부터 똑똑 떨어져 내리는 물방울.

중간중간 불쑥 솟아올라 있는 석순(石筍)과 석주(石柱)의 끝없는 행렬.

추소산이 찾은 동굴은 전형적이라 해도 과언이 아닌 종유동굴로 오래된 물 내음이 곳곳에서 퍼져 나오고 있었다.

바닥의 물기를 세심히 살피고 품 안의 우약연을 내려놓은 추소산의 손끝이 가볍게 떨렸다. 의식을 완전히 잃어버린 우약연의 상세는 그만큼 심상치 않았다. 평소와 같은 냉정을 유지하기란 쉽지 않았다.

'몸의 내식이 미친 듯 소용돌이치고 있다. 이는 우 소저의 진원지기가 체내에 침투한 악기(惡氣)에 대항을 하고 있다는 뜻이니 아직 기회는 남았다고 할 수 있다. 하지만 이 같은 증상을 완화시키거나 치료하려면 내력을 주입하는 수밖엔 없는데, 내가 익힌 내공심법과 우 소저의 것이 혹시라도 충돌을 일으킬 것이 두렵구나.'

추소산은 우약연을 안고 달리는 동안 동굴만을 찾은 게 아니었다. 계속 그녀의 상세를 치료할 방법을 모색하고 있었다.

이제 정작 치료할 때가 되자 마음 한 켠에 망설임이 일어 쉽사리 결정을 내리지 못했다. 스스로 무공을 연마한 그에겐 남의 내상을 치료해 본 경험이 전무했다. 이미 마음속 깊이 자리 잡은 우약연의 치료에 들어감에 있어서 마음이 흔들리는 건 당연한 일이었다.

그러나 시시각각 악화되어만 가고 있는 우약연의 상세는 추소산으로 하여금 빠른 결정을 종용하고 있었다. 이대로 조금만 더 시간을 지체하면 목숨조차 부지하기 힘들 것 같았다. 지금 당장 치료에 들어가야만 했다.

'내 내공의 근간을 이루는 건 전진파의 귀원연기공이다. 과거 천하제일의 현문정종이라 불렸던 귀원연기공이니, 어쩌면 우 소저의 난마처럼 들끓는 기운 역시 가라앉힐 수 있을지도 모른다.'

결국 내심 결정을 내린 추소산이 잠시 내력을 모으곤 불쑥 식지와 중지를 뻗어 우약연의 심맥 근처 사 개 혈을 번갈아 점혈했다.

어떤 내가중수법이든 결국 가장 최후에 공격하는 곳은 심맥이었다. 본격적인 치료에 들어가기 전에 일단 방비를 해놓는 게 옳았다.

그리고 다시 움직이기 시작한 추소산의 열 손가락!

타타타타탁!

순간적으로 추소산의 내가진력이 담긴 열 손가락이 찍어간 우약연의 전신에서 콩 볶는 듯한 소음이 터져 나왔다. 그녀의 체내를 가득 채운 채 소용돌이치고 있는 기운이 추소산이 발출해 낸 지력과 충돌을 일으키며 일어난 소음이었다.

움찔! 움찔!

축 늘어져 있던 우약연의 몸은 추소산의 손가락이 스쳐 지나갈 때마다 가벼운 경련을 일으키며 바닥으로부터 한 치가량씩 튕겨져 올랐다. 온몸 전체로 반발을 일으키고 있었다. 그만큼 현재 그녀의 내부를 가득 메운 기운은 격렬했다.

그래도 추소산은 개의치 않았다. 한 번 손을 쓴 이상 후퇴란 있을 수 없었다. 세 가지의 기운에 이미 자신의 진기를 더한 이상 이젠 돌아올 수 없는 강을 넘은 것이나 다름없었다.

'기운이 달린다!'

자신이 쏟아낸 귀원연기공이 강력한 반발력에 의해 튕겨져 나옴을 느낀 추소산의 열 손가락이 두 배쯤 빨라졌다. 처음보다 더욱 강력한 내기를 일으키기 시작한 것이다.

점차 우약연의 전신이 땀으로 흠뻑 젖기 시작했다. 금세 흐트러져 있던 무복이 물기를 가득 머금었다. 몸 안의 수분이 한꺼번에 터져 나오는 것 같다.

게다가 변화는 그뿐만이 아니었다.

거의 한계에 이를 정도로 땀을 쏟아냈다고 생각한 찰나, 그녀의 전신에서 푸르고 붉은 기운이 쌍룡과 같이 똬리를 틀기 시작했다. 모공을 통해 쏟아진 물기가 순간적으로 차가운 냉기를 동반하고, 붉은 열기에 휩싸여 동반 상승을 일으키며 벌어진 일이었다.

'큭!'

추소산은 느닷없이 자신을 격타해 온 청홍 쌍룡의 반탄력에 자칫 동굴 벽에까지 날아갈 뻔했다. 그만큼 우약연이 일시 쏟아낸 기운은 극강한 것이었다.

눈에 띌 정도로 떨리기 시작한 손가락들.

자신이 쏟아낸 기운을 들이받고는 천지사방으로 분산되고 튕겨져 날아간 쌍룡지기(雙龍之氣)의 파고 속에서 추소산은 정신을 집중하려 노력했다. 자칫 집중력을 잃게 되면 우약연이 쌍룡지기, 그 자체에 먹혀 버릴 것만 같았기 때문이다.

그러면 어찌해야 할 것인가?

추소산은 더 이상 처음에 가졌던 조심스러움을 유지해선 안 된다는 판단을 내렸다. 일이 이렇게 된 이상 자신의 전력을 기울여 폭주하는 쌍룡지기를 제압해야만 했다. 그러지 않고선 어찌해 볼 도리가 없다는 생각이 들었다.

슥!

결정을 내린 것과 동시였다.

추소산은 여태까지와 달리 여전히 자신에게 대부분 집중된 반탄력에 애써 저항하지 않고 신형을 뒤로 물렸다. 우약연에게서 떨어져 나온 것이다. 그리고 허리를 약간 숙여 보인 그가 바로 발검의 자세에 돌입했다.

'승부!'

추소산의 신형이 쌍룡지기의 회오리치는 반탄력에 휘말려 동굴 내부의 반대편 벽으로 날아갔다. 흡사 십 장도 넘는 거인의 보이지 않는 손아귀에 붙잡혀 내동댕이쳐진 것과 다름없는 모습이었다.

그러나 추소산은 찰나와도 같은 순간, 신형을 한차례 뒤틀더니 단숨에 몸의 균형을 잡는 데 성공했다.

토옥!

추소산의 발끝이 동굴 벽을 차더니, 곧바로 부근에 늘어서 있던 석주와 종유석을 번갈아 건드렸다. 수류보를 육지견에게 배운 유능제쾌(柔

能制快:부드러움은 능히 빠름을 뜻대로 제어할 수 있다)의 요결대로 펼쳐 낸 것이었다.

그리고 발검!

쉬악!

묵암검의 검봉을 중심으로 해 일어난 검기가 단숨에 쌍룡지기의 거센 돌개바람을 갈랐다. 추소산에게 우약연에게 다시 다가갈 수 있는 길이 열렸음이다.

망설임이란 있을 수 없다.

추소산이 일순 자신의 신형을 검과 일치시키곤 검기에 잘려 나간 쌍룡지기 속으로 뛰어들었다.

검신합일!

순식간에 우약연의 지척에 이른 추소산이 반 장 높이에서 신형을 륜처럼 회전시켰다. 그리고 펼친 팔방풍우.

또다시 쌍룡지기를 산산조각 낸 추소산의 비어 있는 좌수가 대뜸 우약연의 단전에 닿았다. 여태까지 계속 주저하고 있던 극약처방을 펼친 것이다.

'완성된 귀원연기공의 흡결로 단숨에 우 소저의 기력을 빨아들인다!'

내가정종이라 불리는 전진파의 내공인 귀원연기공의 순수함.

그것은 타 정종문파의 내공이라 해도 잠시 동안 받아들여 사용할 수 있는 특징을 가졌다. 이는 귀원연기공이 천하 정종의 모든 내공과 기본적으로 동일한 뿌리를 지녔기에 가능한 일이었다.

하지만 과거 형산 앞에서 사용했을 땐 몸에 큰 무리를 느껴 내상까지 입어야만 했다. 그것이 같은 정종문파인 개방 고수 지화자의 순수한 내공임에도 그러했다.

하물며 정종문파와는 완전히 딴판인 무공의 체계를 확립하고 발전해 온 신성천교의 폭주하고 있는 내공이라면 그 위험도는 몇십 배나 뛴다고 할 수 있었다. 여기 있는 추소산은 이미 그때와 같지 않지만, 현 상황 또한 그때와 같진 않았다.

오히려 위험성이 수십 배로 커졌다고 할까?

그래도 추소산은 망설이지 않았다. 이미 그러기에는 너무 많이 걸어왔다고 할 수 있었다.

고오오오!

추소산은 귀원연기공에 더해 그동안 지존검 연환검식을 풍림화산으로 발전시키며 자연스레 얻은 검기연공의 내공 또한 일으켰다. 자신의 전력을 아낌없이 펼쳐 낸 것이다. 그럴 만한 충분한 가치가 있다는 판단이었다.

그 순간 바뀐 기운의 흐름.

동굴 전체를 무너뜨릴 듯 파동치던 쌍룡지기가 갑자기 자취를 감췄다. 아예 처음부터 그런 일이 어뎠었냐고 마구 주장해도 충분히 먹힐 만한 상황이고 변화였다.

추소산의 모험적인 시도가 성공한 것인가?

갑작스레 찾아온 동굴의 고요는 어쩌면 그 같은 상황을 암시하는 것 같기도 했다. 적어도 추소산은 그렇게 되길 바랐다. 진심으로.

하지만 고요의 순간은 극히 짧았다.

우둑!

일순 우약연의 단전에 붙어 있던 추소산의 좌수에서 뼈와 근육 전체가 뭉그러지는 듯한 소음이 일었다. 실제 그리된 것은 아니나 추소산이 느낀 고통은 그에 버금갈 정도였다.

언제 잦아들었냐고 항변이라도 하고 싶었던 것인가!

지금 우약연의 공허하게 변했던 단전에서는 얼마 전까지 맹위를 떨쳤던 쌍룡지기를 능가할 정도로 패도적인 기운이 형성되고 있었다.

추소산의 모험적인 시도가 오히려 그녀 내부에 잠들어 있던 미증유의 힘을 깨우는 촉발제 역할을 한 것이었다.

노도!

추소산은 타는 듯한 불덩이와 심혼마저 얼려 버릴 듯한 눈보라에 이어 파고든 기의 분출에 일순 정신을 놓을 뻔했다. 그만큼 느닷없이 우약연의 내부에서 일어난 패도적인 기운은 압도적이었다. 도저히 앞서의 두 가지 기운과 달리 체내로 받아들일 수 없을 것 같았다.

하지만 추소산은 죽음이 눈앞에서 어른거리는 걸 느끼면서도 결코 우약연의 단전에서 손을 떼지 않았다.

생명을 잃더라도 결코 포기할 수 없다는 마음.

오로지 그것만이 지금 추소산이 생각하고 있는 것이었다.

그리고 첫 번째에 이은 두 번째 파고가 추소산의 체내를 산산조각 낼 듯한 기세로 쏟아져 들어왔을 때였다.

콰쾅!

추소산은 무수히 많은 밤 동안 펼쳤던 검기연공으로도 결코 뚫을 수 없었던 자신의 임독양맥(任督兩脈)에서 격한 폭발이 일어남을 느꼈다.

억지로 우약연이 쏟아낸 노도를 받아들이자 차고 넘친 그 힘이 폭주하듯 기경팔맥을 휘돌곤 결국 임독양맥마저 뚫어버리는 괴력을 발휘했다.

여태까지 하단전에서 축기를 쌓으며 연정화기(練精化氣)만을 행하고 있던 진기가 중단전으로 통하여 연기화신(練氣化神)을 할 수 있게 되었다.

이는 삼층도리라 불리는 내가공부의 커다란 단계 중 두 번째를 뜻하니, 추소산의 내가경지는 비로소 상승에 도달했다고 할 수 있었다.

아무리 내공을 사용해도 결코 진기가 마르지 않고 도도하게 흘러넘치는 경지!

세간에서 회자되는 초절정을 말함이다.

또한 다시 상단전을 열어 연신환허(練神還虛)를 이루게 된다면 이를 일러 천인합일이라 할 수 있을 터이나 아직 추소산에겐 멀고 먼 경지라 할 수 있었다. 이십대 초반에 연기화신을 이룬 것만으로도 엄청난 일이란 뜻이다.

기연!

다른 때 같았으면 필경 평생에 한 번 맞을까 말까 한 천연임에 분명했다. 어떤 무림인이라 해도 그리 생각할 터였다. 지금의 추소산을 제외한다면 말이다.

'큭! 우 소저의 폭주하는 힘이 더 이상 수용되지 않는다!'

그렇다. 임독양맥이 타통되어 연기화신을 이룬다는 건 결코 손쉬운 일이 아니었다. 체내의 진기에 크나큰 변혁이 일어나기 시작한 것이다.

여태까지 하단전이란 저수지에 물을 수용하듯 저장했던 진기가 강둑이 터진 것처럼 임독양맥을 거쳐 중단전으로 흘러들더니, 완전히 다른 성질을 띠기 시작했다.

범상한 단계에서 범상치 않은 단계로의 변화.

추소산의 내공 기본이 되는 귀원연기공은 갑자기 이종의 진기에 대한 수용성을 잃어버렸다. 독자적이며 완고한 스스로의 내공 성향을 형성하기 시작했다는 뜻이다.

그 반동은 곧바로 우약연에게서 나타났다.

임독양맥이 타통됨과 동시에 추소산이 거의 무한정으로 끌어들이고 있던 진기가 급격히 역류하기 시작했다. 그러자 창백하나 어느 정도 평온을 되찾아가고 있던 그녀의 안색이 대번에 시커멓게 변했다.

울컥!

추소산은 다급한 마음에 피를 한 모금 토해냈다. 아직 연기화신을 이룬 지 얼마 지나지 않았기에 진기 운용에 미숙함을 드러낸 것이다.

그러나 지금 중요한 건 우약연이 빠르게 죽어가고 있다는 점이었다. 그녀는 여전히 의식조차 없는 상태였다.

콰득!

임독양맥이 타통되는 순간에도 결코 손에서 떼지 않았던 묵암검을 바닥에 자루까지 박아 넣은 추소산이 대뜸 우수에 기력을 운집했다.

파파파파팟!

단순한 지력을 펼쳤던 첫 번째보다 적어도 열 배 이상의 힘이 깃든 검기가 우약연의 전신 혈맥을 두드려 갔다. 마음을 분산시켜 역류하는 진기를 붙들어두는 한편, 추궁과혈(推宮過穴)에 들어간 것이다.

추소산으로선 최선의 방법. 더 이상 그가 할 수 있는 일은 아무것도 없어 보였다. 분명 그랬다.

한데 바로 그때였다.

여태까지 전혀 인기척이 느껴지지 않던 동굴 안쪽으로부터 묘하게 사람의 심경을 건드리는 갈까마귀 같은 목소리가 들려오는 게 아닌가.

"끌끌끌, 선무당이 사람 거꾸로 매달아놓고 볼기를 때린다더니, 그야말로 한 명의 미친놈이 멀쩡한 계집 하나를 잡는구나! 뭐, 꼴상을 보아하니 비렁뱅이짓 하곤 전혀 인연이 없는 놈이니, 내 알 바는 아니겠다만……."

"음!"

추소산의 입에서 가벼운 신음이 터져 나왔다. 느닷없이 동굴 안쪽에서 흘러나온 목소리에 놀란 것도 있지만, 그 속에 담긴 뜻이 범상치 않다는 생각이 들었다.

자연스레 거둬진 우수의 검기.

문득 우약연에게서 시선을 뗀 추소산의 시선이 향한 건 목소리가 들려온 동굴 안쪽이 아니라 오히려 바깥쪽이었다. 느닷없이 자신의 귓전을 때린 목소리의 주인이 고심한 전음법의 일종인 육합회성(六合回聲)을 응용해 소리의 방향을 바꿨음을 눈치 챘기 때문이다.

그 순간 예의 목소리가 이번엔 동굴의 입구 쪽에서 그대로 전달되어져 왔다.

"크흠, 사람의 몸을 제멋대로 다루는 놈 주제에 그래도 제법 괜찮은 무공을 지니고 있지 않은가?"

"……."

"뭐, 하긴 생각해 보면 내 괜스레 끼어들어 헛소리를 늘어놓은 격이군. 실제 나와 큰 관련도 없는 일에. 내 사과할 테니, 그 지독한 기운을 쏘아 보내 나이 든 사람 괴롭히는 일은 그만 하라구."

목소리 주인이 갑자기 말투를 바꿨을 때였다.

그의 목소리 사이로 신형을 돌리는 기척이 포함되었음을 눈치 챈 추소산이 바로 신형을 날렸다. 생사존망의 기로에 선 우약연을 놔두고서.

슉!

단숨에 동굴을 빠져나온 추소산의 신형이 바람을 앞지를 정도의 빠르기로 한 명의 중늙은이 앞을 가로막아 섰다. 수류보의 변화를 정제하여 단순화시킨 움직임.

단순한 만큼 빠르다.

그러자 잠시 강퍅하고 고집스러워 보이는 얼굴에 놀란 기색을 떠올린 중늙은이가 눈살을 가볍게 찌푸려 보였다. 추소산의 무공이 자신이 생각했던 것 이상으로 대단하다는 판단을 내린 것이다.

"내 이미 사과까지 했거늘……."

중늙은이의 얇은 입 매무새가 꿈틀거렸을 때였다. 추소산이 얼른 허리를 한차례 숙여 보였다. 그리고 돌진하듯 바닥을 찍은 그의 발끝.

파곽!

바닥에서 흙먼지가 인 순간, 중늙은이의 완맥이 추소산의 수중에 들어왔다. 다짜고짜 손을 쓴 것이다.

"사람의 목숨이 위급하니, 일단 함께 가주셨으면 고맙겠습니다."

"이런 망할! 뭐가 사람의 목숨이 위급하다는 거고, 뭐가 일단 함께 가주셨으면 고맙겠다는 거야! 이미 날 억지로 데려가려고 제압까지 했으면서! 그저 무림인이란 것들은 툭 하면 힘으로 모든 걸 해결하려고 하지!"

"……."

중늙은이의 성난 일갈에 추소산은 대답하지 않았다. 그의 투정을 받아주기엔 우약연의 상세가 너무나 위중했다. 화급을 다투는 때에 말싸움을 벌이는 건 멍청이들이나 할 일이었다.

'부디 내 판단이 옳은 것이기를!'

우약연이 홀로 누워 있는 동굴로 신형을 날리며 추소산은 다급해지려는 마음을 억지로 추슬렀다. 품에 제압된 중늙은이는 연신 투덜거리고 있었고.

제43장

저주받은 자들의 신녀(神女)

　　　　동굴 안으로 돌아오자 우약연의 상세는 또 다른 전환점을 맞고 있었다.

　희디흰 얼굴에 얼음장처럼 차게 식어버린 몸.

　근처에 다가가기도 전에 소름 끼치는 냉기가 몰려오자 추소산의 안색이 가볍게 굳어졌다. 자리를 비운 지 반 각도 지나지 않았는데, 우약연의 변화는 너무 극심하다.

　"흐음, 진원이 폭주를 하다가 스스로 잠복하다니, 참 보기 드문 경우로구만."

　입을 뗀 이는 추소산의 품 안에 있던 중늙은이였다.

　당최 눈앞에서 벌어진 일이 어찌 된 것인지 전혀 알 수 없던 추소산의 시선이 급격히 중늙은이를 향했다. 갑자기 어둠 속에서 불빛 하나를 발견한 것이다.

그러나 중늙은이는 언제 입을 열었냐는 듯 또다시 입을 굳건히 닫아 걸었다. 자신이 자발적으로 이곳에 찾아온 것이 아님을 분명히 하는 모습이다.

추소산의 입가에 가벼운 한숨이 걸렸다.

동시에 살짝 힘이 빠져나간 손아귀.

스윽.

추소산이 한 걸음 옆으로 이동했다. 그러자 중늙은이가 이맛살을 찌푸린 채 역시 추소산에게서 천천히 몇 걸음 떨어졌다. 제압됐던 완맥이 풀렸음에도 호들갑을 떨지 않는 모습이 꽤나 기품있어 보인다.

'역시 범상치 않은 인물이 분명하다!'

추소산이 얼른 두 손을 모으더니 중늙은이를 향해 포권하며 허리를 숙여 보였다.

"사람의 목숨이 달린 일이라 큰 결례를 범했습니다. 선배님께서는 후배의 무례를 용서해 주시기 바랍니다."

"선배?"

고개를 살짝 옆으로 꼰 중늙은이가 입가에 퉁명스런 표정을 만들어 보였다.

"홍, 언제부터 내게 자네 같은 후배가 생겼는지 모르겠군? 뭐, 어차피 뭔가 부탁할 일이 있으니 그런 대단한 무공을 가지고서 자신을 낮추는 것일 테지만."

"의학에 대한 지식이 일천한 사람입니다. 방금 전에 선배님께서 일깨워 주지 않으셨다면, 자칫 큰 실수를 범할 뻔했습니다. 그래서 말인데……."

"부디 의도(醫道)를 걷는 자로서 인술(仁術)을 베풀어달라고 부탁하려는 건가?"

"그렇습니다."

추소산은 여전한 중늙은이의 비꼼과 넘겨짚기에도 불구하고 당당하게 대답한 후 다시 허리를 숙여 보였다.

정중하지만 비굴하진 않은 태도.

여전히 빈정거림으로 추소산에게 모욕을 주려던 중늙은이가 살도 부족한 볼살을 슬쩍 일그러뜨렸다. 아무래도 자신의 의도대로 추소산을 움직이긴 쉽지 않다는 생각이 들었다. 그렇다면 괜스레 쓸데없는 짓을 할 필요는 없다.

'과감하면서도 정중하고 비굴하지 않다니, 꽤나 보기 드문 젊은 놈이군. 내가 견사불구하는 거 가지고 하도 괴롭히는 놈들이 많은 통에 개봉을 떠나 산간벽지에 처박혀 지낸 지가 벌써 십 년인데, 저만한 인물은 본 적이 없으니. 지난바 무공이나 범상치 않은 태도로 볼 때 꽤나 무림 중에 명성을 날리는 후기지수가 분명할 테지?

중늙은이의 정체는 견사불구 호심원이었다.

그는 십여 년 전 개방 내부에서까지 자신의 괴벽에 대한 불만이 터져 나오자 총타가 있는 개봉을 떠나 머나먼 이곳 산서성의 죽현에 은거하고 있었다.

여전히 개방 제자가 아닌 한 치료를 해주지 않는다는 원칙은 고수하고 있었으나 의술을 저버린 건 아니었다. 그는 약초를 캐고 희귀한 병증을 연구하며 하루하루를 소일했다. 어디까지나 취미로서의 의술 활동이었다.

그가 약초 채집 중 우연찮게 발견한 추소산과 우약연에게 관심을 느낀 건 멀리서도 느낄 수 있었던 묘한 기운 때문이었다.

추소산이 우약연의 쌍룡지기를 검기로 베고, 폭주하는 진원을 빨아들이는 동안 일어난 폭발적인 기운!

우연찮게 그 같은 기운을 읽고 동굴 쪽으로 발길을 돌린 건 그야말로 참새가 방앗간을 그냥 못 지나가는 이치와 하등 다를 것이 없는 일이었다.

하지만 그가 미처 예상치 못했던 건 추소산이 생각 이상의 고수였다는 점이었다. 설마 새파랗게 젊은 애송이가 육합회성을 파악할 수 있을 줄이야.

결국 개방 총타를 떠나며 다시는 강호의 일에 간섭치 않겠다 했던 맹세를 떠올리며 신형을 돌렸지만, 추소산에게 발목이 잡혀 망신을 당하고 말았다.

아무리 생각해도 어리석은 짓을 저지른 사람은 자기 자신이었다. 다른 때처럼 전적으로 남을 탓할 만한 구석이 없었다. 평소의 살짝 꼬인 마음을 풀고 진심으로 눈앞의 상대를 살필 수 있는 마음이 되었다는 뜻이다.

내심 고개를 끄덕인 호심원이 퉁명스레 말했다.

"자네가 날 선배라 칭했으니 말을 낮추도록 하겠네. 나는 호심원으로 강호에서는 생사수 또는 견사불구라 부르는 사람일세."

"호 선배님!"

'흥, 견사불구라는 말에도 그다지 큰 반응을 보이지 않는 걸 보니 지난 십 년 동안 내 명성도 많이 퇴색했구만.'

내심 입술을 비죽여 보인 호심원이 거만스레 고개를 한차례 끄덕이곤 말을 이었다.

"여기서 견사불구란 말 그대로 눈앞에서 사람이 죽어가도 구하지 않는다는 의미일세. 이는 내 신조로 어린 시절 개방에 큰 은혜를 입은 바 있어 거지들에겐 인술을 베풀지만, 다른 일체의 사람들 따윈 거들떠도 보지 않는다네. 그러니 자네는 더 이상 시간 낭비하지 말고 얼른 눈앞의 계집애의 총회(聰會)와 인당(印堂)을 동시에 점혈해서 시간을 번 후에 다른 명의를 찾는 게 나을 걸세.”

“…….”

추소산은 호심원의 말이 끝난 순간 바로 손을 썼다. 호심원이 내린 처방대로 먼저 우약연의 총회와 인당을 동시에 점혈한 것이다.

탁! 타탁!

보통 때 같으면 생명이 위험할 수도 있는 일.

얼굴에 위치한 중요 혈도의 동시 점혈이라면 낯모를 타인이라 해도 분명 망설임이 있을 터였다. 그만큼 쉽사리 할 수 없는 일이었다.

하지만 추소산의 손속에는 전혀 그런 것이 보이지 않았다. 한 치의 머뭇거림도 보이지 않았다.

완전한 신뢰.

그가 호심원에게 내보인 모습이었다.

그러자 정작 심경이 불편해진 건 반쯤 생각없이 응급처치 방법을 가르쳐 준 호심원이었다.

그는 설마하니 추소산이 이렇게 즉각적으로 자신이 한 말을 따를 줄은 몰랐다. 그냥 한 말이었다. 사람의 생명이 딜린 일에는 누구라 해도 의심이나 의혹을 품는다는 걸 경험을 통해 잘 알고 있었기 때문이다.

그런데 추소산은 바로 자신의 말에 따랐다. 거지 외엔 결코 환자를 봐주지 않는다는 오랜 신조가 어이없게 깨어진 셈이다.

'이런 빌어먹을! 보통 이럴 땐 몇 번이나 캐묻고 의심하는 기색을 보여야만 하거늘, 어찌 이렇게 내 말을 잘 듣는고. 혹시 저놈 저 예쁘장하게 생긴 계집아이를 그다지 크게 생각하지 않는 게 아닌가? 아냐, 그렇진 않은 것 같은데…….'

호심원은 스스로 제기한 의문을 금세 부정했다. 방금 전까지 추소산이 우약연에게 보였던 모습은 결코 아무나에게 할 수 있는 것이 아니었다. 최소한 사랑하는 여인을 대하는 사내의 모습이었다.

그러는 사이 총회와 인당이 동시에 점혈된 우약연의 안색은 크게 안정되어 갔다. 천하제일의라 불리는 호심원의 처방이 금세 효험을 보았음이다.

냉기가 많이 가셔 평소보다 조금 수척하나 맑은 빛을 되찾은 우약연의 두 볼.

자신도 모르게 손을 뻗어 볼을 쓰다듬은 추소산의 안색에 흐릿한 어둠이 스쳐 지나갔다.

손끝으로 전해져 오는 서늘한 느낌.

여전히 우약연의 체내에는 이유를 알 수 없는 냉기가 맴돌고 있었다. 호심원이 가르쳐 준 방법은 말 그대로 응급처치 이외엔 어떤 것도 아니었다.

'가사 상태에 빠져든 것인가…….'

추소산은 내심 우약연의 상세에 대해 판단을 내리고 호심원에게 시선을 던졌다. 새삼 눈앞의 중늙은이가 대단하단 생각이 든다.

"호 선배님, 명하신 대로 행했습니다. 이젠 이 후배가 어찌하면 되겠습니까?"

"응?"

"호 선배님께서는 견사불구이시니, 무리하게 치료를 부탁드리진 않겠습니다. 호 선배님이 의학에 뜻을 두셨음에도 죽어가는 사람조차 구하지 않는 건 필시 연유가 있을 테니까요. 그러니 호 선배님께서는 후배에게 우 소저를 구할 수 있는 치료 방법만 가르쳐 주십시오. 치료는 후배가 맡겠습니다."

"내가 치료 방법을 구술해 주면, 자네가 직접 손을 써서 치료하겠다는 건가?"

"그렇습니다. 이미 호 선배님께서 명하신 대로 제가 우 소저에게 손을 썼습니다. 그러니 호 선배님의 명을 받아 제가 우 소저를 치료하는 건 큰 문제가 되지 않는다고 봅니다."

"……."

추소산의 청산유수 같은 말을 듣고 있던 호심원의 눈매가 가늘어졌다. 그리고 눈에서 냉랭한 한광이 번뜩였다.

"아무리 젊은 나이에 상당한 무공의 성취를 이뤘기로 어찌 그런 망발을 할 수 있는 것인가! 만약 평생을 하루같이 코피를 쏟아가며 의서를 탐독하고, 수없이 많은 환자들을 접하며 쌓은 의술이 없다면, 어찌 생사존망의 상태에 빠진 사람을 구할 수 있겠는가?"

"그럼 선배님께서 우 소저를 치료해 주시겠습니까?"

"난 견사불구야!"

"그럼 달리 방도가 없군요. 선배님께서는 제게 방법을 구술해 주십시오. 그렇지 않으면 결코 선배님을 이곳에서 내보내 드릴 수 없습니다."

추소산의 얼굴엔 굳은 의지와 쉽게 거스를 수 없는 고집이 감돌았다. 고집 하면 천하에 따를 자가 없다고 자부하던 호심원조차 일순 움찔할 정도였다.

"흥, 달리 방도가 없긴 왜 없어!"

나직이 코웃음 치며 목소리를 높인 호심원이 갑자기 얼굴에 어울리지 않게 부드러운 기색을 떠올렸다. 그는 추소산같이 고집 센 사람에겐 부드럽게 타이르는 것이 무섭게 훈계를 하는 것보다 낫다는 걸 알고 있었다.

"아직 내가 직접 진맥을 해본 것이 아니라 확진을 내릴 순 없지만, 방금 전까지 보였던 증상으로 볼 때 지금 그 계집애는 하늘로부터 받아들인 양기와 달이 뜨는 밤에 쌓아놓은 음기의 부조화 상태에 놓여져 있는 게 분명할 걸세. 한마디로 말해 몸 안의 기혈이 모조리 헝클어진 상태인 게지. 하지만 이미 내 처방에 따라 자네가 총회와 인당을 동시에 때려 혼란에 빠진 음양의 조화를 꾀했으니, 적어도 사흘간은 무사할 것이네."

"사흘……. 그럼 후배는 한시라도 빨리 다른 지역에서 이름을 떨치는 명의를 찾아가야만 하는 것입니까?"

"아니, 아니야. 그럴 필요는 없네."

"어째서?"

"아마도 저 정도로 체내에서 결코 발산되어선 안 되는 원정지기가 몽땅 격발한 상태라면 꽤나 무서운 절맥증이나 주화입마에 빠졌다고 볼 수 있다네. 절맥증이라면 고치기 쉽지 않은 게 당연하고, 주화입마 역시 마찬가질세. 화기와 음기를 동시에 다루는 음양공 계열의 고심한 내가진기에 저항하다 생긴 병증일 테니까. 그러니 저 정도 되는 중환자를 고칠 수 있는 명의란 세상에 그리 흔치 않다네. 아니, 적어도 내가 아는 한에선 근방 천여 리 안에는 없다고 하는 게 맞는 말일 걸세."

"그럼……."

"뭐, 그러니 자네는 지금부터 사흘간 저 계집애와 함께 남은 시간을 보내며 마지막 추억을 만드는 게 어떤가? 사흘이란 시간이 한 인간의 삶으로 보자면 그리 긴 기간은 아니지만, 그렇다고 아주 짧은 것도 아니라네. 솔직히 하루살이의 전체 삶의 세 배나 되는 기간이 아니겠는가? 시간의 길이란 모두 인간이 관념적으로 만들어낸 것이니, 마음속으로 정하는 바에 따라 얼마든지 유용하게 사용할 수 있는 것이라네."

"……."

추소산은 뒤로 갈수록 황당해져 가는 호심원의 설명을 듣던 중 안색을 몇 차례나 변색시켰다. 어째서 호심원이 대단한 의술을 지녔음에도 견사불구가 되었는지, 그 까닭을 알 수 있을 것 같았기 때문이다.

미친놈!

추소산이 내린 결론은 바로 그것이었다.

호심원은 의학에 대한 천재적인 재능과 열정으로 천하제일의 의술을 익혔으나 불행히도 머리가 살짝 맛이 갔다.

그렇지 않고서야 어찌 사람의 목숨을 구하는 것을 업으로 삼은 의원의 입에서 이 같은 귀신 씻나락 까먹는 소리가 흘러나오겠는가.

어찌 돌려서 생각해 보든 이 같은 소리를 지껄이는 건 특정한 종교에 귀의한 광신도에게서나 볼 수 있는 특징이었다. 그 외엔 비슷한 정도나마 떠오르는 게 없었다.

'특정한 종교라…….'

심각하고 진지하게 또 다른 가능성에 대해 생각해 본 추소산은 내심 고개를 가로저었다. 눈앞의 호심원처럼 고집 세고 제멋대로인 사람을 포용해 줄 만큼 관대한 종교란 게 있을 리 만무하단 판단을 내린 것이다.

그렇다면 이제 방법은 단 하나뿐!

슥!

처음 제압할 때처럼 위압적인 기세를 풍기며 호심원에게 파고든 추소산이 그의 완맥을 잡아챘다.

무력을 사용해서라도 호심원에게 치료를 강요할 셈인가?

호심원 역시 그리 생각했다. 그래서 그가 강팍한 얼굴을 일그러뜨린 채 호기롭게 의원으로서의 고집을 드러내려 할 때였다. 추소산이 조용한 목소리로 말했다.

"그런 방도는 싫습니다."

"그러니까 그런 생각도 모두 관념과 번뇌에서 흘러나오는……."

"그냥 치료 방법이나 가르쳐 주십시오. 그 외엔 어떤 것도 싫으니까요."

"싫다면?"

"앞으로 계속 선배님을 쫓아다니며 견사불구 호심원이 이곳에 있다고 떠들고 다닐 생각입니다. 그럼 아마도 선배님은 앞으로 꽤나 번거롭게 되실 테지요."

"협박하는 건가?"

"예."

추소산은 전혀 속마음을 읽을 수 없는 냉정한 표정을 한 채 고개를 끄덕여 보였다. 그리고 자유로워진 호심원의 완맥.

추소산이 완맥을 풀고 뒤로 물러서자 호심원의 얼굴에 마뜩찮은 기색이 물결치듯 떠올랐다.

견사불구 이전의 별호인 생사수.

개방의 비호와 생사수란 별호는 여태까지 호심원을 지켜주던 강철의 방벽이었다. 그가 아무리 견사불구란 말을 내세워 치료를 거부한다 해도 따지거나 무력을 행사해 달려들 사람은 거의 없었다.

하지만 그건 어디까지나 과거의 이야기에 불과했다.

이미 개방을 떠나 은거한 지 십 년이 지났고, 너무 뛰어난 의술에 가려졌을 뿐, 절정고수로 자처하기에 부족함이 없던 무공 역시 퇴색―나이 어린 추소산에게 단숨에 제압당한 탓에 호심원은 자신의 무공에 대한 자신을 잃어버렸다―하고 말았다. 과거 치료를 거부해서 원한을 맺었던 자들이 갑자기 떼거지로 몰려온다면 꽤나 일이 곤란해진다. 적당히 추소산과 타협을 보는 편이 지극히 이롭다는 건 두말하면 잔소리였다.

게다가 호심원은 자신의 처방으로 인해 가사 상태에 빠진 후 우약연이 보인 증상에 꽤나 관심을 느꼈다. 가사 상태에 돌입한 상황임에도 호흡 속에 흐릿한 냉기가 감돌고 있음을 어느새 감지해 낸 것이다.

일반적인 절맥증만으론 설명되지 않는 증상.

어쩌면 우약연은 처음 생각보다 훨씬 독특한 병증을 체내에 숨겨놓고 있었을지도 모른다. 분명 그럴 거란 생각이 들었다. 그렇다면 잠시 수고로이 손을 놀려보는 것도 그리 나쁠 것 없지 않을까?

'뭐, 진맥쯤이야…….'

호심원이 우약연 쪽으로 힐끔 시선을 던지자 추소산이 얼른 신형을 옆으로 물렸다.

입을 열어 응낙의 말을 한 것은 아니나 추소산에겐 충분했다. 겉으로 보이는 표정이나 태도만으로 호심원의 바뀐 생각을 읽을 수 있었던 것이다.

　호심원은 우약연 옆에 쭈그려 앉아 한참 동안 진맥에 열중했다. 입을 열 때마다 견사불구라고 외쳐 댔던 사람이 맞나 싶을 정도로 진지한 모습이었다. 누가 보더라도 한 사람의 환자를 구하는 의원 같았다.

　그러나 추소산은 이미 호심원과 꽤나 많은 대화를 나눈 뒤였다. 그가 상당히 자기 멋대로 사는 것에 익숙한 사람이란 걸 직감적으로 알고 있었다.

　'그런데 저리 진지한 표정을 짓고 있다는 건… 우 소저의 병세가 생각보다 심각하단 뜻인가?'

　추소산은 불길한 생각에 눈살을 살짝 찡그렸다.

　그때였다. 문득 우약연에게서 떨어져 나온 호심원이 입 안 가득 차디찬 냉기를 뿜어내었다.

　"후아!"

　일시 호심원의 입에서 뿜어져 나온 냉기가 동굴 여기저기에 계절에 맞지 않은 성에를 만들어냈다.

　호심원이 빙공 계열의 무공을 연마한 것인가?

　그보다는 진맥의 와중 호심원의 체내로 쏟아져 들어온 우약연의 냉기가 모습을 드러낸 것이라 보는 게 타당할 것이다. 추소산 역시 그리 생각했다.

　슥!

　추소산이 냉기를 뿜어내고도 모자라 신형까지 휘청거리기 시작한 호심원에게 다가섰다. 그를 부축하기 위함이었다.

　탁!

　호심원은 추소산의 손을 강하게 쳐냈다.

　내공만 남기지 않았을 뿐 공격을 했다 해도 과언이 아닌 강한 기세!

추소산이 한 걸음 뒤로 물러서자 호심원이 새파랗게 질린 안색 가득 혐오의 기색을 떠올렸다.

"더러운 마교의 마졸 녀석! 감히 인세에 존재해선 안 될 저주받은 자들의 신녀 따윌 치료해 달라 부탁하다니… 내 비록 견사불구라 불리는 망할 의원이지만, 어찌 정파의 인물로서 마교의 인물을 치료할 수 있…겠……."

"……."

다소 당황한 표정이 된 추소산의 침묵 속에 호심원이 헐떡이며 소리치다가 채 말조차 다 끝내지 못하고 바닥에 무너지듯 쓰러져 내렸다. 추소산의 호의를 뿌리친 일격이 그가 발휘할 수 있는 마지막 기력이었던 것이다.

쿵!

호심원마저 의식을 잃어버린 순간, 추소산이 입가에 가벼운 한숨을 담았다. 뭔가 일이 크게 꼬여간다는 생각이 들었으나 일단은 그런 게 중요한 게 아니었다. 그렇게 생각했다.

"어쩔 수 없는가……."

추소산이 자신의 손을 뿌리쳤던 호심원 쪽으로 걸어갔다. 일단 그의 체내에 파고든 냉기부터 해소시켜 주고 볼 일이었다.

*   *   *

남추는 심미연의 안내를 받아 견사불구 호심원이 지난 십 년간 거처로 삼았던 죽림 외곽의 모옥에 도착했다.

주변을 에워싼 청죽림과 외곽을 타고 흘러내리는 맑은 시내.

문득 한줄기 바람이 불어와 대나무들을 흔들어놓자 눈앞의 풍경은 단숨에 선경(仙境)이 되었다. 그만큼 신비롭고 맑아서 보는 것만으로도 마음이 크게 씻기는 듯한 모습이었다.

시정잡배 출신인 남추의 눈이 동그래졌다. 이같이 신비롭고 근사한 곳이 부근에 있었다곤 전혀 생각지 못했기 때문이다.

"우와! 여기 되게 좋잖아!"

남추는 입을 크게 벌려 소리를 지르곤 곧 고개를 한쪽으로 갸웃해 보였다. 어째서 항상 빨빨거리며 돌아다니던 자신의 눈에 이같이 멋진 곳이 발견되지 않았는지 궁금했기 때문이다.

뒤를 따르던 심미연이 조심스런 표정으로 말했다.

"남추 오라버니, 호 노야께서는 번잡스러운 걸 싫어하셔서 거처 부근에 몇 가지 진을 펼쳐 놓았답니다. 그리 대단한 건 아니지만, 제대로 된 길을 모르는 사람은 부근에 도착한다 해도 헤매기만 할 뿐 이 안쪽 으론 들어오지 못해요."

"진?"

남추가 동그래졌던 눈매를 가늘게 만들곤 얼른 심미연을 돌아봤다. 그녀의 말을 듣자 갑자기 의문 한 가지가 떠오른다. 짚고 넘어가지 않을 수 없는.

"그런데 어떻게 네가 그런 걸 다 알고 있는 거지? 이곳까지의 길을 아는 건 그렇다 치고, 주변에 펼쳐진 진의 정확한 파진로까지 안다는 건 이상하잖아?"

"저는 이곳에서 이미 석 달째 호 노야의 일을 돕고 있어서 알게 된 거예요."

"뭐야!"

남추가 팔짝 뛰었다. 거의 장성한 장정 한 명의 키 높이만큼을 뛰어오른 것이다.

팍!

높이 뛰었던 만큼 떨어질 때의 하중 역시 만만찮다.

바닥에 내려선 순간, 충격을 줄이기 위해 무릎을 살짝 굽혀 보인 남추가 곧바로 심미연 앞으로 다가섰다. 힘에 부치는 적을 만났을 때 기습하기 좋은 수류보의 한 동작을 훔쳐다 사용한 움직임.

무공을 전혀 모르는 심미연이 피할 수 있을 리 만무하다.

"아!"

심미연은 입을 벌려 하얀 치열을 드러낸 채 딱딱하게 굳었다.

어느새 땟구정물이 대충 씻겨 나간 얼굴이 놀란 토끼 같다.

귀엽다는 뜻이다.

'제길, 진짜 귀엽잖아!'

남추는 어느새 심미연의 배 쪽에 대났던 수장을 슬며시 뒤로 빼냈다. 진짜 무공을 모른다는 걸 확인한 이상 위협적인 행동을 취할 까닭이 없었다.

그러나 남추가 어떤 짓을 하려 했는지 알 도리가 없는 심미연이다. 그녀는 커다란 눈을 한차례 깜빡이곤 조그맣게 중얼거렸다.

"저기… 제가 또 무슨 잘못을 저지른 건가요?"

"제기랄, 뭘 잘못했는지도 모른다는 거야?"

"…예. 죄송해요……."

심미연은 눈을 다시 한차례 깜빡이며 고개를 끄덕여 보였다. 남추로선 기가 막힐밖에 도리없는 상황.

내심 한숨을 토한 남추가 포기한 듯 말했다.

"호 선배를 알고 있다면 어째서 그렇게 위험할 때 마을 주변을 기웃거리고 있었던 거야? 재빨리 안전한 이곳으로 도망쳐서 숨어 있었어야 옳잖아!"

"그땐… 호 노야가 연구하는 약초를 구하기 위해 부근을 돌아다니던 때라 일시 몸을 피할 때를 놓치고 만 거예요."

"그래도 특별한 상황이란 게 있잖아! 상황이란 게! 그러다가 그 나쁜 놈들한테 발견돼서 혹시 나쁜 일이라도 당했으면 어쩔 뻔했어!"

"나쁜 일이라니, 그게 뭔가요?"

"응?"

동그란 눈을 깜빡이며 의문 어린 시선을 던지는 심미연의 순진한 물음에 남추가 얼른 고개를 옆으로 돌렸다. 딴청을 부리는 것이다.

그러자 심미연이 입가에 손을 가져다 댄 채 킥 하고 웃었다. 그녀 역시 남추가 한 말의 의미가 어떤 것인지쯤은 알고 있었던 것이리라.

"요것이, 날 놀려!"

남추가 심미연에게 잡아먹을 듯 소리치며 한 손을 들어올렸다. 겁을 주려는 요량이었으나 이미 웃음보가 터진 심미연에겐 전혀 먹혀들지 않았다.

"잘못했어요! 잘못했어요!"

"그게 잘못한 녀석이 취할 태도냐!"

입과 표정이 완전히 따로 노는 심미연의 모습에 남추가 더욱 크게 성을 냈다. 서서히 자신을 가지고 놀려고 드는 심미연의 태도에 위기감을 느낀 것이다.

그러나 막 심미연에게 뛰어들려던 남추는 동작을 완전히 정지하고 말았다. 문득 그의 코끝을 스친 구수하고 맛 좋은 내음 때문이었다.

거기에 한술 더 뜨는 뱃속의 회충들.

꼬르륵!

남추의 배에서 밥 달라는 아우성이 터져 나오자 심미연이 얼른 웃음을 멈췄다. 토끼같이 귀엽지만 여우 같은 눈치를 지닌 그녀는 장난할 때와 멈출 때를 본능적으로 알고 있었다.

"부엌에 아직 밥하고 몇 가지 찬이 남아 있을 거예요. 제가 지금 당장 상을 차려올 테니 조금만 기다리세요."

"어! 어어……."

남추는 언제 성을 냈냐는 듯 얌전히 고개를 끄덕일 수밖에 없었다. 개방 거지 출신답게 밥 주는 사람 앞에선 항시 공손하고 겸손하며 고마움이 섞인 모습을 보일 수밖에 없었다.

우걱우걱!

남추는 단숨에 세 그릇이나 밥을 비웠다.

하루에 한 끼라도 밥을 굶으면 입 안에 가시가 돋는다는 신조를 가진 남추였다. 새벽부터 도망치고, 싸우고, 사람을 구하고, 추격하느라 점심까지 건너뛰었다. 배를 채우는 일에 전력을 기울이지 않을 까닭이 없었다. 밥그릇을 비우는 그의 행동에는 거의 구도자적인 결의마저 깃들어 있었다.

그런 남추를 심미연우 옆에서 서방 바라보는 아낙마냥 흐뭇한 모습으로 지켜보고 있었다. 그냥 보고만 있어도 배가 부르다는 말을 묵묵히 실천하는 그녀였다.

"끄윽!"

결국 마지막으로 퍼준 밥과 반찬 그릇마저 깨끗하게 동을 낸 남추가 크게 트림을 하곤 뒤로 나자빠져 앉았다.

아무렇게나 내활개친 양 발.

배가 복스런 달덩이마냥 튀어 오른 것이 금방이라도 빵 하고 터져 버릴 것 같다.

둥둥둥!

남추가 자신의 배를 북 치듯 두들겨 댔다.

만족의 표현이다.

그러자 심미연이 얼른 상 한 켠에 마련되어 있던 화로에 따끈하게 데우고 있던 찻주전자를 끄집어내 찻물을 내왔다.

하얀 백자 대접을 가득 채운 맑은 찻물.

향긋하면서도 쌉싸름한 다향이 코끝을 찔러오자 남추가 재빨리 자세를 바로 하고 눈을 빛냈다.

식후의 여유있는 차 한 잔만큼 그가 좋아하는 건 별로 없었다. 마다할 까닭이 없는 것이다.

재빨리 찻물을 들이키곤 흐뭇한 표정이 된 남추가 방 안 여기저기를 둘러보곤 중얼거렸다.

"헤헷, 주인도 없는 곳에 찾아와 이렇게 밥까지 다 거덜냈으니, 정말 거지스런 짓을 했구만. 뭐, 원래 내가 거지인 건 맞지만 말야."

"남추 오라버니는 거지가 아니라 협객이에요."

"협객? 정말 내가 그렇게 보여?"

"예."

남추가 자신이 가장 남에게 듣고 싶어하는 말을 던지곤, 귀엽게 고개까지 끄덕여 보이는 심미연에게 흐뭇한 시선을 던졌다.

갈수록 새록새록 정이 든다고, 보면 볼수록 예쁜 짓만 한다는 말이 이처럼 어울리는 계집아이가 있을까 싶다.

'정말 이 계집애와 의남매라도 맺을까나? 생긴 것도 예쁘고 눈치도 빠른 것이 후일 잘 키워서 잡아먹… 는다기보다는 각시로 삼는 것도 나쁘진 않을 것 같은데 말야. 어차피 사부한테는 소산 대형이 있으니까.'

그림같이 잘 어울린다고 해야 하려나?

자신의 뇌리 속에서 한껏 미화된 우약연과 추소산이 함께하는 모습을 잠깐 떠올린 남추의 안색이 시무룩하게 변했다. 사부 우약연이 어떤 고초를 겪고 있는지도 모르는 차에 자신만 배불리 먹고 히히덕거린 것에 대한 죄책감이 느껴졌다.

"그런데 호 선배는 한 번 출타하면 매번 이렇게 늦게 돌아오는 거냐?"

"그게… 저도 잘은 모르겠어요. 제게 출타시에 별말씀을 안 하시는지라……."

"그럼 어째서 이렇게 밥이나 찬 같은 걸 잔뜩 만들어놓은 거냐? 만약 내가 오지 않았으면 몽땅 버렸을 거 아냐?"

"벌써 여러 번 그랬답니다."

"여러 번?"

"예. 호 노야는 아직까지 절 환자로 취급해 주지 않고 계시거든요."

"엥? 그럼 어떻게 이곳에 들어와서 생활하게 된 거야?"

"호 노야에게 치료를 부탁하던 중에 우연히 그분이 묘한 죽림 사이로 들어가시는 걸 보고 대충 짐작하게 된 거죠. 며칠 연구하다 보니 호 노야가 죽림에서 출입하는 것에 일정한 법칙이 있어서 파진로를 알아낼 수 있었어요."

"그럼 설마……."

"예, 아직 호 노야는 매일 밥을 하고 물을 길어놓고 하는 사람이 저인 줄 모르세요. 제 생각엔 대충 짐작은 하고 있지만, 괜스레 아는 척을 하면 귀찮은 일이 벌어지기에 그냥 내버려 두고 있는 것 같지만요."

"허!"

남추는 나직이 혀를 차고는 고개를 절레절레 흔들었다.

천재!

그 말에 여태까지 가장 부합하는 사람은 마음속의 우상인 추소산이라 생각했다. 남추 스스로 기재라 자부하고 있었으나 도저히 추소산만은 따를 수 없었기 때문이다.

한데, 전혀 예상치도 못했던 곳에서 또 한 명의 천재를 만나게 되었다. 추소산과 같은 무공의 천재는 아니나 어떤 의미론 더욱 대단할지도 모르는 자질의 소유자를 말이다.

남추로선 마음 한 켠이 크게 위축되지 않을 수 없었다.

이렇게 세상에 천재가 많다면 극히 평범한 자신 같은 기재들은 어찌 세상에 이름을 내세우며 살 수 있단 말인가.

'하늘은 정말 불공평해!'

남추는 내심 투덜거리며 방바닥에 벌렁 드러누웠다. 머릿속이 복잡해져 와 갑자기 만사가 귀찮아져 버렸다.

*　　　*　　　*

다음날.

날이 밝은 지 한참이 지났을 때였다.

어제와 마찬가지로 천재 소녀 심미연이 지어준 밥을 배가 터질 정도로 먹고 남추는 너른 평상 위에 누워 있었다.

잔뜩 활개친 대 자.

남추는 평상 하나를 몽땅 차지한 채 슬금슬금 몰려오고 있는 졸음을 즐기고 있었다. 밤중이라도 혹시 이곳의 주인인 호심원이 돌아올까 싶어 잠을 설쳤다. 대낮이라곤 해도 유혹적인 숨결을 내뿜는 수마(睡魔)의 침범을 물리치기란 그리 쉽지 않은 일이었다.

게다가 마침 모옥 주변의 죽림이 또다시 휘몰아친 바람에 크고 기분좋은 흔들림을 보였다. 수마의 유혹이 무진장 강해질 시점이었다.

그러나 이 모옥 부근에선 일상적으로 볼 수 있는 일의 끝에 전혀 일상적이지 않은 일이 벌어졌다.

사사삭!

수풀이 누이는 소음과 함께 죽림 속에서 세 개의 인영이 모습을 드러냈다. 얼마 전 종유동굴을 떠나온 추소산과 모옥의 주인인 호심원이 우약연과 함께 등장한 것이다.

'소산 대형! 사부!'

남추는 언제 수마의 유혹에 거의 굴복 직전까지 갔냐는 듯 눈을 부릅떴다.

그리고 평상을 박차고 뛰어오른 신형.

바닥에 착지함과 동시에 남추가 우약연을 품에 안은 추소산에게 맹렬한 기세로 달려갔다.

쏘아진 살과 같다:

그러나 남추는 추소산과 감격적인 해후를 맞는 데 실패했다. 쏘아진 살과 같던 그의 발등을 걸어찬 호심원의 심술궂음이 있었기 때문이다.

퍽!

타격음과 거의 동시에 남추가 바닥을 뒹굴었다. 아니, 거의 그렇게 될 뻔했다.

탁!

얼굴을 바닥에 그대로 박으려는 찰나 재빨리 손을 뻗은 남추가 데굴 신형을 앞으로 굴렸다.

그리고 호심원을 향해 내뻗어진 기운찬 일각!

"견전구퇴(犬轉求腿)?"

얼굴에 별다른 표정을 보이지 않고 있던 호심원의 입 매무새가 살짝 움직였다. 남추가 펼친 견전구퇴가 개방의 제자라면 대부분 익히는 격구장권구퇴(擊狗掌拳九腿)에 포함된 초식임을 알고 있었기 때문이다.

슥!

호심원은 대뜸 손바닥 보듯 알고 있는 격구장권구퇴의 행로를 역으로 찔러 들어갔고, 남추는 바닥을 차고 일어서다 뒷덜미를 붙잡히는 꼴이 되었다.

호심원이 예상한 그대로의 결과!

"그렇게 남추를 얕봐선 안 될 텐데……."

추소산의 예상대로였다. 그의 중얼거림이 끝나기도 전에 상황이 급변했다. 그대로 남추의 뒷덜미를 낚아채려던 호심원의 안색이 가볍게 변한 것이다.

획!

호심원의 갈퀴 같은 손아귀에 붙잡혀 딸려온 건 남추가 아니라 그가 입고 있던 윗도리였다.

그렇다면 남추 본인은?

츄악!

느닷없이 자신의 눈을 노리며 튀어 오른 흙먼지를 막기 위해 호심원은 소매를 들어올려야만 했다. 그리고 그 순간, 윗도리를 벗은 남추가 파고들었다. 호심원의 하단전 쪽으로.

퍼퍽!

호심원은 단지 자신의 다리를 곧추세웠을 따름이다. 머리를 갖다 박은 건 남추 자신이었다. 물론 그 뒤 불꽃이 튀는 듯한 통증과 함께 뒤로 팅겨져 나간 것 역시 그 자신이 책임질 몫이었다.

"아이구, 나 죽네! 아이구, 나 죽어!"

남추는 바닥에 엉덩방아를 찧은 채 자신의 머리를 양손으로 감싸 안았다. 죽는다는 소리가 자연스레 입가를 감돈다. 누가 보면 당장 숨이 끊길 것만 같다.

그러나 호심원은 천하제일의원이기 이전에 개방의 절정고수였다. 개방의 하급 제자들이 수세에 몰렸을 때 주로 사용하곤 하는 너스레와 거짓 울음 따위에 속아 넘어갈 위인이 아니었다.

"개방의 제자가 싸움에 지고서 억지를 부리면 어찌 되는 것이지?"

"…나 죽네에에… 에……."

남추의 울부짖음이 갑자기 작아지더니 곧 뚝 끊겨 버렸다. 호심원의 한마디가 얼마나 중한지 알고 있었기 때문이다. 그리고 조심스레 흘러나온 한마디.

"역시 호 선배님이십니까?"

"호 장로라 불러야 마땅하지. 너는 개방의 몇 대 제자가 되더냐?"

'역시 맞구나!'

내심 크게 소리친 남추가 얼굴을 가리고 있던 손을 풀더니 벌떡 자리에서 일어섰다. 언제 울부짖었냐는 듯 얼굴이 쌩쌩한 게 진짜 호심원의 무릎에 가격을 당한 게 맞는지 의심스러울 지경이다.

"착!"

호심원에게 포권해 보인 남추가 보기 드물게 진지한 표정으로 목소리를 높였다.

"개방의 백의개 남추가 호 장로님을 뵈옵니다!"

"백의개?"

호심원의 눈에 이채가 떠올랐다. 남추의 탁월한 무공 재질과 상당히 고강한 내력, 상황 대처 능력으로 볼 때 기껏해야 백의개란 건 납득이 되지 않았다.

추소산이 대신 설명하듯 말했다.

"남추가 개방의 제자이긴 하지만 실제로 무공을 가르친 건 우 소저입니다. 무공이 같은 또래보다 강한 것도 무리는 아니지요."

"흥, 마교의 신녀가 개방의 제자를 탐하다니, 정말 강호의 도의가 땅에 떨어졌구나!"

"우 소저가 남추를 제자로 거둔 건 다른 사정이 있습니다."

"더 이상 자네 변명은 듣고 싶지 않네!"

호심원이 퉁명스런 표정으로 추소산에게 쏘아붙이고, 남추에게 차가운 시선을 던졌다.

"백의개 남추, 너는 어찌해서 내 거처에 들어올 수 있었느냐?"

"예, 그건……."

남추는 얼른 대답하려다가 말끝을 가볍게 흐렸다. 어젯밤 심미연에게 들었던 얘기가 뇌리 속에 울려 퍼졌기 때문이다.

'아까부터 연아는 모습을 감췄다. 아마도 호 장로님이 오시는 걸 보

고 부근에 몸을 숨겼을 것이다. 그렇다면 나는 연아를 배신할 수 없다.'

내심 생각을 정리한 남추의 시선이 옆으로 이동했다. 그러자 호심원의 입가에 살짝 냉소가 떠오른다.

"흥, 눈알을 옆으로 굴리는 걸 보니, 뭔가 숨길 것이 있나 보구나. 하긴 지금 그런 게 꼭 중요한 건 아니지. 너는 그 도적 같은 눈알을 그만 굴리고 어째서 본 방을 배반하고 마교에 귀의한 것인지나 말해보거라!"

"예? 그게 무슨?"

"인석! 네가 새로 맞아들인 사부가 바로 마교의 신녀임을 몰랐다는 것이더냐?"

"……."

남추의 입이 가볍게 벌어졌다. 그 역시 우약연의 정확한 신분은 알지 못했다. 이제 개방의 장로이자 대선배인 호심원의 추궁을 받자 일시 얼이 빠져 어떤 말도 하지 못하게 되었다.

하지만 남추는 곧 양 주먹을 꽉 쥐었다.

설혹 몰랐어도 상관없다.

그런 걸로 사부로 모신 우약연과의 사제 관계가 깨지진 않는다.

남추는 그리 생각했다.

"사부님은 그냥 제 사부님이십니다! 만약 사부님께서 마교와 관련이 있다 해도 거기엔 변함이 없습니다!"

"감히, 네가 개방을 배신하겠다는 것이더냐!"

"개방에 대한 의리와 사부님에 대한 의리가 똑같다고 여길 뿐입니다."

"이놈이!"

호심원이 진노한 표정으로 수장을 번쩍 치켜들었다. 당장 생사수라 알려진 자신의 절세수공으로 남추의 천령개를 박살 낼 기세였다.

위기의 순간!

남추는 눈썹 하나 까딱하지 않았다. 자신의 생명보다 사부 우약연과의 의리를 더욱 소중히 한 것이었다.

그러자 오히려 마음의 동요를 느낀 건 호심원이었다. 어리디어린 남추의 생명보다 의리를 앞세우는 모습이 그의 차디찬 심장에 미약하나마 열기를 일으켰다.

'의를 행하라! 본 방의 유일무이한 방칙이었던가?

스륵!

호심원이 수장을 슬그머니 거둬들였다. 그리고 퉁명스레 흘러나온 한마디.

"정오가 되면 시술을 시작할 것일세."

하늘의 해는 슬슬 중천을 향하고 있었다.

제44장

폭호신군(暴虎神君) 심소단

　　호심원이 냉큼 모옥 안으로 들어가 버리자 남추가 혀
를 낼름 내밀어 보였다.

　그 얼굴에는 방금 전까지 호심원 앞에서 보였던 기개있는 개방도의
모습은 씻은 듯 사라져 보이지 않는다. 위기의 순간이 지나자 본래의
모습을 회복한 것이다.

　그래도 호심원이 다시 모옥에서 뛰쳐나올 것을 우려한 것이리라.

　얼른 내밀었던 혀를 수습한 남추가 평상 위에 우약연을 조심스레 눕
히고 있던 추소산에게 냉큼 달려갔다.

　"소산 형님, 사부님이 어쩌다 이리되신 겁니까? 역시 그 마두 녀석
과 싸우시다가 중상을 당하신 게 아닙니까? 아아, 제기랄! 이럴 줄 알
았으면 죽어도 사부님의 뒤를 따르는 것이었는데. 설마 사부님을 이길
수 있는 마두가 있을 줄은 몰라서리……."

자신이 묻고 확답마저 내놓은 후 온갖 방정을 다 떨어 보이는 남추
의 성급함에 추소산이 흐릿한 미소를 지었다. 우약연이 정신을 잃은
후 계속 긴장해 있던 마음이 남추로 인해 조금 풀리는 것 같다.

"우 소저는 내상을 입은 후 빨리 조섭을 하지 못해서 잠시 쉬고 있을
뿐이다. 호 선배는 보기 드문 명의신 것 같으니 그리 큰 염려를 할 필
요는 없을 것이다."

"명의요? 호 장로님은 천하제일의 의원입니다! 생사수 견사불구 호
심원 하면 염왕적이나 다름없다고 강호에 소문이 자자했으니까요."

"그렇다면 더욱 잘됐구나."

"그게 그렇지가 않습니다!"

얼른 목소리를 높여 추소산의 말을 부인한 남추가 자신이 알고 있는
호심원의 괴벽에 대해 줄줄이 늘어놨다. 하나같이 견사불구란 별호와
관련된 것들로 기상천외하고 황당하기까지 한 괴사가 끝도 없이 이어
졌다.

그러나 추소산은 이미 석회 동굴 안에서 우약연을 앞에 두고 호심원
과 꽤나 많은 신경전을 벌인 바 있었다.

그의 괴팍하고 비틀린 성격이 어떻다는 건 충분할 정도로 파악하고
있었다. 남추의 말에 그리 큰 타격을 받을 리 없다.

남추가 쏟아낸 말들에 무심히 고개만 끄덕여 보인 추소산이 슬며시
손을 뻗어 어깨를 두들겨 줬다.

툭툭!

말이 전혀 섞이지 않은 한차례의 두들김.

묘하게도 남추는 그 묵직한 침묵에 마음 한 켠이 안온해짐을 느꼈
다. 왠지 모르게 추소산이 예전보다 훨씬 커진 듯한 느낌을 받은 것

이다.

'고작 이틀이 지났을 뿐인데…….'

남추는 아무런 말도 못하고 내심 고개를 가로저었다. 어제 만난 심미연을 추소산에 버금가는 천재라 생각했는데, 지금 보니 비길 바가 못 된다.

그런 생각이 불현듯 들었다.

정오가 되었다.

호심원은 약속대로 모옥 안에서 몇 가지 의료용 꾸러미를 가지고 모습을 드러냈다.

'괴벽이 있는 사람이긴 하나 약속은 잘 지키는 사람이군.'

추소산이 호심원에게 시선을 던지며 미미하게 고개를 끄덕여 보였다.

호심원이 추소산과 그가 내뿜는 묘한 기운에 눌려 얌전히 앉아 있던 남추를 냉랭하게 바라보곤 평상 쪽으로 다가왔다. 입을 한일자로 꾹 다물고 있는 얼굴은 지극한 불쾌함을 억지로 참고 있는 기색이 역력하다.

"호 선배!"

"호 장로님!"

추소산이 포권과 함께 고개를 숙여 보이자 남추기 질세라 따라서 목소리를 높였다.

그러나 호심원은 마침 고개를 옆으로 돌려 두 사람의 인사를 외면했다. 두 사람의 인사 따윈 절대 받고 싶지 않다는 심사를 드러낸 것이다.

"나, 호심원은 평생 남에게 은혜를 받고 그냥 넘어간 일이 없네. 은원을 분명히 하는 것을 평생의 자랑으로 삼아왔지. 하지만 은혜에 대한 대가를 치르는 것은 치르는 것이고, 한마디 해야겠네."

"……."

추소산은 자신의 얼굴을 송곳이라도 된 것처럼 노려보는 호심원의 시선을 전혀 피하지 않았다. 피할 까닭이 없다고 생각한 것이다.

호심원의 얇은 입술이 꿈틀거렸다.

"아무래도 상관없다는 표정이군 그래? 하지만 나는 자네가 거기 평상에 눕혀진 계집애의 진짜 정체를 알고도 그런 표정을 지을 수 있을지 궁금하네."

"말씀해 주십시오."

"저 마교 신녀의 병증은 꽤나 복잡해. 꽤나 많은 희귀한 병증을 다뤄봤다고 자신하는 나조차 잠시 확진을 내릴 수 없었을 정도야. 하지만 아무리 대단한 병증이 겹쳤다고 해도 결국 근본의 뿌리까지 내려가면 다 그리 대단한 것이 아니게 되지."

먼저 밑밥을 뿌린 호심원이 본격적인 설명에 들어갔다.

"아마도 저 마교 신녀는 태어날 때부터 극도로 희귀한 순음지체(純陰之體)에 절맥증까지 겹쳤을 것일세. 본래는 아무리 대단한 영약을 복용한다 해도 열 살을 넘지 못해 죽었을 운명인데 여태까지 생존했을뿐더러, 상당한 내력까지 쌓은 걸 보면 필시 독특한 대법을 펼쳐 병증을 봉인해 뒀음이 분명한데… 아무리 생각해 봐도 몸 안의 순음지기를 봉인하고 희귀한 절맥증까지 치유할 수 있을 정도의 대법이라면, 마교의 성화강림대법(聖火降臨大法)밖엔 없단 말씀이야."

"……."

“뭐, 그 사이비 녀석들은 지놈들을 신성천교란 그럴듯한 이름으로 칭하곤 하네. 하지만 뭐가 신성천교란 말인가? 그놈들이 만든 성화강림대법만 봐도 녀석들이 한낱 사마외도에 저주받은 악종에 불과하단 건 충분히 알 수 있단 말씀이야.”

설명 중 화가 나는지 발끝을 들어 바닥을 몇 차례 밟은 호심원이 경멸의 기색을 우약연 쪽에 던진 후 말을 이었다.

“성화강림대법이란 전적으로 마교의 신녀를 위해 만들어진 대법인데, 한마디로 말해 태어난 지 얼마 되지 않은 태아를 벌모세수(伐毛洗髓)하고, 순수한 내력으로 깨끗하게 정화시키는 게 목적이라네. 대법을 완성시키기 위해선 최소한 열 명 이상의 절정고수가 자신의 원정을 잃을 각오를 해야 하고, 백 명 이상의 동남동녀(童男童女)가 필요해. 자네는 이게 무슨 의미인지 알겠는가?”

“…한 명의 신녀를 탄생시키기 위해 열 명의 절정고수가 폐인이 되고, 백 명의 동남동녀가 목숨을 잃어야만 한다는 겁… 니까?”

“그래, 바로 그런 의미라네.”

대답과 함께 고개를 끄덕임으로써 추소산의 심중에 더욱 큰 압박을 던진 호심원이 입가에 가벼운 냉소를 매달았다.

“흥, 당연히 그렇게 탄생한 신녀는 절정무공을 익히기에 가장 알맞은 근골을 가지게 되는데, 대부분 젊어서 절정의 반열에 오르게 되지. 마교에서 유일하게 교주와 대등한 위치인 신녀를 조기 육성하려는 고육지책인 거야. 하지만 그렇게 힘들게 키운 신녀가 후일엔 처녀의 몸으로 성화에 몸을 던져야만 한다네. 정말 어처구니없는 족속들이 아닌가?”

침묵하고 있던 추소산의 시선이 가볍게 흔들렸다.

'그랬던가……'

추소산은 비로소 우약연의 눈동자 속에 간혹 어려 있던 심연과 같은 어둠의 정체를 깨달을 수 있었다.

태어나자마자 결정된 운명.

신녀로서의 삶에 따라오는 영광이라는 이름, 그 뒤안길로 끈적하게 내려앉았을 굴레와 속박.

우약연이 느꼈을 괴로움을 생각하자 온몸의 피가 거꾸로 역류하는 것만 같았다. 여태까지 느껴보지 못했던 강렬한 갈구가 미친 듯 일어나고 있었다.

그러나 추소산은 곧 평온을 되찾았다. 지금 중요한 건 우약연의 과거가 아님을 금세 인지한 것이다.

"그래서 결국 우 소저가 보인 병증의 원인은 무엇입니까? 병증 치료와 관련없는 사항이 너무 긴 것 같습니다."

"아직도 그런 게 알고 싶은 건가?"

"물론입니다."

"마교 신녀는 앞서 말했다시피 앞으로 처녀의 몸으로 성화에 몸을 던져야만 하는 운명이라네. 자네와의 인연은 그야말로 악연이랄 수가 있어. 마교 놈들이 곧 자신들의 신녀를 찾아 불나방처럼 달려들 테니 말야. 그러니 자네는 지금이라도 마음을 고쳐먹고 다른 좋은 처자를 찾는 게 나을 걸세."

"그럴 일은 없습니다. 호 선배님은 더 이상 그런 쓸데없는 얘기 따윈 늘어놓지 말고 자신이 한 약속을 지키도록 하십시오. 아니면 제가 흡수했던 음한기를 도로 호 선배님의 몸속으로 돌려 드릴 생각이니까요."

"음한기를 돌려준다고? 자네, 내가 그런 위협 따위에 굴복할 것 같은가!"

"물론입니다."

말을 마친 추소산이 부드러운 목소리에 더할 나위 없이 어울리는 미소를 입가에 만들어 보였다.

그가 예의와 인간적인 정리가 전혀 통하지 않는 상대를 만났을 때만 사용하곤 하는 뒷골목의 방법을 쓸 때 항시 보이는 모습이었다.

'뭐 이런 뒷골목 깡패 같은 놈이 다 있는가……'

호심원은 눈앞의 추소산이 처음 생각했던 것 이상으로 힘든 상대임을 인정하지 않을 수 없었다.

의원으로 수없이 많은 환자를 다뤄봤다.

그중에는 별별 꼴통 같은 인간들도 섞여 있었다.

하나같이 자신이 목적하는 바를 이루기 위해선 어떤 짓이라도 할 것 같은 위인들이었다. 그렇게 세상을 살아온 자들이었기 때문이다.

하지만 그런 자들을 상대할 때도 호심원은 외눈 하나 깜빡한 적이 없었는데, 지금은 그렇지가 못했다. 자신도 모르게 경련이라도 인 것처럼 눈살을 연신 떨어대고 있었다.

기세!

추소산이 은연중 흘리고 있는 기운이 호심원을 긴장하게 만들었다. 어떤 짓이든 할 자가 아니라 어떤 짓이라 해도 할 능력이 있는 자를 만났다는 강한 확신이 느껴졌다.

그렇다면 별수없지 않은가?

잠시 추소산을 노려보길 잊지 않은 호심원이 애꿎은 아랫입술을 이로 잘근거리며 우약연 쪽으로 걸어갔다. 천하제일이나 개방의 거지 외

엔 결코 확인할 수 없다 알려진 절세의 의술을 지금부터 펼치려 함이
었다.

　사흘에 걸친 병중 치료.
　몇 개의 섬세하고 고난이도의 기술을 요하는 금침 시술과 무진장 아
까워하며 쓴 몇 개의 영단, 열두 시진이란 시간.
　그 끝에 마지막으로 남은 건 붉은 열기를 잔뜩 뿜어내고 있는 모옥
뒤편에 놓인 연단로를 바라보고 있는 호심원의 뭔가 크게 못마땅한 얼
굴뿐이었다.
　'어지간히 자신의 맹세를 깬 것이 분했나 보군. 의술 실력은 정말
천의무봉(天衣無縫)할 지경인데, 사람이 정말 꼬였어…….'
　추소산은 이틀 전 우약연에 대한 일차적인 치료가 끝난 연후 줄곧
연단로에 매달려 있는 호심원의 뒷모습을 눈으로 살피곤 내심 고개를
가로저었다.
　그에게 치료를 강압한 일이 조금 미안한 기분이긴 하나 후회는 전혀
없었다. 그때는 그 방법이 최선이었고, 덕분에 우약연이 죽음의 위기
에서 벗어났다는 확신이 있었기 때문이다.
　추소산은 호심원에게서 시선을 떼고 평상 위에 누운 채 고른 호흡을
내뱉고 있는 우약연 쪽을 바라봤다.
　사흘 전과는 사뭇 달라진 고운 얼굴과 가벼운 호흡에 마음 한 켠이
크게 기꺼워지는 걸 느낀다.
　지금 이 순간, 호심원이 지껄였던 우약연의 신세 내력 따윈 아무런
위력을 발휘하지 못하고 있었다. 그녀가 살아 숨 쉰다는 것만으로 추
소산은 만족했다.

한데, 그때 흡사 우약연을 보호라도 하듯 평상 한 켠에 쭈그려 앉아 있던 남추가 갑자기 외로 쓰러졌다. 꾸벅거리며 졸던 중 몸의 균형이 무너진 것이다.

푸욱!

땅에 얼굴을 파묻고서도 남추는 잠시 동안 움직이지 않았다.

여전히 잠이 깨지 않아서인가?

아니다.

얼굴 전반적으로 느껴지는 통증은 둘째 치고 헤벌려져 있던 입 안으로 잔뜩 파고든 흙무더기의 푸석푸석한 맛을 보고 계속 잠 속에 빠져 있기란 쉬운 일이 아니었다. 사실 완전히 불가능한 일이라고 할 수 있다.

남추가 그럼에도 불구하고 지금 미동조차 하지 않고 있는 건 죽을 정도로 낯이 뜨거웠기 때문이다.

사흘 전 우약연의 병중 치료가 시작되었을 때부터 추소산은 단 한순간도 그녀에게서 시선을 떼지 않았다. 천 마디, 만 마디의 말보다 뜨거운 하나의 시선이 지금 그의 마음을 대변하고 있는 것 같았다.

남자!

남추가 본 추소산의 모습은 한 여자를 진정으로 사랑하는 사내의 모습, 그 자체였다. 마음 한 켠에 쓰라린 패배감이 다시 스멀거리며 고개를 들 수밖에 없어진다.

사부라기엔 너무나 아름다운 우약연.

영원한 마음속의 연인을 아무래도 아직까지 완전히 포기한 건 아니었던 것 같다.

하지만 남추는 강하게 자극을 받았다.

말로 형언할 수 없는 오기를 느꼈고, 추소산에게 억지를 부려 우약연의 호위를 자처했다.

그가 내세운 억지의 요지는 사제지간의 당연한 정리였다. 사실은 단순히 어린 혈기가 만들어낸 질투심의 발로였지만, 그 자신은 크게 신경 쓰지 않았다.

동기 자체가 즉흥적일뿐더러 자기 만족에 가까운 행위였다. 달리 신경 쓸 필요는 없는 것이었다.

남자의 고집!

그거 하나만 지켜내면 된다고 생각했다.

한데, 고작 사흘 밤을 샌 것만으로 이 꼴이 될 줄이야!

'한심한 놈! 한심한 놈!'

남추는 입 안을 가득 메운 흙덩이를 감히 뱉을 생각조차 하지 못한 채 자기 자신을 욕했다.

아무리 생각해 봐도 이해를 할 수가 없다. 어떻게 세상에서 가장 중요한 우약연이 사경을 헤매고 있는 이때에 쉽사리 정신을 놓아버릴 수 있는가.

게다가 또 한 가지 이해가 가지 않는 일이 있다.

계속 염려해 왔던 우약연의 절세 미모와 가끔 겹치기 시작한 얼굴 하나.

심미연의 앳된 얼굴이다.

지난 사흘, 남추는 종종 그녀를 궁금해했다. 처음엔 괜스레 신경이 쓰이는 정도였다. 그것도 호심원의 냉정한 입에서 우약연의 상세가 위중하다는 말이 흘러나온 후엔 한동안 까맣게 잊고 있었다.

그게 당연하다고 생각했다.

그런데 하루를 꼬박 소비한 호심원의 시술과 병증 치료가 끝난 후부
턴 상황이 달라졌다. 비록 자주는 아나나 심미연의 얼굴이 종종 떠올
라 눈앞을 어지럽히기 시작한 것이다. 바로 방금 전과 같이.

'설마 내가 그 쬐끄만 계집애를 좋아하게라도 된 건가? 사부에 비하
면 크게 예쁜 편도 아닌데……'

물론 그랬다.

외형적으로 심미연은 감히 우약연에 견줄 만한 미모가 아니었다. 비
록 성장하면 미인이 될 소질이 충분하나 아직 어렸고, 몸매 역시 크게
빈약하여 전혀 상대가 되지 않는다.

남추처럼 얼굴을 꽤나 밝히는 소년에게 이 차인 꽤나 컸다. 얼마든
지 꿈속에서 마음속의 연인을 매일 갈아치울 수 있는 원기왕성한 시기
이기에 더욱 그랬다.

하지만 사람의 마음자리란 묘하고, 사랑의 감정이란 것 역시 그렇
다.

심미연과 보냈던 하루라는 시간이 남추에겐 꽤나 큰 것이었다. 우연
찮게 만난 한 여인에게 사랑을 느끼고 평생을 바칠 수 있는 계기가 되
기에 충분한 시간이었다. 어째서 그렇게 되었는지는 전혀 설명할 길이
없지만 말이다.

"케헥!"

생각이 너무 길었다.

느닷없이 청춘의 무거운 짐을 느끼곤 홀로 낑낑대고 있던 남추가 갑
자기 숨 막히는 소리와 함께 입 안의 흙을 토해냈다. 느닷없이 옆구리
로 날아와 박힌 돌멩이가 준 고통 때문에 벌어진 일이었다.

"새끼 거지야, 주접 그만 떨고 빨리 일어나라!"

"우극! 어찌 사람을 이렇게……."

필시 어른 주먹만 한 멍이 남으리라!

돌멩이에 얻어맞은 부위를 손으로 매만지며 자리에서 일어서던 남추가 호심원에게 볼멘소리를 내뱉다가 입을 다물었다. 첫날을 제외하곤 아예 자신을 없는 사람 취급하던 호심원의 말속에 담긴 속뜻을 눈치 챘기 때문이다.

'날 새끼 거지라고 호칭하고 주접이란 말을 썼으니, 이곳에 곧 호 장로님이 긴장할 정도의 대적이 쳐들어온다는 뜻인 건가……?'

개방은 천하제일대방으로 수많은 거지들이 모두 방도들이라 할 수 있다. 무공이 고강한 자로부터 아예 형편없는 자들까지 구성원이 다양하다.

그래서 중요한 싸움이나 대적과의 대전이 벌어질 땐 항시 무공이 약한 방도들을 먼저 보호하고 뒤로 빠지게 했다. 약한 자를 보호하고 강자의 폭력에 굴하지 않는다는 말은 같은 개방도에게도 그대로 적용되었다.

해서 몇 가지 경고성 은어가 전해졌는데, 새끼 거지나 주접이란 말의 용도가 그중 하나였다. 백의개 출신인 남추가 개방에 입방할 당시 가장 먼저 배웠던 것들이었다.

휙! 휙!

남추가 언제 꾸벅거리며 졸았냐는 듯 수중에 타구죽봉을 꽉 쥔 채로 모옥을 에워싼 주변 죽림을 마구 둘러봤다. 호심원의 경고가 있었음에도 전혀 도망치거나 몸을 숨길 생각이 없어 보이는 모습이었다.

'저 어리석은 거지 녀석이…….'

호심원은 여전히 연단로에서 무심한 시선을 떼지 않은 채 눈살을 가볍게 찌푸려 보였다. 개방의 일개 백의개에 불과한 남추가 이번에도 장로 신분인 자신의 말을 무시하자 짜증이 심중에서 확 치솟아오른다.

그때 추소산이 천천히 호심원 쪽으로 한 걸음을 떼어냈다.

저벅!

묘하게 귓전을 울리는 소리.

문득 연단로에서 시선을 떼고 추소산과 시선을 마주친 호심원의 소맷자락이 미세한 떨림을 보였다. 자신도 모르게 추소산이 뿜어낸 기운에 의원이 아닌 무인으로서 감응을 보이고 만 것이다.

퉁!

언제나와 같은 위치를 점하고 있는 묵암검의 검갑을 손가락으로 퉁긴 추소산이 말했다.

"호 선배님은 연단에만 신경 써주십시오."

"흥, 어떤 일이 벌어지든 자신이 알아서 하겠다는 뜻인 건가?"

"그리할 작정입니다."

"견사불구란 고집을 관철시키기 위해 그동안 강호에서 원한을 맺은 일이 제법 많아. 어떤 대단한 고수가 찾아왔을지도 모르는데 상관없겠는가?"

"……."

대답 대신 추소산이 죽림의 한쪽에 시선을 던졌다. 마치 주의를 주는 듯한 시선을 하고서.

자연스레 일어난 한가닥 삼엄한 검기!

추소산의 시선이 향한 죽림 쪽이 갑자기 가벼운 흔들림을 보이더니 십여 그루나 되는 대나무들이 힘없이 쓰러져 내렸다. 추소산이 발검도 없이 발출해 낸 검기가 일으킨 기경!

그런데 순간, 그렇게 검기에 잘린 대나무들이 일제히 공중으로 튀어 오르는 게 아닌가.

무언가 강력한 힘에 튕겨지는 듯한 모습들.

"폭호신장(暴虎神掌)?"

호심원의 입에서 침음에 가까운 목소리가 흘러나온 것과 동시였다.

슥!

추소산이 재빨리 신형을 움직여 우약연이 눕혀진 평상 앞을 가로막아 섰다.

그리고 하늘을 향해 내뻗어진 검지와 중지.

또다시 일어난 검기가 마침 공중으로 치솟았다가 흡사 천신천장의 뇌격마냥 떨어져 내린 대나무들의 강습과 맞닥뜨렸다.

짜자자자작!

최초, 베이는 소리조차 들리지 않고 쓰러지던 것과 달리 이번엔 귀청을 찢어발기는 굉음이 일어났다. 그만큼 추소산이 일으킨 검기와 천공에서 강습해 온 대나무들 속에 담긴 내경의 격돌이 엄청났다는 의미.

'역시 아직 검을 매개로 하지 않은 연환검식은 위력에 한계가 있구나……'

추소산은 근래 임독양맥이 개통되며 얻은 중단전의 힘을 이용해 발휘한 자신의 검기가 지닌 약점을 되새기며 눈빛을 가라앉혔다.

새롭게 얻은 힘!

그것을 시험적으로 사용해 본 결과 확실히 깨닫는 바가 있었다.

아직까진 자신에게 묵암검이 필요하다는 것.

스슥!

추소산은 깨달음을 얻은 것과 동시 우박처럼 하늘에서 쏟아져 내린 죽편들을 비집고 앞으로 신형을 이동시켰다. 모옥 주변에 설치된 진세를 박살 내고 모습을 드러낸 장대한 체형의 노인을 맞기 위해서였다.

노인.

육 척은 가볍게 뛰어넘을 듯한 신장.

보통 사람보다 훨씬 길어 보이는 양팔과 양다리.

낮술이라도 마신 듯한 홍안에 계속 위협적인 뇌광이 번뜩이는 두 눈.

흡사 곰과 같은 거대한 몸집에 연배를 전혀 분간키 어려운 패도적인 모습이다.

만약 머리가 온통 파뿌리처럼 하얗고 이마에 몇 줄의 주름이 없었다면, 노인이라기보다 한창 정력적인 나이의 장년인 정도라 착각할 법도 하다.

그만큼 위압적인 품격과 기세.

추소산의 눈은 자연스레 그 모든 걸 갖춘 노인의 붉은 기운이 감도는 양손을 주목했다. 부지불식간에 호심원이 내뱉었던 폭호신장이란 말을 소홀히 넘기지 않은 까닭이다.

'폭호신장이라면… 폭호신군(暴虎神君) 심소단의 절학이다. 설마하니 강남제일장(江南第一掌)이라 불리는 폭호신군마저 호 선배님과 원한을 맺었을 줄이야…….'

폭호신군 심소단.

강남제일 장법고수라 불리는 불세출의 고수로 강남제일세라 일컬어지는 패천도문의 현 문주 패도존 여신유의 유일한 의제로 유명한 사람이었다.

　안하무인하기로 유명한 여신유가 인정한 의제인만큼 성명절기인 폭호신장은 위력이 막강하기로 유명하고 인품 또한 꽤나 원만한 편이었는데, 다만 한 가지 세인들에게 오르내리는 흠이 있었다. 성격이 지나치게 곧아서 은원의 해결이 다소 거칠고 지나칠 때가 많다는 것이었다.

　그러나 본시 강자존의 무림이었다.

　자타가 공인하는 초절정의 고수인 심소단과 은(恩)을 맺을지언정 원(怨)을 만들려는 자는 그다지 많지 않았다. 그가 다소 은혜를 과하게 갚고 원한의 해결에 있어 지나친 일 처리를 보인다 해도 무림 중에 크게 회자될 정도까지 이르진 않았다. 본래 강자가 행하는 일에는 웬만하면 침묵하는 무림의 생리를 보여주는 대목이라 할 수 있었다.

　어쨌든 그런 심소단이 죽림 속에 몰래 숨어 있다가 진세를 박살 내고 뛰어들어 왔다. 추소산이 기습적으로 쏘아 보낸 검기의 압박 때문에 자신의 의지와 관계없는 등장을 할 수밖에 없었던 것이다.

　노기등등!

　심소단이 뿜어내고 있는 순수한 노여움을 정면으로 받아넘긴 추소산이 정중한 목소리로 말했다.

　"혹시 폭호신군 심 선배님이십니까?"

　"너는 누구냐?"

　"후배의 이름은 추소산이라 합니다."

　"추소산?"

　추소산의 이름을 되뇌어 보인 심소단의 뇌전 같은 두 눈에 잠시 이채가 스쳐 갔다.

　추소산 자신은 잘 모르나 개방 방주인 협개 나원경의 언급이 있은 후 그의 이름은 제법 무림에 크게 알려져 있었다.

비록 정파의 대문파에 속한 제자가 아니란 점 때문에 조금 빛이 바래지긴 했지만, 세간에 퍼진 나원경의 명성과 대협의 풍모로 볼 때 확실한 보증을 받은 것이나 다름없었다. 남들이 수십 년에 걸쳐서야 간신히 쌓을 수 있는 명성을 단숨에 획득한 것이다.

그러나 심소단은 나원경과 어깨를 나란히 할 수 있는 사람이었다. 나원경의 칭찬 따위로 마음이 흔들리거나 할 인물이 아니었다. 따라서 그가 추소산의 이름을 듣고 관심을 표명한 건 근래 들어 산서성에 퍼진 또 다른 소문 때문이었다.

사파이세 중 하나이며 산서성 무림의 패자.

혈문의 자랑이자 상징이나 다름없었던 백인혈룡대가 단 한 명의 검사에게 철저하게 패퇴했다는 것이 바로 그 믿기 힘든 소문의 진상이었다.

그리고 그 검사의 이름이 바로 얼마 전 잔학무도한 마적단인 천패단을 괴멸시킨 추소산이었다.

한동안 모종의 일로 강남을 떠나 산서성에서 은거하고 있던 심소단으로서도 부근에서 들려오는 소문에 관심을 끊긴 쉽지 않은 일이었다.

'천패단 따위 마적단을 해체한 건 그리 대단한 일이 아니다. 한 명의 절정고수가 독심만 품는다면 가능할 일이야. 하지만 상대가 혈문의 백인혈룡대라면 사정이 좀 달라진다. 마적단과 달리 철저하게 병진을 연마한 무투 부대와 정면으로 맞붙어 승리한다는 건 웬만한 초절정고수조차 승패를 장담키 힘든 일일 것이야.'

심소단은 잠시 자신과 백인혈룡대가 정면으로 맞붙는 장면을 떠올리곤 눈살을 가볍게 찌푸려 보였다.

지진 않는다!

그게 심소단이 최종적으로 내린 결론이었다.

백인혈룡대의 힘을 직접적으로 경험하지 못한 그로선 그 이상의 답을 내기란 쉽지 않은 일이었다. 절대 패하진 않는다는 확신이 있으나 압도적인 승리 역시 장담치 못하는 것이다. 그게 현실이었다.

"진짜 자네가 그 천패단을 해체시키고, 혈문의 백인혈룡대를 일패도지시킨 추소산이란 말인가?"

그래도 미심쩍었으리라.

확인하듯 던진 심소단의 질문에 추소산이 미미하게 고개를 끄덕여 보였다.

"그렇습니다."

"그렇다? 허어, 젊은 나이에 벌써 검도 없이 기세만으로 검기를 사용할 수 있는 경지에 오른 것만도 대단한데, 그같이 큰일까지 이루다니 실로 놀라운 일이군. 앞으로 십 년만 더 잠심연무하면 후일 천하제일이란 이름은 자네의 것이 되겠구만."

"과찬이십니다."

"노부는 과찬을 하지 않는 사람이야. 은원 역시 분명한 사람이고. 그런데 자네는 자칭 견사불구라 자처하는 호심원과 어떤 관계가 있는 것인가?"

"그건……."

"자네는 답을 함에 있어서 신중을 기하길 바라네. 노부가 자네의 놀라운 무공 재질과 의기를 높이 사서 하는 말이네."

심소단의 음성에는 차디찬 칼날이 비죽 튀어나와 있었다. 두 눈에 담긴 뇌전과는 달랐다.

그러나 추소산은 악록산을 내려온 후 계속 피투성이 싸움을 벌여왔다. 무공의 성장은 물론 정신적인 면 역시 과거와는 비교할 수 없을 정도로 굳건해져 있었다.

잠시 심소단과 시선을 마주한 추소산이 입가에 담담한 미소를 매달았다.

"호 선배님은 후배에게 큰 은혜를 베풀어주신 분입니다. 만약 심 선배님께서 오늘 이곳을 찾은 것이 호 선배님과의 은원을 풀기 위해서라면 제게 먼저 그 죄를 물으시는 편이 빠를 것입니다."

"호가 녀석이 은혜를 베풀었다? 그건 저기 누워 있는 여아를 치료한 일을 말하는 것일 테지?"

"그렇습니다."

심소단이 이미 모든 걸 알고 찾아왔음은 손바닥을 보듯 자명한 사실이었다. 그렇지 않다면 어찌 공교롭게도 딱 이 같은 때에 맞춰 방문할 수 있었겠는가.

추소산이 자신의 질문을 생각 외로 순순히 인정하자 심소단의 두 눈에 어려 있던 뇌전의 기운이 더욱 강렬해졌다. 생각지도 못했던 추소산이란 존재 때문에 잠시 억눌러 놨던 광포한 기세에 다시 불이 붙었음이다.

꿈틀!

미간 사이에 살짝 핏줄을 도드라지게 만든 심소단이 추소산의 등 너머 쪽으로 시선을 던졌다.

심소단의 등장으로 인해 벌어진 엄청난 소란.

그 같은 상황 속에서도 오로지 눈앞의 연단로만을 바라보고 있는 호심원에게 두 눈에 담긴 뇌전의 불꽃을 쏟아 부은 것이다.

"호심원, 이 개돼지만도 못한 녀석아! 견사불구, 견사불구라 주장하더니, 어찌 오늘은 개방과 관계도 없고 거지도 아닌 어린 계집을 치료

했더란 말이더냐! 네 녀석이 전날 노부 앞에서 주절거렸던 맹세를 깼으니, 오늘 더러운 명이 끝날 각오는 되었으렷다!"

"맹세?"

여전히 연단로에서 시선을 떼지 않은 채 호심원이 입가에 가느다란 냉소를 매달았다.

"강요에 의해 맺은 것도 맹세라 할 수 있는가? 본래 내가 견사불구가 된 건 거지를 무시한 당신 때문에 벌어진 일이오!"

"뭐라!"

감정이 실린 일갈과 함께 심소단의 백발이 일제히 위로 치솟아올랐다. 일시 뿜어낸 기파가 그리 만들었다.

그리고 추소산을 향해 파고든 강력한 암경(暗勁)!

지잉!

추소산의 손이 묵암검을 뽑았고, 강렬한 암흑의 검기가 용틀임과 같은 울부짖음을 토해냈다. 심소단이 호심원에게 보인 격정마저 그의 방심을 이끌어내진 못했음이다.

그러자 심소단의 안색이 가볍게 굳었다. 자신이 발출한 암경을 거짓말처럼 반 토막 낸 암흑의 검기에 해연히 놀란 것이다. 그의 시선이 묵암검을 향한다.

"그렇군. 어쩐지 어린 나이에 지나칠 정도로 혁혁한 전과를 세웠다고 생각했더니, 그 같은 마검(魔劍)을 지니고 있었기에 가능한 일이었구나."

"심 선배님, 자신의 명성을 생각하십시오."

"명성?"

"그렇습니다. 심 선배님의 명성이 전 무림에 가득한 지 수십 년입니다. 어찌 후배에게 암수를 사용하시는 겁니까?"

"허어! 암수 따윌 누가 사용했다는 건가? 먼저 그 기이한 마검을 뽑아 들고 검기를 발출한 건 자네인 걸로 기억하네만?"

"……."

의뭉스런 심소단의 대꾸에 추소산의 눈살이 가볍게 찌푸려졌다.

강남 출신인 추소산이다.

당연히 심소단의 엄청난 명성은 어려서부터 사부 단양에게 귀에 딱지가 내려앉도록 들어왔다. 현 무림의 수없이 많은 강자들 중에서도 불세출이란 말을 듣는 이는 몇 없었기 때문이다.

그런데 거짓으로 화를 내는 척하며 암수를 쓰고, 또 자신이 한 행동을 딱 잡아떼는 행동은 무언가?

'육 노형 같은 도둑과 전혀 다른 점이 없구나!'

내심 한숨을 내쉰 추소산이 대답 대신 살짝 묵암검의 검봉을 바닥 쪽으로 내려뜨렸다.

고요하나 격렬한 파고!

추소산이 만들어낸 기운은 결코 방금 전 심소단이 일부러 일으켰던 기파에 뒤지지 않는다. 아니, 어떤 면에선 더욱 강력하게 느껴졌다.

적어도 심소단은 그리 느꼈다.

파라락!

양 소맷자락이 격렬한 파도를 만들어낸 심소단이 자신도 모르게 폭호신장의 기본이 되는 범천금륜단공(梵天金輪丹功)을 일으켰다. 가짜가 아닌 진짜 기세를 일으켜야 했을 정도로 추소산에게 긴장했다는 의미.

'진짜… 라는 건가?'

심소단은 비로소 주변의 빛을 계속 빨아들이고 있는 묵암검에서 시선을 떼어냈다. 묵암검을 떠난 시선이 향한 곳은 추소산이란 사나이,

그 자체.

눈을 현혹하는 마검의 광휘!

그것보다 추소산 본인에게서 흘러나오는 기세가 심소단에겐 더욱 압박적이었다. 그렇다고 생각했다.

그렇다면 추소산의 본실력은 어느 정도일 것인가?

심소단은 그걸 확인하기 위해 십여 년 전 그의 가슴속에 원한의 불꽃을 피워놓고도 여태까지 살아남은 유일자인 호심원을 잠시 잊기로 했다.

추소산으로 인해 가슴속에 당겨진 호승심의 불꽃이 점점 커지더니, 급기야 그의 장대한 몸 모두를 몽땅 집어삼켜 버린 것 같았다.

"끝까지 노부의 앞을 막아서겠다는 것이겠지?"

"전력을 다해서!"

"당연히 전력을 다해야 할 것이다!"

감정이 전혀 느껴지지 않는 무뚝뚝한 일성.

그 말의 꼬리가 채 의미란 이름의 형태를 갖추기도 전에 심소단이 전신에서 뿜어내던 기세가 흔적도 없이 소멸했다.

적막!

그 짧은 찰나의 순간!

기파와 기파의 균형이 흐트러진 한 점을 꿰뚫듯 심소단의 좌장이 추소산을 향해 불쑥 내밀어졌다.

폭호출세(暴虎出世)!

폭호신장의 첫 번째이자 파괴력 면에서 가장 강력하다 알려진 초식이 펼쳐진 것이다.

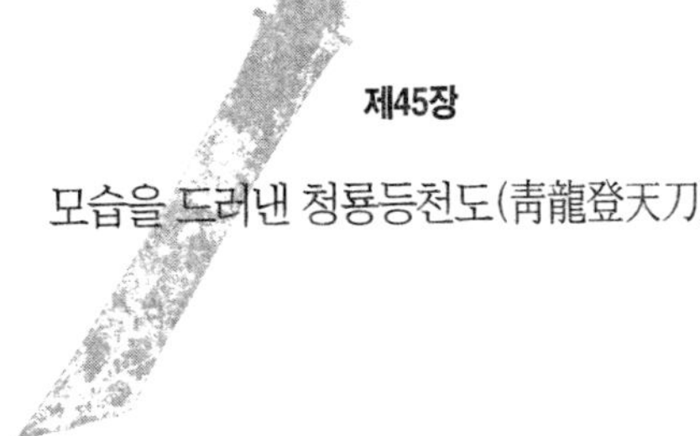

제45장

모습을 드러낸 청룡등천도(靑龍登天刀)

‘아……!’

남추는 수중의 타구죽봉으로 끈끈한 땀이 흘러내리는 것도 모른 채 입을 가볍게 벌렸다.

초절정고수 간의 대결.

천패단과의 전투 등으로 나이에 비해 제법 싸움 경험이 많은 남추로서도 처음으로 구경하는 장면이었다.

하긴 천하무림을 통틀어도 초절정고수란 손가락으로 꼽을 정도밖엔 없다. 절대지경이자 천의무봉의 경지에 올랐다 알려진 삼존을 제외하면 최강이라 할 수 있는 자들이 바로 초절정의 고수들이었기 때문이다.

당연히 잠시나마 남추는 자신의 임무를 까맣게 잊어버렸다. 우약연에게서 시선을 떼고 눈앞에서 펼쳐지기 시작한 대격돌에 정신이 팔리고 만 것이다. 잠시 졸았던 것을 제외하곤 오늘 처음으로 범한 실수였다.

문제는 그 한 번의 실수를 여태까지 줄곧 기다리고 있었던 사람이 있다는 것이었다.

살금.

싸움 구경에 넋을 잃고 있던 남추의 뒤로 다가서는 작은 인영이 있었다.

심미연.

처음 남추를 만났던 때와는 완전히 달라진 차림.

그녀는 깔끔한 청의단삼에 머리를 청색 끈으로 질끈 동여맨 야무진 모습을 하고 있었다. 예쁘고 수줍음 많아 보이는 얼굴을 제외하곤 아예 사람이 달라진 것 같다.

물론 남추는 싸움에 정신이 팔려 그런 그녀의 변화를 전혀 인지하지 못했다. 사실은 아예 다가오는 것조차 느끼지 못했는데, 이는 심미연이 본래 무공을 알고 있다는 걸 의미한다.

투툭!

혈도가 제압되고서야 남추는 침입자의 존재를 눈치 챘다. 완전히 당한 것이다.

'어, 어떻게?'

남추는 입을 벌린 상태로 온몸이 마비되었다. 어떻게든 사력을 다해 자신을 암습한 자의 정체를 알아보려 했지만 그건 불가능한 일이었다.

그때 귓전으로 훅 밀려들어 온 입김 하나.

"남추 오라버니, 죄송해요……."

'이 목소리는!'

남추가 다시 온몸을 부들거리며 떨었다. 심미연의 목소리에 가슴 한 구석이 덜컥 떨어져 내렸기 때문이다.

그러나 심미연은 재빨리 남추의 귓불에서 입술을 떼고는 옆으로 물러섰다. 결코 지금 자신의 모습을 남추에게 보이고 싶지 않다는 여심이었다.

비록 우연찮게 마주친 후 목적을 위해 이용했다곤 하나 남추의 치기어리면서도 나이답지 않게 늠름한 모습은 소녀의 가슴에 파문을 일으키기에 충분했다.

진짜 마음이 기울고 만 것이었다.

그래서 남추를 암습한 지금도 마음이 크게 괴로웠다. 어쩔 수 없다는 걸 잘 알기에 더욱 그랬다.

획!

재빨리 남추를 뒤로하고 돌아선 심미연이 맑은 눈빛을 가라앉히고 평상 위에 누운 우약연을 바라봤다.

같은 여자가 보기에도 감탄이 절로 나오는 미모.

'정말 예쁜 언니다……!'

그동안 주변 죽림에 숨어서 이곳의 동정을 살피긴 했지만, 심미연이 실제 우약연의 본얼굴을 보게 된 건 이번이 처음이었다. 살짝 눈꺼풀을 내리고 숨을 고르는 우약연의 옥용에 눈빛이 가볍게 흐트러짐을 느낀다. 우약연의 미모란 성별을 떠나 단지 바라보는 것만으로 외경을 느끼게 하는 묘한 마력을 함유하고 있었다.

하지만 심미연은 남추가 감탄했듯 천재에 속하는 소녀였다.

보통 사람과 똑같을 리 없다.

잠시 숨결을 고르는 것만으로 마음속 한 켠에 인 번민을 봉인한 심미연이 품에서 옥빛 단도 하나를 꺼내 들었다.

단도의 외형은 섬세한 장인의 손길과 정성이 담긴 청룡등천 문양이 새겨진 최상급의 상아로 된 검갑에, 여인의 눈썹처럼 휘어진 같은 재질로 된 검파로 이루어져 있었다.

범상치 않은 내력을 품었음이 분명한 특이한 형태의 단도랄까?

그 단도의 겉면을 한차례 손으로 쓰다듬은 심미연이 재빨리 평상 위로 뛰어올랐다.

슥!

동시에 빠져나온 단도의 서늘한 도신.

일순 중천을 조금 넘어가고 있던 햇빛이 강렬한 산란을 일으켰다.

도광(刀光)!

단도는 단지 자신의 나신을 드러낸 것만으로 주변에 엄청난 존재감을 일으켰다. 겉으로 드러난 외형을 월등히 뛰어넘는 면모를 보인 것이다.

그러자 놀라운 일이 벌어졌다.

심소단이 모습을 드러낸 직후에도 전혀 연단로에서 시선을 떼지 않고 있던 호심원이 고개를 돌린 것이다.

"청룡등천도? 그게 어찌 이런 곳에 나타날 수가……."

"호 신의님, 정말 이상한 일이죠? 패천도문의 지보인 청룡등천도가 이런 조그만 계집애의 손에 들려져 있다니 말예요?"

심미연의 목소리는 조용조용했다. 듣기에 좋았고 묘하게 사람의 마음을 편안하게 만들었다. 하지만 그 목소리 속에 담긴 뜻은 결코 심상치 않은 것이었다.

청룡등천도.

무림제일의 지보라 불리는 육대병기보 중 명목상의 일위인 일월신검을 제외한 최고의 병기인 이도 중 하나.

바로 강남제일세 패천도문의 문파지보였다. 일설에 의하면 패천도문의 모든 절학이 실상은 청룡등천도에서 발원한 것이란 말이 있을 정도의 보물인 것이다.

그러니 심미연의 말대로 결코 이런 곳에 모습을 드러내선 안 되는 물건이라 할 수 있었다. 사실 청룡등천도란 이름을 알고 있는 사람은 많지만, 그 실체를 직접 목도한 사람은 천하에서도 몇 명을 넘지 못했다. 그만큼 패천도문에서 청룡등천도를 귀하게 여긴다는 뜻이었다.

그러면 과연 어떻게 심미연은 청룡등천도를 손에 쥔 것일까? 그리고 그 도신을 지금 우약연의 하얀 목젖에 가져다 댄 심미연의 의도는 무엇일까?

호심원은 잠시 인상을 쓴 얼굴로 심미연과 청룡등천도를 바라보다 과감히 시선을 다시 연단로 쪽으로 돌렸다. 슬슬 연단로 속에서 맹렬하게 타오르고 있는 불꽃의 색깔이 푸른색을 띠기 시작했다.

연단이 절정의 단계에 이르렀다는 의미.

의원으로서 다른 곳에 신경 쓸 겨를 따윈 없는 게 당연하다. 이미 그의 목소리에는 평소와 같은 무심함이 담겨져 있을 따름이었다.

"쓸데없는 짓을 했군. 내게 청룡등천도가 필요했던 건 십여 년 전의 일이다. 이제 와서 청룡등천도를 내 앞에 들이내 봤자 아무런 소용이 없다."

"역시 그렇군요."

"뭐가 그렇다는 것이냐?"

"호 신의님께서 십여 년 전 청룡등천도가 필요했던 건, 한때 연인이었던 심려군이란 여인을 구하기 위함이었다는 제 가정이 맞았다는 거예요. 청룡등천도에는 몇 가지 묘용이 있는데, 그중 한 가지가 강력한 파사지기(破邪之氣)니까요.”

“……”

호심원은 대답하지 않았다. 그렇게 함으로써 심미연의 추론에 대해 간접적인 시인을 한 것이었다.

게다가 호심원은 심미연의 입에서 심려군의 이름이 흘러나왔음에도 그다지 크게 놀란 빛을 보이지 않았다. 처음 심미연의 얼굴을 봤을 때 그녀에게서 심려군의 그림자를 볼 수 있었기 때문이다.

'흥, 무공은 고강하나 성정이 급하고 안하무인인 제 할아비가 아니라 총명한 려군을 닮았으니 다행스런 일이군. 하지만 저리 어린 나이에 제 할아비조차 전혀 파악하지 못한 전대의 비사를 추론해 내다니… 내 어렸을 때와 비교해도 그리 떨어지지 않는 총명함이로다!'

호심원은 내심 고개를 끄덕였다. 평생을 의학에 바쳐 천하제일이란 이름을 획득했을뿐더러, 무공마저 절정에 오른 자만이 가질 수 있는 자만이었다.

그러나 심려군의 이름을 들었을 때부터 호심원의 무심하게 가라앉아 있던 눈빛은 가볍게 흔들리고 있었다. 차갑게 식은 지 오래라 생각했던 가슴속에서 뜨거운 불덩이가 마구 요동치는 걸 느꼈다.

호심원의 평생에 유일한 사랑인 심려군.

그녀와 호심원이 나이 차이를 떠나 사랑을 하게 된 건 어쩌면 운명 같은 것이었다.

당시 호심원은 천하제일의 명의이자 생사수란 이름에 걸맞은 무공으로 천하에 명성이 자자한 개방의 자랑이었다.

어떤 의미론 현 방주인 협개 나원경이나 대장로인 풍개 지화자보다 그의 명성이 더욱 드높다고 할 수 있었다. 그 정도의 인물이었다.

하지만 그 같은 명성 덕분에 사련(邪戀)이 시작되고 말았다.

심소단의 부탁으로 그가 뒤늦게 얻은 외동딸 심려군을 진찰하게 된 호심원은 성심성의껏 병의 치료에 힘썼다.

그녀가 타고난 대단히 희귀한 체질.

그것이 그의 탐구심에 불을 붙이고 말았다. 견사불구를 선언하기 전인 당시에도 그의 관심사는 병증, 그 자체였지 사람의 생사 따위가 아니었다.

살짝 비뚤어졌지만 순수한 열정!

그것이 태어날 때부터 병약하여 단 한 번도 문밖출입을 해본 일이 없던 심려군의 마음을 흔들었고, 그녀는 곧 뜨겁게 호심원을 사랑하게 되었다. 소녀의 순정을 이미 장년의 나이를 훌쩍 넘긴 늙다리 거지에게 바친 것이다.

호심원 또한 목석은 아니었다.

자신의 치료로 인해 건강이 크게 호전된 심려군이 꽃다운 순정을 바치자 마음이 크게 흔들렸고, 어느 결에 두 사람은 서로 뜨겁게 사랑하는 사이가 되었다.

금단의 사랑.

적어도 심소단에게는 그러했다. 아무리 천하에 명성이 자자한 호심원이라곤 하나 나이 차이가 너무 심했고, 심려군에겐 태중 정혼자가 있었다. 두 사람이 아무리 사랑한다 해도 결코 그 관계를 허락할 순 없는 게 당연했다.

결국 두 사람의 관계를 눈치 챈 심소단에 의해 호심원은 심려군의 치료를 모두 끝마치기도 전에 비참한 꼴로 내쫓겨야만 했다.

만약 개방의 체면과 호심원 본인의 명성이 없었다면 심소단은 결코 그를 살려두지 않았으리라.

어쨌든 그것으로 짧지만 격렬했던 두 사람의 사랑은 종언을 고한 듯했다.

적어도 그때는 그리 보였다.

하지만 그 후 이 년도 지나지 않아 심소단은 다시 호심원을 찾아야만 했다. 결국 태중 정혼자와 혼인한 딸 심려군이 임신한 직후 다시 건강이 안 좋아졌기 때문이다.

칠음절맥(七陰絶脈).

여타 절맥증들이 모두 그렇듯이 웬만한 의원들은 손조차 대지 못할 선천적인 병증이다.

호심원 역시 당시 그저 상태를 호전시켜 놓았을 뿐이었다. 몸 안의 중기가 극심하게 손상되는 임신으로 인해 절맥증이 다시 재발한 건 피할 수 없는 운명이었으리라.

결국 호심원은 다시 심려군을 진맥하게 되었고, 오랜만에 만난 과거의 연인은 또다시 뜨거운 사랑을 되살리게 되었다. 강제로 헤어졌던 사이였던 만큼 막혔던 둑이 무너지듯 두 사람은 열정적으로 돌변했다.

야반도주.

두 사람은 놀랍게도 사랑의 도피를 선택했다. 여태까지 가지고 있던 모든 걸 버리고 사랑을 선택하는 용기를 발휘한 것이었다.

하지만 심소단은 이미 두 사람의 그 같은 모습을 예의 주시하고 있었다. 혹시라도 일어날지 모를 만약의 사태에 대비하기 위해서였고, 그 같은 일이 벌어지자마자 다시 두 사람의 사랑을 가로막아 섰다.

그리고 막바로 닥쳐온 난산.

사랑의 연이은 좌절과 절맥증에 피폐해질 대로 피폐해진 심려군은 결국 딸을 낳고 숨을 거두고 만다. 신의라 불리던 호심원이 사랑하는 여인의 생명조차 구하는 데 실패한 것이다.

물론 그건 당시 두 사람의 뒤를 쫓아온 심소단의 추격을 피하느라 신경을 분산한 까닭이 컸으나 세상 사람들은 결코 그리 생각하지 않았다.

호심원이 죽어가는 산모를 앞에 두고도 과거의 은원에 사심이 생겨 환자를 외면했다고 떠들어댔다. 심소단이 자신의 딸과 사돈 집안의 명예를 위해 모든 죄를 호심원에게 떠넘겨 버렸기 때문이다.

결국 그때부터 호심원은 신의 대신 견사불구란 악명을 갖게 되었는데, 그는 결코 단 한 마디도 변명하지 않았다.

오히려 그는 심소단의 말을 입증이라도 하듯 그때부터 개방 거지들을 제외한 일체의 환자를 받지 않았다. 연인 심려군의 명예를 위해 자신이 악명을 얻는 것 따윈 개의치 않았음에 분명하다.

'흥, 하지만 나는 본래 려군을 살릴 수 있었다. 당시 그 빌어먹을 패도존과 패천도문의 애송이 녀석이 청룡등천도를 아끼지만 않았다면 려군이 죽는 일은 일어나지 않았어. 문파의 지보인지 뭔지는 모르겠다만, 손자며느리와 아내가 생사의 위기에 빠져 있는데도 내놓지 않다니, 망할 자식들 같으니······.'

잠시 과거 심려군과 나눴던 짧지만 격렬한 사랑을 떠올린 호심원이 내심 냉소를 지어 보였다.

그렇다.

세상에 알려진 것과는 달리 그는 본래 심려군의 칠음절맥을 고칠 수 있었다. 다만 지금 어떤 이유에선가 심미연의 손에 들려 있는 청룡등천도의 파사지기가 필요했을 따름이었다.

하지만 당시 패천도문주 여신유와 그의 조손이자 제일후계권자인 강남진룡(江南眞龍) 여신성은 청룡등천도를 내놓기를 거절했다. 혼인 전 있었던 호심원과 심려군 간의 사이를 그들 역시 의심하고 있었던 것이다.

게다가 그들은 호심원이 그 자신의 치욕을 무릅쓰면서까지 지키려 했던 심려군의 명예 역시 시궁창 속에 처박아 버렸다.

여신유는 의제인 심소단의 체면조차 돌보지 않고 심려군이 낳은 딸을 자신의 증손녀로 인정치 않았고, 여신성은 바로 폐관 수련에 들어가는 것으로 조부의 뜻을 방조했다.

패천도문과 심소단 간에 깊은 감정상 앙금이 생겼음은 미뤄 짐작할 수 있는 일이었으나 이미 강남을 떠난 지 오래였던 호심원이 그 같은 사정을 알 수는 없었다.

그 감정상 앙금의 결정체, 심미연에게 여전히 등을 돌린 채 침묵하고 있던 호심원이 말한다.

"아이야! 어찌 패천도문에서 청룡등천도를 얻었는지는 모르겠다만, 그건 세상에서 가장 위험한 물건이라 할 수 있다. 이미 늦었을지도 모르나 한시라도 빨리 패천도문에 그걸 돌려주는 게 좋을 것이다."

"절 걱정하시는 건가요?"

"너는 려군이 낳은 아이니까."

무뚝뚝한 목소리.

심미연은 그 속에서 작은 불꽃을 느낄 수 있었다. 한때 자신의 영혼을 활활 태워본 적이 있는 자만이 발할 수 있는 기운.

'호 신의님은 진짜 어머님을 사랑했다……!'

머리로 생각한 것이 아니었다. 그냥 심미연의 작은 가슴이 그리 속삭여 왔다.

힐끔.

심미연은 자신도 모르게 석상과 같이 서 있는 남추의 뒷모습을 곁눈질했다.

묘하게 가슴이 뛰고 아련한 고통이 느껴진다.

처음 사랑을 느끼게 된 소녀만이 느낄 수 있는 달콤한 고통이었다. 하지만 그녀는 평범한 여느 소녀가 아니었다. 지금 자신이 뭘 하려 하는지 정도는 알고 있었다.

얼른 남추에게서 시선을 뗀 심미연이 말했다.

"패천도문에서는 지금도 청룡등천도가 없어졌는지 모르고 있을 거예요. 하지만 곧 알게 되겠죠. 마교의 신녀가 청룡등천도에 죽을 테니까요."

"그건… 안 될 말이야."

"어째서 안 되죠? 그리되면 필시 마교는 패천도문에게 복수를 하려 움직일 거예요. 호 신의님으로선 과거 억지로 견사불구가 되어야 했던 복수를 하게 되는 거죠. 저는 한스럽게 돌아가신 어머님의 복수를 하는 거고요. 그렇지 않은가요?"

"복수라……."

호심원이 뭐라 말하려다 말고 입을 다물었다. 어느새 연단로가 적청

빛을 띠기 시작했다. 슬슬 완성된 단약을 꺼낼 때가 된 것이다.

호심원은 극히 조심스레 연단로 안으로 손을 뻗었다. 그러자 연단로의 굳게 닫혀 있던 뚜껑이 살짝 들려졌고, 그렇게 벌어진 틈 사이로 두 개의 금침이 파고들었다.

슛!

순식간에 네댓 개의 단약이 연단로를 떠나 어느새 호심원의 수중에 들려져 있던 청옥빛 함 안으로 사라졌다.

열기가 최고조에 올랐을 때 꺼내진 단약.

우약연의 병증을 완벽하게 치료할 수 있는 단약이 비로소 호심원의 수중에 들어온 것이었다.

"후우!"

호심원은 재빨리 청옥빛 함의 뚜껑을 닫고 천천히 연단로에서 물러섰다. 절정고수인 그의 이마로 땀 한 방울이 소리없이 흘러내리고 있었다.

그만큼 긴장했다는 의미.

꽤나 오랫동안 호심원의 동정을 살피었지만, 그의 이런 모습을 한차례도 본 적이 없는 심미연의 눈에 이채가 스쳐 갔다. 그녀의 생각보다 호심원이 자신이 생살여탈권을 가진 마교 신녀에게 꽤나 관심이 많다는 생각이 들었기 때문이다.

'설마 호 신의님은 진짜로 마교의 신녀를 구할 생각인 건가? 음, 그러고 보니……'

심미연은 슬그머니 우약연의 얼굴을 살피고 안색을 가볍게 굳혔다. 갑자기 뇌리를 스치는 생각이 있었다.

"호 신의님, 꽤나 마교의 신녀를 아끼는 것 같군요? 설마하니 갑자기 새장가를 가고 싶어지신 건 아닐 테지요?"

"새장가?"

단약이 든 함을 소매 속에 집어넣고서야 신형을 돌린 호심원이 잠시 황당하다는 표정을 지어 보였다. 심미연이 어떤 오해를 했는지 능히 짐작할 수 있었기 때문이다.

하지만 어째서 심미연이 그런 데 관심을 기울인단 말인가!

눈살을 가볍게 찌푸려 보인 호심원이 퉁명스레 말했다.

"나는 이래 봬도 아직 장가 한 번 가지 않은 총각이다. 괜스레 사람, 홀애비로 만들지 말거라."

"그럼 제 어머님은요?"

"려군과 나 사이엔 아무 일도 없었다!"

"거짓말!"

심미연은 여태까지 보였던 냉철한 모습과는 달리 격렬한 감정을 드러냈다. 호심원의 무심한 한마디에 마음이 크게 흔들린 게 분명하다.

그러나 호심원의 태도는 변함이 없었다.

"네가 누구한테 어떤 얘기를 들었는진 모르겠다만, 진짜 려군과 나 사이는 하늘을 우러러 한 점 부끄러움이 없었다. 어찌 내가 딸뻘밖엔 안 되는 려군에게 삿된 마음을 품을 수 있었겠느냐?"

"그렇지만… 그럼 어째서……."

심미연의 손에 들린 청룡등천도가 가는 떨림을 보였다. 금방이라도 우약연의 희디흰 목젖에 붉은 선을 만들어낼 것만 같았다.

그러다 청룡등천도의 떨림이 멈췄다. 그리고 심미연의 얼굴에 일순 서늘한 기운이 어렸다.

"호 신의님, 제게 바른대로 말씀해 주세요! 도대체 신의님은 제 아버님이신가요, 아닌가요!"

"그게 도대체 무슨 말이냐? 내가 어찌 네 아비가 될 수 있겠느냐? 려군이 혼인한 상대는 패천도문의 후계자, 강남진룡이었거늘……."

"그 말 정말인가요?"

"당연하다!"

호심원의 확고한 말이 떨어진 순간, 심미연이 두 눈 가득 구슬 같은 눈물을 펑펑 흘려냈다.

"으흐흐흑!"

"설마……."

호심원은 비로소 심미연이 여태까지 당했던 고초와 가슴속의 상처를 눈치 채곤 얼굴을 크게 일그러뜨렸다.

모친을 닮아 천재의 자질을 가졌다 하나 아직 어린 나이.

어렸을 때부터 당했던 의심과 의혹의 눈초리와 사람들의 수군거림은 필시 엄청난 한을 심어줬을 터였다. 복수와 친부를 찾기 위해 청룡등천도를 빼돌리는 엄청난 짓을 저지른 것도 나름 이해 가는 대목이었다.

하지만 그렇다 해도 심미연은 너무 엄청난 일을 저질렀다. 패천도문에서 청룡등천도를 훔친 건 적당히 보아 넘길 수 없는 문제였다.

하물며 청룡등천도로 마교 신녀를 죽여서 천하대란을 획책하기까지 했으니!

'허어, 천하의 재녀가 아니면 대란을 야기시킬 요녀가 될 자질이로고!'

내심 탄식한 호심원이 얼굴이 눈물로 범벅이 된 심미연에게 조금쯤 다정한 목소리로 말했다.

"네 외조부는 그동안 청룡등천도의 비밀을 밝혀내지 못하신 게구나?"

"그, 그걸 어떻게……."

"청룡등천도의 비밀을 밝혀냈다면 어찌 이미 과거의 사람인 날 찾아왔겠느냐? 그리고 네가 비록 아무리 천재의 자질을 가졌다 하나 홀로 도산검림이나 다름없는 패천도문의 중지에서 청룡등천도를 훔쳐 낼 순 없었을 것이다."

"…그렇군요."

"그래, 그러니 너는 그만 청룡등천도를 거두도록 하거라. 그 마교의 신녀는 내 이미 병증을 치료하기로 약속한 사람이니까 말이다."

말과 함께 호심원이 심미연 쪽으로 한 걸음 다가갔다. 불분명했던 태생의 비밀을 풀었으니 더 이상 그녀가 위협적이진 않다는 판단을 내린 것이다.

이는 호심원뿐 아니라 혈도가 짚인 채 초조한 시간을 보내고 있던 남추 역시 마찬가지였다.

두 노소 간의 대화를 통해 속으로 혼자 울고 웃었다를 반복하고 있던 그는 이제 모든 일이 다 잘 풀어질 거란 장밋빛 기대를 품고 있었다.

그게 마음속 깊이 진정으로 바라고 있는 바였다.

그러나 심미연은 눈물 젖은 얼굴을 한차례 흔들어 보임으로써 두 사내의 가슴속에 비수를 꽂아 넣었다.

"호 신의님께서 제 친부가 아니란 점은 잘 알았습니다. 어머님께 보여주신 두터운 은의에 대신 감사드립니다. 하지만 진실이 그렇다 한들 변한 건 아무것도 없습니다. 여전히 저는 패천도문이 세상에서 사라지길 원하니까요."

"천륜을 저버리겠다는 것이냐?"

"제게 천륜은 어머님이 돌아가신 후엔 외조부님밖엔 안 계십니다. 그분의 목숨이 위태로워질 위험은 저로선 결코 감당할 수 없어요."

"……."

호심원의 눈에서 차가운 불꽃이 일었다. 문득 병약했던 심려군을 어떻게서든 패천도문에 시집보내려 극성이던 심소단의 모습이 떠올랐다.

'결국 모든 건 청룡등천도를 얻기 위함이었다는 건가? 그 엄청난 명성과 무공으로도 부족해서 딸과 손녀를 희생하면서까지 꼭 그걸 얻어야만 했더란 말인가?'

증거가 없는 단순한 심증에 불과했다. 확신에 가까운 심증이라는 점이 문제였다.

그렇다면 이젠 어찌해야 하는가?

호심원은 일부러 첫 번째 격돌 이후 모옥 반대편으로 심소단을 유인한 추소산을 떠올렸다. 이젠 그가 심소단을 해치지 않고 무사히 제압해서 돌아오길 기다리는 수밖엔 도리가 없었다. 그런 생각이 들었다.

휙! 휙!

추소산은 흡사 무형의 화살처럼 귓전을 마구 스쳐 지나가는 바람의 칼날을 느끼며 연신 발끝에 정신을 집중했다.

철마류.

중장거리용으로 속도보다는 지구력에 중점을 둔 경공술은 과거와 완전히 딴판으로 바뀌어 있었다. 천하제일의 경공대가라 자부하는 육지견의 가르침 덕분에 수류보의 단거리용 속도 가속의 묘결을 적절히

섞을 수 있었기 때문이다.

게다가 임독양맥의 타통으로 중단전을 마음대로 활용할 수 있게 되므로써 내력 역시 월등히 향상되었다.

이젠 내공의 문제로 무공을 펼침에 있어 고전하던 과거와는 사정이 크게 달라졌다. 얼마든지 경공만으로 웬만한 상대쯤은 희롱이 가능해진 것이다.

그러나 오늘 추소산이 상대하게 된 심소단은 웬만한 상대가 아니었다. 수십 년 전부터 강남에서 명성을 떨친 초절정의 고수였다.

경공 외에 또 다른 수가 있어야 함은 물론이었다.

쉬악!

죽림 위를 기쾌하게 가로지르던 추소산의 귓전으로 섬뜩한 파공성이 들려왔다.

계속 추소산의 뒤를 쫓고도 따라잡는 데 실패한 심소단이 결국 암기를 사용한 것인가?

추소산은 뒤도 돌아보지 않고 수중의 묵암검을 내뻗었다. 암기의 종류를 모르니만큼 지극히 당연한 대응이다.

치링!

묵암검을 든 추소산의 손목에 가벼운 통증이 파고들었다. 심소단이 던진 암기에 담긴 강력한 내력이 그리 만들었다. 그리고 그 순간 또다시 거센 기세를 품고서 날아드는 두 번째 암기.

다시 묵암검을 휘둘러 암기를 쪼갠 추소산의 어깨가 미세한 떨림을 일으켰다. 이번 암기엔 첫 번째보다 더욱 강한 내력이 담겨 있었던 것이다.

그렇다면 어째서 세 번째 암기는 없는가?

이유는 자명했다.

두 번에 걸쳐 암기를 막느라 잠시 속도가 떨어진 추소산의 앞으로 장대한 그림자가 떨어져 내렸다.

대붕번천(大鵬翻天).

누구나 알지만 목숨을 건 격투시 결코 쉽사리 사용할 수 없는 신법으로 심소단은 단숨에 추소산의 앞을 가로막아 섰다. 정확한 계산이 없었다면 결코 일어날 수 없는 일.

슥!

앞으로 나아가던 기세를 교묘히 되돌린 추소산의 신형이 부근의 대나무 가지 위에 내려섰다. 흡사 심소단이 펼친 대붕번천에 대한 예의를 차리듯 그 역시 최상의 경공을 선보인 것이다.

그러자 전력을 다하고서야 추소산을 따라잡는 데 성공한 심소단이 으드득 이를 갈았다.

그의 의도를 알면서도 모옥으로부터 떨어져 나올 수밖에 없었던 점이 꽤나 분한 모양.

"건방진 애송이 놈! 이제 더 이상 도망칠 곳도 없으니 어떻게 할지 보자!"

"제가 도망친 게 아니라는 건 심 선배도 알 듯합니다만?"

"그래서 이젠 이빨을 드러내겠다는 뜻이더냐?"

"이빨이 아니라 검을 사용할 작정입니다. 아무래도 그게 편할 테지요."

추소산은 입가에 슬쩍 미소를 만들어냈다.

심소단을 만난 후 처음 있는 일.

여유를 드러낸 것이다.

'이놈이!'

심소단의 눈이 일순 강렬하게 번뜩였다. 처음 폭호출세를 펼칠 때와 똑같은 경우.

'또 폭호신장인가? 위력은 비록 막강하지만, 이런 식으로 언제 펼쳐질 줄 알 수 있다면 비슷한 수준의 고수를 만났을 때 크게 불리할 것 같은데… 심 선배는 그 같은 사실을 아직 모르는 것 같군.'

추소산은 염두를 굴리면서 수중의 묵암검을 미세하게 이동시켰다.

폭호출세를 깨끗이 소멸시킨 풍백의 자세!

검기의 이동은 신속하다.

'흥, 역시 그 검초가 다였군. 하긴 만약 그보다 더욱 강력한 검초가 있었다면, 아무리 호심원 녀석을 보호하기 위함이라곤 해도 이렇게까지 도망 다니진 않았을 테지. 어쨌든 만약 그렇다면 애송이, 네 녀석의 죽음은 이것으로 결정되어졌다!'

심소단은 입가에 흐릿한 비웃음을 담았다.

풍백이라면 자신있었다. 폭호출세 이상으로 강력한 장초가 몇 개나 있으니까.

그런데 그 순간 추소산이 살짝 발끝으로 대나무 가지를 팅겨냈다.

미묘한 검초의 변화.

다른 사람은 모르겠지만, 풍백을 이미 한차례 경험한 바 있는 심소단은 확연히 그 같은 변화를 읽어냈다. 마음 한구석에 경계하는 마음이 생기지 않을 수 없었다.

잔뜩 힘을 모았다가 일거에 수없이 많은 검기를 연환시켜 검강 이상의 위력을 발휘하는 것이 풍백이다.

그 같은 검초를 발휘하기 위해선 결코 지금과 같은 변화란 있을 수 없었다.

추소산에겐 무언가 다른 의도가 있는 게 분명하다.

'변초?'

심소단이 폭호신장의 기세를 조금 늦췄을 때였다. 마침 추소산의 묵암검이 일직선의 검기를 만들며 암흑의 기운을 만들어냈다.

봉황전시.

"뭐……."

갑자기 허를 찔렸다.

놀랍게도 뻔히 보고 있었음에도 그리되었다.

일순 마음이 흔들린 심소단의 신형이 가벼운 흔들림을 보였다.

추소산과 마찬가지의 방식으로 연약한 대나무 가지에 장대한 몸을 의지하고 있던 터라 마음이 흔들리자 잠시 균형을 잃어버린 것이다.

물론 그건 그리 대단한 일은 아니었다.

어느새 미간 사이를 찌를 듯 다가온 봉황전시의 암흑 검기와 비교하면 분명 그러했다.

추소산이 펼친 봉황전시는 풍백을 기다리고 있던 심소단의 마음속 허점을 찔렀을뿐더러 다른 어떤 검초보다 빨랐다.

펼치는 사람에 따라 초식의 위력이 달라진다!

무림인이라면 누구나 알고 있는 평범한 진리가 한순간이나마 심소단을 궁지로 밀어 넣었다. 그렇게 보였다.

하지만 심소단은 노련한 강호의 고수!

목숨을 건 격전 속에서 수없이 많은 생사의 위기를 넘긴 전력의 노강호는 바로 마음의 결정을 내렸다.

여태까지 자신의 몸을 떠받치고 있던 대나무 가지를 과감히 포기한 것이었다.

그리고 펼친 천근추 신법!

싯!

순식간에 하단전 아래쪽으로 몰아넣어진 내력의 흐름, 그대로 심소단의 몸이 대나무 아래로 쑥 떨어져 내렸다.

추소산의 봉황전시가 방향을 잃은 건 당연한 결과!

툭!

방금 전까지 심소단이 서 있던 대나무 가지를 발끝으로 찍은 추소산의 머리가 몽땅 위로 솟구쳐 올랐다.

어느새 대나무의 중단 부위를 손으로 잡고 몸의 균형을 잡은 심소단의 좌장이 벽력과 같은 기세를 일으킨 까닭.

폭호대노(暴虎大怒).

처음 준비하고 있던 장초에 조금도 부족함이 없는 위력을 지닌 절초는 단숨에 추소산이 애써 잡았던 상풍을 잃게 만들었다. 한순간 폭호대노를 피하기 위해 신형을 이동시킨 탓에 추소산은 위에서 아래를 공격할 수 있는 절호의 기회를 놓치고 만 것이다.

'과연 강남제일장!'

추소산은 내심 탄성을 토하며 공중에서 신형을 크게 뒤집었다.

어느새 다시 신형을 날려 본래 있던 곳으로 돌아온 심소단의 연이은 장력 세례를 피하기 위함이었다.

상풍(上風：유리한 위치)이 하풍(下風：불리한 위치)으로 바뀐 상황.

두 사람 간의 우열은 한순간에 역전되었다.

이젠 심소단이 공격을 하고 추소산이 방어나 도망을 치는 형국이 되어버린 것이다.

그리고 그것으로 승부는 끝난 것 같았다.

적어도 심소단은 그리 생각했다. 여태까지 그 자신이 상풍을 잡은 후 남에게 패해본 적이 거의 없다는 게 그 이유였다.

그러나 추소산에겐 육지견에게 전수받은 놀라운 경공이 있었다.

하풍에 몰리고도 그는 쉽사리 패색을 드러내지 않았다. 어떤 위력의 장력이든 신형을 몇 차례 움직이는 것만으로 피해내곤 했다.

심소단으로선 열이 뻗칠 수밖에 없는 상황.

'아연이가 비록 영민하다곤 하나 호심원은 능구렁이 같은 녀석이다. 계속 내가 이런 곳에 붙잡혀 있어선 일이 되지가 않아!'

심소단은 결국 마음을 굳혔다.

여태까지 단 한차례밖엔 사용해 본 적이 없는 폭호신장의 최절초를 사용해 단숨에 추소산을 끝장내기로 마음먹은 것이다. 물론 전날 처음으로 그걸 받은 자에겐 처참하리만치 패배하고 말았지만 말이다.

스슥!

잠시 딴생각에 빠져 있는 사이 추소산이 번개가 무색할 정도의 검초를 날려왔다.

그의 폭호신장이 연환하는 동안 잠시 잠깐 모습을 드러내곤 하는 허점!

그것을 추소산은 집요하게 노렸다.

아예 승부를 장기전으로 끌고 가기로 작정했음에 분명하다.

그러나 심소단은 여태까지와 달리 추소산의 허를 찌르는 검초에 열 받아하지도, 의혹을 느끼지도 않았다.

그는 슬쩍슬쩍 신형을 미세하게 비트는 것만으로 검초를 피해냈다. 그리고 기력을 다시 모았다.

쭈뼛쭈뼛!

이번에는 눈빛만이 아니라 모발과 눈썹마저 닭살이 돋듯 움직임을 보인다.

추소산은 심소단이 여태까지보다 더욱 강력한 장초를 펼치려 한다는 걸 대번에 눈치 챘다. 이미 급작스런 기습을 가하는 수법을 한차례 사용한 이상, 이제는 은림을 준비하지 않을 수 없다는 생각이 든다.

'은림을… 믿을 수밖에 없는 건가?'

추소산은 더 이상 검초를 날려 심소단의 장초를 견제하지 않고 호흡을 골랐다. 드디어 두 사람의 생사를 가를 순간이 다가온 것이었다.

그런데 바로 그때였다.

살기등등하게 내력을 운기하던 심소단이 갑자기 놀란 표정을 짓더니 뒤도 돌아보지 않고 신형을 날리는 게 아닌가!

"뭐……."

막 은림을 펼치려던 추소산의 입이 가볍게 벌어졌다.

제46장

눈을 뜬 신녀(神女)

쉬아아악!

추소산이 입을 벌린 것과 거의 동시였다. 한줄기 광풍과 함께 흐릿한 도형(刀形) 그림자 하나가 그의 옆을 스쳐 지나갔다.

극한에 이른 듯한 빠르기.

뒤늦게 추소산의 손에 들린 묵암검이 반응을 보이곤 지존검 구초식을 연달아 펼쳐 내며 하나의 검막을 형성시켰다.

하지만 이미 늦었달까?

어느새 도형 그림자는 추소산을 저만치 뒤로 만들고 있었다. 애초에 목표로 삼았던 것이 결코 추소산이 아님을 알 수 있는 광경이다.

스으.

추소산은 흐릿하게 형성시켰던 묵빛 검막을 천천히 흩어버렸다.

불필요하단 판단을 내린 것이다.

'패도존 여신유…….'

추소산은 현 무림계에 절대란 이름으로 군림하고 있는 세 명 중 한 사람의 이름을 떠올리며 안색을 가볍게 굳혔다. 그리고 그 순간 도형의 그림자에 압박을 당한 심소단이 죽림 한가운데로 떨어져 내렸다.

그것으로 예측은 확신이 되었다.

토옥!

지체없이 대나무 가지를 발로 찍은 추소산이 심소단이 사라진 방향을 향해 신형을 날렸다.

옥화산을 내려오며 목표로 했던 삼존 중 일인.

천하에서 가장 유명하고 가장 고강하며 가장 막강한 세력을 가진 유명인 중 한 명을 만날 수 있는 기회를 결코 그냥 날려 버릴 순 없었다.

'그런데 만난 후엔 뭘 하지……?

잠시 평소 그다지 하지 않던 의문이 뇌리를 감돌았으나 곧 깨끗이 무시되었다. 삼존을 만나는 데 있어 어떤 망설임인들 있을 리 만무한 것이었다.

우득!

전혀 준비 동작 없이 거의 육 장이나 되는 높이에서 떨어져 내렸다. 그것도 거의 죽기 일보 직전에.

제대로 된 착지를 할 수 있었을 리 만무하다.

심소단은 초절정고수답지 않게 발목을 삐끗한 연후 노안을 가볍게 일그러뜨렸다.

저릿한 느낌.

제법 심하게 발목을 삔 것 같다.

하지만 그보다 그의 내심을 더욱 무겁게 만든 건 거의 자신을 죽일 뻔했던 도가 발했던 무시무시한 기세였다.

'설마 여신유, 그 지독한 놈이 어느새 이기어도(以氣御刀)를 사용할 수 있는 경지에 올랐을 줄이야……!'

이기어도.

검법상 지고의 경지라 알려져 있는 기로써 검을 마음대로 조종하는[이기어검(以氣御劍)] 수법에 빗대어져 일컬어지는 명칭이다.

그러나 무림사에 종종 어기충소(御氣沖霄)를 했니, 여동빈과 같은 검선(劍仙)이 검을 타고 등선을 했니, 하는 말은 많이 나돌았어도 이기어도에 대한 소문은 거의 들리지 않았다. 아니, 그냥 호사가들이 내놓은 이론상에서나 등장하는 얘기에 불과하다는 게 더욱 정확할 터였다.

이는 똑같이 본신의 기를 명주실보다 더욱 가늘게 늘려서 수중의 병기를 자유자재로 조종하는 것이라 해도 검과 도가 본래 가진 차이점에 기인한 현상이었다.

양날의 검, 외날의 도.

병기의 이점으로 보면 검 쪽이 꽤나 유리해 보이지만, 실제 전장에서 주로 사용되어지는 건 외날인 도 쪽이었다.

양날을 가졌다 하나 검은 재질이 약하고 무게가 가벼워서 살상력이 묵중하면서도 힘이 있는 도에 비해 떨어진다. 그게 사람들이 대부분 수긍하는 사실이었다.

하지만 그 같은 병기상의 불합리함이 검을 수행하는 자들에게 기를 중점적으로 연마하게 만드는 계기가 되었다. 병기로써의 불편함이 역설적으로 기로써 검의 위력을 높이는 작업에 박차를 가한 셈이었다.

검으로 도(道)를 논한다 함은 검으로 기(氣)를 수련한다는 것과 같았다. 즉, 기를 연마하지 않고선 제 위력을 발휘하기가 쉽지 않은 검은 곧 도로 이르는 길로 인식되며 만병지왕이 되었고, 본래 살상력이 높은 도(刀)는 기와는 동떨어진 발전 양상을 보일 수밖에 없어졌다.

기에 관심을 둔 사람들은 대부분 검을 연마하는 데 관심을 기울일 뿐, 도라던가 다른 병기로도 그리할 수 있다는 것은 생각지 않았다.

기예의 검, 패도의 도.

강호에서 삼 일만 뒹군 사람이라 해도 알 수 있는 일이었다. 한 번 틀에 박힌 인식이란 그렇게 무서웠다.

한데, 당대 무림에 그 같은 평범한 사람들의 인식의 틀을 깨는 사람이 나왔으니, 그게 바로 패도존 여신유였다.

기껏해야 도강(刀罡) 정도가 전부였던 도의 세계에 그는 도강을 촘촘한 그물처럼 만들어 위력을 증폭시킨 도망(刀鋩)과 도강의 중첩으로 위력을 극대화시킨 도벽(刀壁)이란 새로운 개념을 선보였다.

그뿐만이 아니다.

그는 도강을 잘게 잘라서 무한정 쏟아내는 도파산(刀破散)을 실전에서 사용할 수 있는 대파천도법을 만들어 일 대 다수 싸움에 혁신적인 변화를 가져오게 했다. 그로 인해 한때 무림 세력 간 대결에 있어 꽤나 인기를 모았던 집단전술이란 게 무용지물이 되고 만 것이었다.

물론 그 같은 일이 가능한 건 어디까지나 단 몇 사람뿐이었다.

강기를 제 마음대로 다룰 수 있는 초절정고수 이상!

선택받은 자들만이 가능했다.

하지만 한때 거의 절대적인 진리로까지 받아들여졌던 집단전술(다굴)에 예외를 만든 건 실로 대단한 일이라 아니 할 수 없었다.

그런데 그런 여신유가 이번엔 여태까지 오로지 검에만 인정되어져 왔던 분야마저 정복할 줄이야!

평생 여신유 때문에 강남제일인이 되지 못했던 심소단으로선 일시 하늘이 무너지는 듯한 절망을 느낄 수밖에 없었다. 그렇지 않아도 컸던 그와 자신과의 차이가 더욱 벌어졌음을 자인할 수밖에 없었기 때문이다.

하지만 심소단에겐 계속 번뇌에 젖을 여유조차 주어지지 않았다.

막바로 간신히 피해냈다고 생각했던 여신유의 도가 어느새 그의 머리 위로 떨어져 내리고 있었다. 이기어도답게 한차례 공중에서 선회를 한 후 바로 심소단의 뒤를 쫓아온 것이다.

'이, 이런……'

심소단은 머릿속에서 울린 위험 신호에 맞춰 신형을 옆으로 날렸다. 발목을 삔 채로 신법을 빠르게 펼치는 데 한계를 느낀 탓에 취한 어쩔 수 없는 선택이었다.

나려타곤.

혹여 심소단을 아는 자가 본다면 자신의 두 눈을 몇 번이나 부비며 믿지 못할 광경!

게다가 심소단은 나려타곤을 펼치는 한편 신형을 흡사 똬리를 트는 용처럼 뒤틀며 한껏 운기하고 있던 장력을 뿜어내기까지 했다.

폭호귀산(暴虎歸山).

심소단 생애 단 한차례밖엔 사용한 적이 없던 폭호신장의 최절초를 이 같은 상황에 아낌없이 쏟아낸 것이었다.

그러나 결과는 참혹했다.

푸악!

　장심 한가운데로 폭발적인 내력을 모았다가 수백 개나 되는 장환을 일시에 쏟아내는 폭호귀산은 절반밖엔 펼쳐지지 못했다. 폭발적으로 터져 나온 장환을 뚫고 파고든 도 그림자가 심소단의 어깨를 잘라 버렸기 때문이다.

　폭포수처럼 터져 나온 핏줄기.

　그 핏빛 그림자 사이로 긴 꼬리를 만들며 하늘로 솟구쳐 가는 도 그림자가 보였다.

　환상처럼…….

　"크… 으……."

　심소단의 입에서 흡사 야수의 울부짖음과 같은 신음이 터져 나왔다. 자신의 전력을 다 기울이고도 여신유의 단 일격을 막아내지 못했다는 패배감이 깃든 흐느낌이었다.

　'이기어도… 저것이 삼존인가……!'

　추소산은 전력을 다해 경공을 펼쳤음에도 심소단이 전광과 같은 이기어도에 팔이 잘리는 광경을 확인하는 것에 만족해야만 했다.

　그의 경공이 이미 경지에 올랐다 하나 이기어도의 빠름을 따른다는 건 무리였다. 사실 속도 면에선 전혀 상대가 되지 않는다고 보는 편이 옳았다.

　그래도 아예 소득이 없었던 건 아니다.

　무림 최정상에 군림하는 자만이 펼칠 수 있는 놀라운 위세를 눈앞에서 목도할 수 있었다.

　보통 사람이라면 단지 하나의 도가 유성처럼 공간을 가로지르는 광경과 피분수를 뿜어낸 심소단의 일그러진 얼굴 정도만을 봤을 터였다.

그게 그들의 한계일 테니까.

그러나 추소산에겐 보통 사람을 훨씬 능가하는 초인적인 안력이 있었다. 아주 약간에 불과하지만 미세한 진기의 가닥에 의해 순간적으로 방향을 바꾸는 이기어도의 놀라운 모습을 눈으로 확인할 수 있었다.

충격!

평생 처음으로 맛보다는 절대적인 무학의 경지.

이면 속에 담겨진 흐름.

그 광경을 목도한 추소산은 강렬한 전율을 느꼈다. 제대로 된 무학 스승을 모시지 못한 그로선 아예 꽉 막혀 있던 거대한 벽의 한 켠에 난 작은 구멍을 본 것이나 다름없었다. 어떤 놀라운 기연보다 더 나은 기회를 잡게 된 것이었다.

그때 전율감으로 미미하게 손끝을 떨어 보이고 있는 추소산의 배후 쪽에서 자색의 장포를 휘날리며 한 명의 사나이가 모습을 드러냈다.

대략 오십 줄을 살짝 넘긴 듯하나 잘생긴 얼굴.

늠름하다는 말의 주인이 누구인지 알게 하는 몸 전체로 흘러넘치는 기태.

나이를 뛰어넘는 매력이 사나이에겐 자연스레 흘러넘친다. 필시 젊었을 때는 분명 여인들깨나 울렸으리라!

추소산은 사나이의 수중에 쥐어진 자색의 삼첨양인도(三尖兩刃刀)를 눈으로 살폈다.

창이 아니라 도에는 꽤나 어울리지 않는 형태.

굳이 말하자면 다루기가 꽤나 어려워 보이는 모양새를 한 장도(長刀)이다. 더구나 그것을 한 가닥 진기로 움직인다는 건 생각 이상으로 힘든 일일 것이 분명했다.

그럼에도 추소산은 눈앞의 사나이가 패도존 여신유란 것에 한 치의
의혹도 품지 않았다.

압도적인 존재감!

눈앞의 자의사나이에겐 결코 평범한 사람으로선 가질 수 없는 기운
이 넘쳐흘렀다.

설사 방금 전 평상시 생각해 왔던 무학의 개념 자체를 뒤흔들어 버
린 이기어도를 보지 않았다 해도 추소산으로선 다른 식으로 사나이의
정체를 추론할 수 없을 듯했다. 그냥 그렇게 생각되었다.

꿈틀!

자의사나이─패도존 여신유라 판단되는─가 눈살을 한차례 찡그려 보
이더니, 방금 전 심소단이 떨어져 내린 장소를 냉연하게 내려다봤다.

"소단, 너는 언제나 지 주제를 몰랐다만, 이렇게까지 멍청한 짓을 할
줄은 몰랐구나. 감히 본좌를 강남에서 이런 벽촌까지 달려오게 만들다
니."

"여, 여신유⋯⋯."

"게다가 나이가 한참이나 많은 의형에게 말을 놓다니, 그동안 사뭇
건방져지기까지 했구나."

그리 크지 않지만 또렷하게 들리는 목소리.

순간 뭐라 다시 대꾸하려던 심소단의 신형이 바닥에서 쑤욱 튀어 오
르더니, 한쪽 구석퉁이로 아무렇게나 나뒹굴었다. 두 사람에게서 그리
멀리 떨어지지 않았던 추소산조차 전혀 알아보지 못할 수법이 펼쳐졌
음이다.

"음, 생각했던 것보다 너무 약해. 아니면 내가 지나치게 강한 것인
가?"

“…….”

죽림 구석에 아무렇게나 뻗어버린 심소단에게선 더 이상 대답이 들려오지 않았다.

여신유 역시 굳이 대답을 듣고 싶었던 건 아니었으리라!

그는 잠시 심소단 쪽을 바라보다 잘 정리된 수염으로 뒤덮인 입술을 한차례 꿈틀거려 보일 뿐이었다. 그게 심소단에 대해 그가 보인 마지막 관심이었다.

그리고 추소산에게 돌려진 시선!

“본좌는 여신유라 하네. 감히 강남제일장과 정면에서 맞섰을뿐더러, 본좌가 이번에 새로 만들어낸 대파천도법의 서른여덟 번째 변초인 절대파천(絶對破天)을 목도하고도 태연한 표정을 지을 수 있는 건 용기인가, 만용인가?”

‘절대파천… 내가 지은 지존검법도 그렇지만, 정말 광오한 이름이로군…….’

추소산은 눈앞의 나이를 잊은 듯한 사나이가 과연 패도존 여신유임을 확인하고 내심 쓰게 웃었다.

옥화산을 내려오며 목표로 했던 삼존 중 한 명인 여신유가 자신의 도초로 지은 이름을 들자니, 자신이 했던 치졸한 짓이 떠오른다.

절대파천과 지존검법.

둘 다 듣는 이들로 하여금 광오함과 황당함을 동시에 느끼게 하기엔 충분했다.

결코 누가 낫다고 할 수 없는 난형난제(難兄難弟)란 이 둘을 놓고 할 법한 얘기였다.

물론 현재로선 여신유가 지은 도초의 이름은 지난바 위력과 대충 어울려 보이긴 한다. 그것도 솔직히 말해 결코 품위라거나 우아함과는 거리가 멀어 보이긴 하지만 말이다.

'사부님의 지존검법 역시 그리될 날이 있을 것이다!'

내심 중얼거린 추소산이 대답했다.

"추소산입니다. 여 선배님의 놀라운 이기어도는 잘 구경했습니다."

"추소산?"

여신유의 검미가 슬쩍 치켜 올라갔다. 추소산이란 이름이 귀에 낯설지 않았기 때문이다.

"하오문에서 왕 노릇을 한다는 백상준이란 녀석이 키운 비밀 병기가 바로 네 녀석이냐?"

'백상준이라면… 암왕을 말하는 것인가?'

추소산은 물론 하오문주인 암왕 백상준이란 이름을 잘 알고 있었다. 악록산채에서 그가 수행할 당시 물심양면으로 지원해 준 백수빈의 오라비이자 하오문의 절대지존이 바로 그였기 때문이다.

하지만 백수빈의 열화와 같은 성화에도 불구하고 추소산은 하오문에 입문하지 않았다.

여신유가 자신과 하오문 간의 관계를 어느 정도 파악하고 있는 건 놀랍지만, 단지 그뿐이었다. 도매금으로 하오문도가 될 생각은 없었다.

"뭔가 잘못 알고 계시군요. 저는 하오문의 친구이긴 하나 암왕의 수하는 아닙니다."

"하오문의 친구이나 암왕 백상준과 관계가 없다?"

"그렇습니다."

"흠, 그렇다면 본좌의 귀여운 손녀딸에 대해서도 아는 바가 없다는 건가?"

"손녀딸이라면… 혹시 여연경 소저를 말씀하시는 겁니까?"

"역시 아는군."

여신유의 입꼬리가 살짝 치켜 올라갔다.

평범한 미소.

순간 추소산이 한 번도 경험해 본 적이 없는 압도적인 압력이 폭풍과 같이 밀려들었다.

'큭!'

추소산은 하마터면 폭풍에 휘말린 일엽편주처럼 대나무 아래로 추락할 뻔했다. 여신유가 일으킨 기운이 심소단을 무력화시킨 것과 동일한 것이었기 때문이다.

하지만 추소산은 이미 은림을 준비하고 있던 상황이었다.

압력이 가중되어 폭발에 이른 시점.

위기를 느끼자마자 일으킨 은림의 은밀하면서도 섬세한 검기가 여신유가 일으킨 폭풍을 사방으로 흩어버렸다. 적을 부수는 풍백이 아니라 살리기 위해 익힌 은림이기에 가능한 신기가 발휘된 것이다.

이는 여신유의 관심을 이끌어냈다.

"호오?"

여신유는 눈에 이채를 띤 채 폭풍과 같은 기운을 사그라뜨렸다. 처음 일으켰을 때와 마찬가지로 사라지는 것 역시 순식간의 일이었다.

그러자 압도적인 기운에 짓눌려 있던 묵암검의 암흑 검기가 순식간에 확 밖으로 퍼져 나갔다. 작고 촘촘하게 응축되어 추소산 자신을 지키고 있던 검기들이 본래의 변화를 만들며 화려히 산화해 갔다. 그리 보였다.

'내 팔십 평생의 역작이라 할 수 있는 심어강(心御罡)을 고작 검 따위를 휘둘러서 버텨냈다는 건가? 보아하니 몇 개의 평범한 검초를 검기를 형성한 채 몇십 번에 걸쳐 연환시켜서 검강과 같은 위력을 만들어낸 것 같은데… 누가 만들었는진 몰라도 기발하고 독특한 검법이로다!

여신유는 무학의 대종사답게 추소산이 창안한 지존검법, 그중에서도 풍림화산을 정점으로 하는 연환검식의 원리를 금세 눈치 챘다. 그 자신이 무림 중에 새로운 무학의 흐름을 만들어낸 사람이니 독특함이 넘치는 추소산의 검법에 흥미를 느끼지 않을 도리가 없었다.

슉!

여신유는 아직 기세가 남아 있는 은림 속으로 한걸음에 뛰어들었다.

맨손!

여신유는 패천도문의 비전 중 하나인 십자혈룡수를 펼쳐 은림을 제압하려 했다. 이미 연환검식의 원리를 대충 이해했으니 파훼 따윈 아무것도 아니란 안이한 생각이었다.

쉐쉐쉐쉐쉑!

여신유가 펼친 십자혈룡수가 지닌 위력은 여연경과는 비교조차 되지 않았다.

단숨에 아직 기세가 남아 있던 은림을 산산조각 내더니, 벽력과 같은 위세를 품고 추소산의 가슴을 노렸다.

혈룡낙인(血龍烙印).

극히 단순하면서도 가장 우직한 위력이 담긴 초식.

추소산은 단숨에 자신의 가슴 앞까지 도달한 여신유의 혈룡인을 어이없이 주시하다 대뜸 검초를 바꿨다.

철우경지.

보통의 경우라면 바닥을 긁듯이 쓸며 강력한 위력을 발휘했을 검초이나 이번엔 속도가 두 배 이상이었다. 검봉이 긁듯 움직인 공간이 허공이었기 때문이다.

츄악!

여신유의 혈룡낙인은 목표로 했던 추소산의 가슴을 꿰뚫지 못했다. 대신 혈룡인을 받은 건, 보통의 두 배 빠른 철우경지를 펼친 묵암검의 검기였다.

'허! 제법 괜찮은 검까지 가졌잖은가?'

여신유는 자신의 혈룡인을 가르며 파고드는 날카로운 검기를 느끼곤 수장을 살짝 옆으로 뒤틀었다. 묵암검의 예기를 피해 장심으로 검신을 때리는 고전적인 수법을 사용한 것이다.

터엉!

묵직한 울림과 동시에 추소산의 신형이 머리로부터 대나무 아래로 추락했다.

검파를 타고 파고든 내력에 일시 내식이 크게 들끓어올라 진기가 끊겼다. 검을 포기하지 않기 위해선 대나무 밑으로 추락하는 수밖엔 다른 도리가 없었으리라.

쿵!

추소산은 바닥에 대 자로 뻗었다.

부근에 정신을 잃고 쓰러져 있는 심소단과 그다지 다르지 않은 모습이었다. 아직 정신이 말짱하다는 점을 제외하면 말이다.

'단지… 버티는 것이 전부인가?'

추소산은 끝까지 손에서 놓지 않은 묵암검 쪽에 시선을 던지곤 입가에 씁쓸한 고소를 매달았다.

부지불식간에 펼친 은림.

완벽했을 리가 만무하다. 확실히 구궁혈룡대진을 일거에 박살 낼 때와 같지 않았다.

하지만 그렇다 해도 크게 달라질 건 없었다. 여태까지 무적이었던 은림을 펼치고도 고작해야 여신유의 일초양식을 받아내는 게 전부였다는 자괴감을 떨쳐 버릴 순 없었다. 여신유는 특별한 신공절학을 사용한 것이 아니라 극히 평범한 수법으로 은림을 파훼해 버린 것이다.

어떻게?

추소산이 지금 가장 궁금한 사항이었다.

아무리 여신유가 삼존 중 일인으로 현 무림의 절대자라곤 하나 처음 본 무학을 이리 쉽사리 파훼할 수 있다는 건 당최 믿기지 않았다. 뭔가 자신이 알지 못하는 비밀이 있을 것만 같았다. 그렇게 믿고 싶다는 게 더욱 정확할 테지만 말이다.

그때 하늘을 향한 추소산의 시야 속으로 붉은 구름과 같은 여신유의 모습이 파고들었다. 추소산을 비참하게 추락시킨 것도 모자랐는지 대나무 위에서 뛰어내리기까지 한 것이다.

'일어서야 한다!'

추소산은 온몸의 근육을 단숨에 경직시켰다. 그러자 꽤나 높은 곳에서 떨어졌음에도 돌덩이같이 단단한 그의 몸은 바로 반응을 보여왔다.

우드드드득!

미친 듯 소리 질러대는 근골의 비명과 함께 추소산의 신형이 용수철처럼 바닥을 박차고 뛰어 일어났다. 그리고 다시 제 빛을 찾은 묵암검의 검기!

스으.

발끝을 반 족장 움직이는 것만으로 몇 개나 되는 분영을 만들어낸 추소산의 신형이 뒤로 몇 발자국 물러섰다. 여신유가 바닥에 떨어져 내린 것과 거의 동시에 벌어진 변화였다.

싯!

여신유는 거의 기습적으로 자신의 인후를 노리며 파고든 검기를 단지 고개를 옆으로 기울이는 것만으로 피해냈다. 그 정도면 충분하단 판단이었다.

그러나 그의 판단 속에는 다소의 오만함이 담겨져 있었다. 묵암검의 날카로움과 추소산의 검이 만들어낸 검초가 갈수록 빨라지고 있다는 사실을 계산에 넣지 않았다.

주룩!

여신유의 목에 기다란 검흔이 새겨졌고, 그 사이로 선홍빛 핏물이 한 방울 흘러내렸다. 여신유로선 거의 수십 년 만에 당해본 상처.

"하!"

여신유는 나직한 탄성과 함께 손을 들어 목에 난 상처를 매만졌다.

갑자기 흥취가 일어 몇 차례나 손을 썼다.

하지만 새카맣게 어린 후배에게 진심이 될 까닭이 없다. 오히려 적당히 상대한 연후 칭찬하고픈 마음을 먹고 있었는데, 상처를 입자 기분이 크게 언짢아졌다.

'건방진 놈! 적당히 상대해 줬더니 감히 호랑이 수염을 뽑으려 들어? 이놈을 당장에 죽여 버릴까!'

여신유는 살기를 일으키다 문득 여연경의 행방에 관해 아직 추소산에게 묻지 않았다는 사실을 깨달았다. 하나밖에 없는 귀여운 손녀의 행방이 묘연한데, 목에 생채기 하나 생겼다고 성질만 부릴 순 없었다.

결국 내심의 노화를 꾹 눌러 참은 여신유가 묵암검으로 삼엄한 검기를 만들고 있는 추소산에게 퉁명스런 눈빛을 던졌다.

"어린 녀석이 검초를 연환시켜서 변화와 위력을 높일 생각을 하다니, 정말 기특하다. 누구의 문하인지는 모르나 몇십 년 내에 그 같은 검법을 본 일이 없으니 근래 들어 완성된 것일 테지?"

"아직 불완전할 따름입니다."

"불완전한 게 검법이냐, 아니면 네 깨달음이냐?"

"……."

추소산은 여신유가 진짜 지존검법의 원리를 거의 꿰뚫어 봤음을 확신했다. 그가 아무렇지도 않게 던진 질문이야말로 추소산이 가장 마음 쓰는 바였기 때문이다.

그렇다면 이 같은 기회를 놓칠 순 없다.

내심 눈을 빛낸 추소산이 잠시의 침묵을 깨고 갑자기 질문을 던졌다.

"검초를 연환시킨다는 건 일점집중과 십면매복의 방법이 있습니다. 일점집중으로 연환시킬 땐 검초의 겹침으로 인해 위력이 증대되고, 십면매복으로 연환시키면 각 검초의 변화가 뒤섞인 채로 넓게 퍼집니다. 그로 인해 무한정으로 확장된 검초의 변화는 질긴 재질로 된 그물과 같이 사방으로 퍼지게 되는데……."

"검초의 변화가 지나치게 넓어지다 보면 각 연결 고리가 되는 검기의 잔상들이 약해져서 위력을 잃게 될 테지. 네가 방금 전에 펼쳤던 검초가 바로 그와 같은 경우에 해당되지 않겠느냐?"

"그렇습니다. 일점집중으로 검초와 검기를 밀집했을 땐 절대의 방벽이 되었지만, 십면매복으로 줄기를 뻗치자마자 구멍이 뚫리고 말았습니다."

"본좌의 혈룡낙인은 변화가 단순하긴 하나 한 점에 기운을 집중하는 면에 있어선 빼어난 점이 있다. 네 검초가 가진 약점을 파악한 본좌가 혈룡낙인을 펼친 건 바로 그 때문이었다. 그러니 네가 그 독특한 연환검식의 위력을 더욱 늘리려면 앞으로 일점집중으로 검초와 검기를 밀집한 상태에서 십면매복을 사용할 수 있어야만 할 것이다."

"일점집중 상태에서 십면매복을……."

추소산은 여신유가 한 말을 그대로 따라 하던 중 눈빛을 크게 흐트러뜨리고 말았다.

일점집중의 풍백.

십면매복의 은림.

여태까지 이론상으로만 설정해 놨던 풍림화산 중 두 가지를 이루는 데만도 지독한 번민과 고뇌의 시간이 흘러갔다. 하물며 그 둘의 특성을 합친 광화나 파산을 이루기 위해선 얼마나 많은 시간과 노력이 소요될 것인가.

'짐작조차 할 수 없다!'

추소산의 솔직한 현재 생각이었다. 그만큼 어려운 일을 여신유는 태연스레 추소산에게 이루라 말한 것이었다.

그러나 추소산은 곧 표정을 일신했다. 아예 상상조차 하지 못했던 것과 달리 여신유의 도움을 받았다곤 하나 개념을 잡을 수 있었다.

일점집중과 십면매복.

도저히 함께할 수 없을 듯한 양 검초가 합해져 이룩된 장대하고 엄청난 위세가 눈에 잡힐 듯 그려진다.

어렸을 때부터 수없이 많은 수련을 통해 얻은 지존검법.

그 하나하나를 미세한 변화 하나하나까지도 정확하게 파악하고 있는 추소산이기에 가능한 일이었다. 머릿속 가득 이름만 정해놨을 뿐이던 파산의 환영이 연신 떠올랐다 사라지길 반복하기 시작한 것이었다.

그러자 여신유의 얼굴에 다소 어이없어하는 기색이 떠올랐다.

'이런 상황에서 느닷없이 무아지경에 빠지다니… 타고난 무골… 아니, 무공광이라 해야 하는가?'

그렇다.

추소산은 어느새 여신유를 향해 겨누고 있던 수중의 묵암검마저 마구 흔들어가며 자신만의 세계에 빠져들고 있었다.

모르는 자가 보면 미쳤다고 할 만한 상황.

적어도 여신유는 그리 보지 않았다.

오히려 그는 처음 보였던 반응과 달리 혹시라도 추소산을 방해할세라 잠시 기력까지 죽이고서 침묵을 지켰다.

무인!

평생을 무학의 새로운 경지를 여는 데 보낸 여신유이기에 알고 있었다. 무학을 궁구하던 중 느닷없이 빠져드는 무아지경의 맛이 얼마만큼 달콤한지를.

비록 추소산이 그리 예쁜 건 아니나 자신이 던져 준 작은 실마리를 궁구하여 무아지경에 빠져든 걸 방해할 순 없었다. 그건 같은 무인으로서 도리가 아니라고 생각했다.

그 순수한 궁구로 인해 어떤 깨달음을 얼마나 많이 얻을진 모르겠지만, 그냥 운 좋은 녀석이라 치부하기로 마음의 결정을 내린 것이었다.

'흠, 이렇게 된 이상 이 건방진 녀석이 쉽사리 깨어날 것 같진 않으니 그럼 나는 그동안 청룡등천도나 회수해 보실까?

여신유는 추소산을 뇌둔 채 여전히 의식을 잃고 있는 심소단에게로 천천히 다가갔다. 그의 품을 뒤져 도둑맞았던 청룡등천도를 회수한 후 적당히 꾸짖고 자비를 베풀어 용서해 줄 생각이었다. 한때 사돈이었으며 의제였던 심소단에게 그 정도 아량쯤은 보일 용의가 있었다.

그러나 그의 이런 적당한 마음은 곧 격렬한 분노로 돌변하고 말았다. 예상과 달리 심소단의 품에서 청룡등천도를 발견할 수 없었던 것이다.

'그렇다면 역시 고 맹랑한 어린것이 가문을 배반했더란 말인가! 감히!'

여신유의 입에서 벽력과 같은 포효가 터져 나왔다.

사자후(獅子吼)!

불문의 어떤 고승이라 해도 감히 내뱉지 못할 화후가 담긴 여신유의 분노성이었다.

흠칫!

추소산은 강요를 받듯이 천재일우(千載一遇)로 잡은 무아지경에서 순식간에 빠져나왔다.

그럴 수밖에 없었다. 여신유의 사자후 속에서 어찌 무아지경을 유지할 수 있었으랴.

아쉬운 것인가?

추소산은 잠시 눈을 깜빡이며 자신의 수중에 쥐어진 묵암검을 바라봤다. 무언가 골똘한 생각에 잠긴 모습이었다. 오로지 자신만이 알 수 있는 어떤 일에 말이다.

*   *   *

“우아아아아아!”

사람의 심혼을 몽땅 뒤흔들어 버리는 사자후.

그 속에 담긴 힘은 보통 사람으로선 상상조차 할 수 없는 것이었다. 그러나 곧이어 그보다 더욱 엄청난 일이 죽현의 죽림을 사정없이 뒤흔들어 버렸다.

쩌릉!

백색의 낙뢰!

그것은 결코 하늘에서 떨어진 것이 아니었다. 오히려 땅 쪽에서 하늘을 향해 솟아오른 것 같았다.

어째서?

이유는 금세 밝혀졌다.

낙뢰라 여겼던 백색의 섬광이 거의 끝 간 데 없을 정도로 하늘로 치솟더니, 일직선을 그리며 앞을 가로막고 있던 대나무들을 모조리 초토화시켜 버렸기 때문이다.

“아!”

청룡등천도의 서늘한 도인을 막 우약연의 목에 꽂아 넣으려던 심미연의 얼굴에서 핏기가 싹 가셨다.

누구보다 명민한 그녀.

처음 귓전을 때렸던 사자후와 더불어 모습을 드러낸 백색 섬광의 정체를 눈치 채지 못했을 리 없다.

덜덜!

심미연은 자신도 모르게 손을 떨었다.

자연스레 그리되었다.

그러자 여태까지 호시탐탐 기회만을 엿보고 있던 호심원의 눈에 이채가 스쳐 갔다. 그는 비로소 기회가 왔다는 판단을 내린 것이다.

스슥!

단걸음에 심미연 바로 코앞까지 이른 호심원이 불쑥 금나수를 펼쳐 심미연의 완맥을 잡아채 갔다. 청룡등천도가 들린 쪽이었다.

절정고수답게 빠르면서도 정확한 동작.

나이 어린 심미연이 피할 수 없었음은 자명한 일이다.

투툭!

호심원의 다섯 개 손가락 중 식지가 완혈을 스친 순간, 심미연의 손에서 청룡등천도가 힘없이 떨어져 내렸다.

여기까진 호심원의 예상과 정확히 일치하는 결과.

그러나 천재라 자부하는 그조차 전혀 예상치 못했던 일이 곧바로 벌어졌다. 청룡등천도의 날카로운 도신이 우약연의 하얀 목젖을 스치고 평상 위로 떨어진 것이었다.

슷!

티 한 점 없이 깨끗하고 순결하던 우약연의 목에 붉은 혈선의 인이 새겨졌다.

주룩!

그리고 흘러내린 선홍빛 피 한 방울.

그 피의 꽃이 평상 위에 꽂힌 청룡등천도의 도파 위로 떨어진 순간, 천지가 진동하는 듯한 충격이 호심원과 심미연 모두에게 밀려들었다.

“크헉!”

“꺄악!”

호심원은 자신 역시 지독한 고통을 느끼면서도 평상 위에서 나뒹구는 순간 심미연의 어린 몸을 꼬옥 끌어안았다. 자신의 몸으로 심미연을 받아냈다.

퍼덕!

호심원의 몸이 대차게 바닥에 나뒹굴었다. 절정고수인 그가 자신의 몸을 가누지도 못한 것이다.

그렇다면 심미연은?

그녀는 안전하게 호심원의 품 안에 안겨 있었다.

따뜻하면서도 안온한 느낌.

심미연은 고통의 순간 꼬옥 감았던 눈을 살짝 뜨고는 낯을 가볍게 붉혔다. 호심원의 노구 위에 안겨 있는 자신의 모습을 발견했기 때문이다.

‘호… 신의님……’

심미연은 평생 단 한 번도 느껴본 일이 없는 부친의 정을 느꼈다. 그렇다고 생각했다. 지금 이 두근거리면서도 따뜻한 느낌을 달리 표현할 말에 다른 것이 있을 리 없었다.

하지만 그녀의 행복은 잠시뿐이었다.

콰득!

뭔가 박살나는 소리와 함께 그녀의 머리 위를 몇 토막의 나뭇조각이 스쳐 지나갔다.

뭔가 또 벌어졌다는 의미.

완전히 바닥에 뻗은 두 사람의 머리 위로 여태까지 의식불명 상태였던 우약연의 섬세한 몸이 두둥실 떠올랐다. 심미연이 떨군 청룡등천도를 한 손에 쥐고서.

"서, 설마……!"

심미연을 품에 안은 채 호심원이 입을 가볍게 벌렸다. 그의 뇌리 속으로 무림육대병기보 중 실질적인 일좌를 다투는 이도에 얽힌 전설 같은 일화가 떠올랐다.

성천신도와 청룡등천도.

서로가 서로를 부르나 결코 마주해선 안 될지니.

만약 성천의 피가 청룡과 어울리면, 천하에 대란이 일리라.

조금 연배가 높은 무림인들은 대부분 알고 있는 이야기로 그리 대단할 건 못 되었다. 본래 구전되는 얘기들이란 게 다소 허황된 것들이 많았고 누구를 통해 전해졌는지 근거조차 없으니, 중하게 생각되지 않는 것도 당연했다.

게다가 조금 식견이 높은 무림인들은 언제나와 마찬가지로 자신들의 지식을 자랑하고 싶어 이야기 속에 숨은 본질을 찾기를 즐겨 했다. 이런 좋은 소재거릴 그냥 모른 채 넘길 턱이 없었다.

그들은 이도에 얽힌 얘기를 연구한 후 성천신도와 청룡등천도는 각기 신성천교와 패천도문을 뜻한다는 잠정적인 결론을 내렸다. 즉, 이 이야기가 뜻하는 건 신성천교와 패천도문이 손을 잡으면 천하에 대란이 일게 된다는 그럴듯한 주장을 설파하고 세상에 제멋대로 퍼뜨린 것이다.

호심원 역시 그런 식자들 중 한 명이었다.

의학을 연구하던 도중 이도에 얽힌 무학 외적인 공효에 관심을 가져 누구보다 잘 알게 되었지만, 전해져 온 애기 같은 거엔 무관심했다. 그리 중요하지 않다고 생각했기 때문이다.

그런데 지금 그 대충 넘겨 버렸던 허황된 애기들이 뇌리 속을 가득 메우는 건 어째서인가!

호심원은 흡사 사람이 아닌 것처럼 공중으로 떠오르고 있는 우약연을 올려다보며 자신도 모르게 심미연을 더욱 꽈악 끌어안았다.

두려움? 공포?

지금 호심원의 뇌리를 가득 메운 건 그런 말로 표현할 수 있는 성질의 것이 아니었다. 그냥 그는 눈부실 정도로 아름다운 우약연의 모습 속에서 소름이 끼칠 정도의 불안감을 느꼈다. 그게 다였다.

그리고 바로 그 순간, 모옥 주변에 펼쳐진 진세마저 단숨에 꿰뚫어 버린 백색 섬광이 본모습을 드러냈다. 보통 사람조차 똑똑히 알아볼 수 있을 정도로 확실하게.

제47장

대란의 조짐, 천하를 진동하다!

후두둑!

오전서부터 심상치 않던 하늘은 오후가 되자 결국 비바람을 뿌리기 시작했다.

산중, 그것도 기후가 변화무쌍하기로 이름 높은 감숙성(甘肅省)의 난주(蘭州) 부근에선 일상적인 일.

그리 대수로울 것도 없는 변화이다.

적어도 지난 수개월 동안 감숙 전체를 이 잡듯 헤집고 다녔던 광천존 우대승과 세 명의 광명사자에겐 그러했다. 이미 하나같이 수화불침에 이른 몸들이니만큼 날씨의 변화 따위에 구애받을 까닭이 없기 때문이다.

그래도 사람에겐 어쩔 수 없는 감정이란 게 있다.

맑은 날씨에 기분이 좋아지고, 흐리고 우중충한 날씨엔 기분 역시 어두워진다. 계속 변화를 반복하는 날씨에 감정의 기복이 심해지는 건 어쩔 수 없는 현상이다.

급기야 굵어지기 시작한 빗줄기를 온몸으로 받으며 우대승이 북쪽 하늘을 바라보았다.

뭔가를 그리워하는 눈빛.

가장 오랫동안 우대승을 따른 오대광명사자의 좌장, 무상혈마(無上血魔) 연자구가 조심스런 목소리로 아뢴다.

"총단에는 헌원 사자가 있습니다. 그의 무공이 속하보다 결코 못하지 않으니 신녀 성하(聖下)를 염려하실 필요는 없을 줄로 압니다."

"음."

우대승은 별다른 대답조차 없이 단지 고개만을 끄덕여 보일 따름이었다.

그러나 천하제일마라 불리는 사내.

한때 천하무림 전체를 한 손에 쥐기 위해 포효했던 대마웅은 우약연의 생각 이상으로 그녀를 깊이 사랑하고 있었다. 단지 그 같은 마음을 겉으로 드러내는 데 소질이 없었을 따름.

그 같은 사실을 누구보다 잘 아는 연자구의 눈 깊숙한 곳에 문득 한 가닥 살기가 감돈다.

"경일소 녀석, 도대체 무슨 생각으로 이리 날뛰고 있는지 모르겠습니다! 어젯밤 적발귀소 형가구를 마지막으로 음산파에서 쓸 만하다고 할 만한 녀석들은 모조리 처리가 되었는데도 아직 저항을 계속하고 있으니……."

무형 중에 살기를 담을 수 있을 정도의 고수.

연자구가 일으킨 미약한 살기에 반응한 빗방울들이 그의 몸 여기저기에서 격렬한 율동을 보인다. 신체를 얇은 막처럼 감싸고 있던 강기가 심중의 격동에 맞춰 평정을 잃고 제멋대로 출렁거리기 시작한 때문이다.

우대승은 굳이 돌아보지 않고도 연자구의 그 같은 변화를 파악했다.

"연 대사자, 자네가 십 년 전부터 무공이 제자리걸음인 것은 젊었을 때 익혔던 무상반야공(無上般若功)과 성정이 맞지 않아서일세. 무상반야공은 천축(天竺) 불문 제일의 문파인 대뢰음사의 최고 절학이라 아무래도 근기와 침착한 성품이 어울리는데, 자네는 이리 늙은 나이에도 정열이 넘치니 정수를 얻기가 쉽지 않은 것이야."

"모두 속하의 못난 탓입니다."

얼른 눈 속에 떠올랐던 살기를 지운 연자구가 허리를 숙여 보였다. 자연스레 제멋대로 날뛰고 있던 강기 역시 본래의 유순함을 되찾는다.

어떤 반론이나 대꾸도 용납되지 않는 충복의 모습.

우대승은 잠시 연자구의 달라진 기운을 살피고 담담한 음성으로 말했다.

"그동안 상대해 본 경일소는 본래 실력에 비해 천하에 알려진 것이 오히려 부족한 자였다. 구 사자가 어이없이 그에게 당한 것도 무리는 아니었어. 하지만 그렇다 해도 그자에겐 뭔가 달리 노리는 바가 있을 것이야. 그렇지 않고선 결코 자신의 모든 세력을 희생하면서까지 본교에 전력으로 대항하진 않았을 터이니까."

"……."

연자구는 여전히 허리를 숙인 채로 침묵했다. 이미 우대승에게 한 소리를 들은 터에 다시 기운을 남발할 순 없었기 때문이다.

하물며 교주 우대승과 연자구에게서 몇 걸음쯤 뒤처져 서 있는 적포혈마(赤袍血魔) 안원기와 청포혈마(靑袍血魔) 나진여로선 꿀 먹은 벙어리가 될 수밖에 없었다.

형제나 다름없던 오대광명사자 중 일인, 흑포혈마(黑袍血魔) 구휘의 죽음과 관계된 얘기를 듣고 치밀어 오른 노기를 목구멍 깊숙이 꿀꺽 삼켜야만 했다. 그들이 끼어들 대화가 아님을 너무도 잘 알고 있는 것이다.

수개월 전.

형산에서 벌어졌던 보검 쟁탈전 이후 귀면사신 경일소를 비롯한 음산파의 주력들은 음산을 떠나 감숙에 대거 몰려온 상황이었다. 일월신검을 중간에 가로채 간 신성천교의 백포혈마 헌원무진의 일을 따지기 위함이라 했다.

물론 웃기는 소리다.

현존하는 마도제일세라 할 수 있는 신성천교에 아무리 사파이세 중 하나인 음산파라 하나 상대가 될 순 없었다. 솔직히 말해 사파삼대고수 중 으뜸이자 독보적인 위치를 차지하고 있다 알려진 경일소를 제외한다면 나머진 아예 상대조차 되지 않는다고 보는 게 옳았다.

신성천교 역시 그리 판단을 내렸기에 음산파의 감숙 진출에 그저 조소를 보일 뿐이었다.

감숙의 성도인 난주에는 오대광명사자 중 한 명인 흑포혈마 구휘가 도사리고 있었다. 설혹 경일소가 대단하다 하나 구휘 정도면 충분히 상대할 수 있다는 게 신성천교 수뇌진들의 생각이었다.

하지만 얼마 지나지 않아 신성천교에는 검은색 관 속에 눕혀진 구휘의 시신이 전달되어져 왔다. 오대광명사자 중에서도 성정이 가장 급하고 사납다고 알려진 구휘가 경일소의 간계에 빠져 목숨을 잃고 만 것이었다.

게다가 구휘는 그냥 죽기만 한 것이 아니었다.

사망 원인을 확인하기 위해 시신을 해부하던 성약전(聖藥殿) 소속 마의(魔醫) 십여 명과 호위무사들이 돌연 사신으로 돌변한 그의 손에 갈기갈기 찢어발겨져 죽었다.

화신환사공!

경일소의 삼대절기 중 하나가 신성천교의 총단 한가운데에서 펼쳐진 것이었다.

결국 사신이 된 구휘는 그 후로도 백여 명이나 되는 총단 무사들을 찢어 죽인 후 뒤늦게 달려온 광명사자들 앞에서 스스로 폭사했다. 광명사자들에게 제압이 되자 조금의 지체함도 없이 동귀어진을 택한 것이다.

덕분에 무공이 높은 광명사자들은 무사했으나 다시 몇 명이나 되는 무사들이 죽음을 당해야만 했다.

신성천교 역사상 경험한 적이 없는 치욕!

당장 신성천교의 전체 수뇌부를 집결시켜 일의 자초지종을 파악한 교주 우대승은 경일소를 비롯한 음산파 전체에 대한 멸문(滅門)을 선언했다.

피 빚은 피로!

영원한 마도의 철혈율이었다.

과거 벌어졌던 정마대전 이후 약화된 교세와 무력의 회복에 주력하느라 청해성 깊숙이 웅크리고 있던 신성천교가 오랜만에 대외적인 활동에 나서는 순간이었다.

'경일소! 네가 어떤 간계를 심중에 숨겨두었는지는 모르겠으되, 반드시 본 교를 건드린 걸 지옥 유부에서도 후회하게 만들어줄 것이다!'

우대승은 내심 중얼거린 후 허리춤에 걸린 성천신도의 도파를 강인한 손으로 더듬었다.

경일소의 수중에 있다고 알려진 귀혼사령을 떠올리자 자연스레 손이 그쪽으로 향한 것이다.

한데 바로 그때였다.

우우우우웅!

느닷없이 신성천교의 지보이자 교주의 신물인 성천신도가 격한 울음을 토해내기 시작했다.

우대승이 성천신도를 손에 넣은 후 한 번도 경험한 적이 없었던 광경!

'설마……!'

우대승의 시선이 성천신도의 떨림이 향하는 방향을 향해 매섭게 돌려졌다. 여태까지 견지하고 있던 삶을 초탈한 듯한 모습과는 완연히 다른 패도가 섞인 시선.

촤촤촤촤촤촤악!

순간 놀라운 기경이 펼쳐졌다.

우대승의 시선이 향한 방향에서 떨어져 내리고 있던 무수히 많은 빗방울들이 붉은 빛의 침습을 받더니, 순간적으로 증발되어 뿌연 물안개로 변해 버린 것이다.

"오오오……!"

여태까지 열심히 살기를 죽이고 침묵하던 연자구를 비롯한 삼 인의 광명사자들이 한데 입을 모아 탄성을 터뜨렸다.

과연 천하제일마란 소리가 절로 나오는 우대승의 광세마학과 천지를 떨게 만드는 패도의 확인!

아직 자신들의 교주가 마인의 길을 포기하지 않았다는 것에 그들은 환호했다. 과거 평생의 숙적인 검신존 강구량을 홀로 상대하기 직전에도 흐트러진 적이 없었던 우대승의 눈빛이 딱딱하게 굳어 있음조차 알아보지 못할 정도였다.

마인!

어쩔 수 없는 뜨거운 피가 그들을 그리 만들었다.

'약연아……'

우대승의 눈빛 역시 뜨겁게 달아오르고 있었다. 마인이 아닌 부정(父情)으로서.

*　　　*　　　*

삼첨양인도!

독특하고 특별한 모양새만큼이나 다루기가 꽤나 어려울 것이 분명한 도는 우약연의 바로 앞에 딱 멈춰 섰다.

여전히 발하고 있는 백광!

필시 웬만한 호신강기쯤은 단번에 찢어발기고 금강불괴(金剛不壞)마저 부술 힘이 담겨 있을 터였다.

그렇게 보였다.

그러나 그 엄청난 힘이 담긴 삼첨양인도가 지금은 그냥 얌전히 주인 앞에 고개 숙인 강아지처럼 보였다. 전혀 내재되어 있는 압도적인 힘을 발휘하지 못하는 것이다.

그렇다면 무엇이 문제인가?

호심원은 머리가 좋다고 자부하는 만큼 빨리 원인을 발견해 냈다.

'마교의 신녀… 그리고 그녀의 손에 들려져 있는 청룡등천도가 원인이다!'

호심원의 눈이 우약연의 수중에 쥐어진 채 푸른빛의 서기를 뿜어내고 있는 청룡등천도를 향했다.

묘한 흥분과 기대!

호심원은 아직 자신의 품에 있는 우약연을 치료할 단약을 떠올리며 앞으로 일어날 미지의 일에 가슴을 두근거렸다. 자신이 새롭게 해석한 성천신도와 청룡등천도에 관한 구전의 의미가 맞는지 확인하고 싶었기 때문이다.

그때 호심원의 품에 포옥 안겨 있던 심미연의 입에서 새된 비명이 터져 나왔다.

"아앗!"

심미연으로 하여금 비명을 지르게 만든 당사자는 다름 아닌 눈앞에서 굉장히 보기 드문 광경을 연출하고 있는 삼첨양인도의 주인인 패도존 여신유였다.

슥!

여신유는 자신의 절대파천이 무언가 알 수 없는 힘에 의해 가로막히자 이를 확인키 위해 모옥 쪽으로 급히 날아왔다. 무림사에 거의 유례가 없는 이기어도의 앞을 막은 게 무엇인지 반드시 확인해야만 했다.

당연히 그가 펼친 천마등천(天馬昼天)의 경공은 흡사 하늘을 가로지른 것처럼 느껴질 정도였다. 단숨에 백여 장 이상을 가로질렀으니, 실제 하늘을 날았다는 표현이 결코 틀린 건 아닐 터였다.

아무튼 그는 모옥 앞에 떨어져 내리자마자 시선을 호심원의 품에 안긴 심미연에게 던졌다.

차갑게 타오르는 불길.

심미연은 패천도문에서 생활할 때조차 몇 번 본 적이 없는 여신유의 위압적인 모습에 안색이 시커멓게 변했다.

증조부.

어찌 보면 천하에서 가장 친근한 사람일 수 있는 사람이었다. 부친인 여신성이 벌써 십 년 넘게 폐관 수련 중이었기 때문이다.

그러나 여신유는 항상 바빠서 증손녀인 심미연을 그냥 내팽개쳐 뒀고, 그동안 외조부인 심소단에게 전해 들은 그에 대한 얘기는 흉악하기 이를 데 없었다. 그녀를 이용해 청룡등천도를 훔쳐 내야 했기에 안 좋은 소리로 세뇌를 시킨 것이다.

어쩔 수 없이 심미연의 뇌리 속에서 증조부인 여신유는 그야말로 악독한 대악인으로 자리 잡고 있었다. 지금까지는 분명 그러했다.

'무… 서워……!'

심미연은 오돌거리며 어깨를 떨었다.

아무리 머리가 좋은 천재라 해도 아직은 나이 어린 소녀.

두려움, 그 자체를 이겨낼 만한 담량이 있을 리 없다. 그건 무리였다.

하지만 심미연은 갑자기 떨기를 멈추더니, 느닷없이 호심원의 마혈과 아혈을 점혈했다. 그가 앞으로 자신이 벌일 일에 나서는 걸 원치 않았기 때문이다.

'이게 무슨!'

‘죄송해요! 죄송합니다!’

심미연의 맑은 눈이 일순 호심원의 당황감이 깃든 눈 위로 한 방울의 감정을 떨구어냈다. 평생 처음으로 느낀 부정에 대한 대가였다.

그리고 심미연은 재빨리 마혈이 제압된 호심원의 품에서 빠져나왔다.

앙다물린 입술.

무언가 단단히 결심한 얼굴을 하고서 그녀는 여신유를 똑바로 쳐다본 채 목소리를 높였다.

“증조부님, 호 신의님은 이번 일에 아무런 관련이 없습니다! 청룡등천도와 관련된 모든 일은 다 소녀에게 책임이 있으니, 증조부님께서는 저 한 사람의 목숨으로 자비를 내려주시기 바랍니다!”

“…….”

여신유는 변함없는 눈빛으로 심미연, 아니, 여미연을 바라보았다.

전혀 내심을 읽어낼 수 없는 눈빛.

천하의 어떤 효웅이나 마웅, 협객이라 할지라도 이 같은 눈빛 앞에 선 한 점 두려움을 갖지 않을 수 없으리라!

그러나 이미 죽음을 각오한 여미연은 입술을 다시 앙다문 채 어깨를 당당하게 폈다.

철이 들 무렵부터 지속적으로 심소단에게 들어왔던 출생을 둘러싼 비밀 때문에 항시 주눅 들었던 과거엔 결코 볼 수 없었던 모습이다.

‘허허, 저런 모습은 제 아비를 꽤나 빼닮지 않았는가……!’

여신유의 입가로 흐릿한 미소가 떠올랐다.

증손녀인 여미연으로선 처음으로 보는 다정하면서도 인간미 넘치는 미소.

'머, 멋있다!'

여미연은 겉으로 보이는 나이가 기껏해야 오십대인 중조부 여신유의 미소 띤 얼굴이 꽤나 근사하다 생각했다. 죽음을 각오한 순간에도 소녀는 소녀였다. 다소 어이없는 곳에조차 관심을 잃진 않았다.

"미연아, 위험하니 잠시 옆으로 물러나 있거라!"

"예?"

여미연의 얼굴이 다소 맹하게 변했다. 그러나 곧 그녀와 호심원, 남추 등이 거의 동시에 기괴한 힘에 휘말려 모옥 지붕 쪽으로 날아갔다.

심어강.

여신유는 자신의 필생 역작을 이용해 중손녀 여미연을 비롯한 장애물들을 깨끗이 청소한 것이다.

그리고 나타났던 것만큼 빨리 사라진 입가의 미소.

여신유의 우수가 앞으로 쑥 내밀어지더니, 흡사 무언가를 잡아당기는 듯한 행동을 취해 보이다 격하게 앞으로 내뻗었다.

탄(彈)!

일반적인 강기 운용 중 힘을 운집했다가 폭발적으로 쏟아낼 때 사용하는 요결이었다.

자연 이기어도인 절대파천에도 통용되었다.

여신유의 손짓을 따라 잠시 우약연에게서 물러섰던 삼첨양인도가 몇 배나 되는 광채를 뿜어내기 시작했다. 앞을 가로막은 징벽을 더욱 막강한 힘으로 부수겠다는 심산.

그러자 순간 공중에 뜬 채 어떤 행동도 하지 않고 있던 우약연이 움직임을 보였다.

스사삿!

우약연은 단숨에 공중에 수십 개가 넘는 분영을 만들어냈다.

어찌 보면 소림 칠십이절기(七十二絶技) 중 하나인 연대구품(蓮臺九品)을 떠올리게 하는 모습이나 더욱 현란하면서도 또렷하다.

공중을 수놓은 그림자 하나하나가 모두 생동감 넘칠뿐더러 각기 다른 동작을 취하고 있었다. 마치 우약연이 수십 명으로 늘어난 것과 다름없었다.

이래선 허실을 탐지할 수 없다.

우약연을 다시 공격해 그녀의 손에 들린 청룡등천도를 회수할 수 없는 것이다.

그러나 여신유는 전혀 망설이지 않았다.

그는 우수를 재빨리 놀려 우약연의 분영 전체를 공격하는 한편, 심어강을 일으켜 강력한 압력을 가했다. 아무리 분영의 숫자가 많다 해도 한꺼번에 쓸어버린다면 전혀 문제가 되지 않는다는 괴물 같은 선택을 한 것이었다.

그의 판단은 옳았다.

잘도 삼첨양인도를 피하고 있던 우약연의 분영들이 일순 보이지 않는 벽에라도 부딪친 듯 동작들이 축소되더니, 느닷없이 움직임을 멈춰 버렸다.

처음과 마찬가지의 모습.

여신유의 입가에 사라졌던 미소가 다시 떠올랐다.

'요녀… 본좌 앞에서 제법 그럴듯한 장난을 쳤다만, 이것으로 끝이다……!'

삼첨양인도가 다시 탄자결대로 우약연에게 파고들었다. 심어강에 압박을 받아 분영을 일으키지 못하게 된 그녀로선 절체절명의 위기!

따앙!

우약연은 수중의 청룡등천도를 앞으로 내려치는 것으로 위기에서 빠져나왔다.

신도(神刀)의 위력!

자신의 눈앞에서 힘없이 두 쪽 나 바닥에 떨어져 내린 삼첨양인도를 바라보며 여신유는 안색을 딱딱하게 굳혔다.

팔십 평생 처음 있는 일.

그는 자신의 병기를 눈앞에서 잃고 말았다. 도대체 어찌 된 영문인지도 모른 채.

"이……!"

순간 여신유의 전신에서 사막에서나 볼 수 있는 용권풍이 일어났다. 머리끝까지 화가 난 그가 심어강을 극한까지 일으킨 탓에 벌어진 일이다.

그러나 애초에 우약연은 여신유와 목숨을 걸고 싸울 생각이 전혀 없었던 것이리라!

그녀는 처음 눈을 떴을 때부터 집요하게 자신을 공격했던 삼첨양인도가 바닥에 떨어진 순간 입가에 살짝 미소를 띠었다.

더할 나위 없이 아름다운 미소.

그 미소의 여운이 사라지기도 전, 그녀는 곧바로 신형을 뒤로 날렸다. 여신유가 애써 만들어낸 용권풍 따윈 아예 처다보지도 않고 도주해 버린 것이다.

추소산은 무아지경에서 빠져나온 뒤에도 잠시 동안 몽롱한 상태 속에 머물러 있었다.

느닷없이 심혼을 뒤흔든 여신유의 사자후.

덕분에 거의 쫓기듯 무아지경 속에서 강제로 퇴거되었으나 여운은 아직도 손에 잡힐 듯 머물러 있었다.

온몸의 기운이 모조리 빠져서 손가락 하나 까딱할 수 없는 느낌이랄까?

하지만 추소산은 이가 바로 자신의 마음이 만들어낸 일종의 허상임을 곧 직시했다.

일체유심조(一切唯心造).

모든 것은 마음에 달렸다는 건 불가에서만 사용되는 말은 아니었다. 무학의 깨달음 역시 확연히 현재 자신의 위치를 직시하는 순간 비로소 그 진상을 느낄 수 있었다. 진정한 앎을 알 수 있게 되는 것이었다.

이것이 삼층도리 중 연신환허로 향하는 길목.

바로 내공과 수련에 의해 도달할 수 있는 최후의 경지인 초절정의 한계를 극복하는 유일무이한 요결이었다. 상단전을 열어 천지와 합일을 이루기 위해선 반드시 넘어야만 할 장벽이라 할 수 있었다.

'나는… 힘을 잃은 것이… 아니다! 나는 힘을… 잃고 탈진… 한 것이 아니… 다! 나에겐 힘이 있다! 나는…….'

어찌 시작되었는지는 모른다.

단지 어느새 추소산은 마음속으로 자기 자신을 향해 중얼거리고 있었다.

자기 암시.

무학 수련 중 육체적인 고통이 극심해질 때마다 약해지려는 마음을 다잡기 위해 했던 버릇으로 결코 누군가에게 배운 것이 아니었다. 자기 혼자만의 힘으로 무학의 이치를 오랫동안 궁구하고 고독하게 수련을 하던 중 자연스레 체득한 일종의 법문에 가까웠다.

그러나 본시 어리석음은 단순함이고, 단순함은 우직함이며, 우직함은 진도(眞道)로 향하는 가장 확실한 지름길이었다.

우공이산.

결국 산을 옮긴 건 어리석은 자이니, 추소산과 같은 천재가 바보나 다름없는 방법을 택하자 그것은 곧 가장 확실한 깨달음의 도리가 되었다.

팟!

일순 추소산의 축 늘어져 있던 수족에 힘이 돌아왔다.

마혈이 제압된 것도 아닌데 마혈이 제압된 것이나 다름없던 몸이 다시 자유를 되찾은 것이다. 스스로의 의지가 정한 명령에 의해서 말이다.

"…우 소저를 구해야 한다!"

추소산은 자신이 정한 마지막 의지를 말의 형태로 내뱉음으로써 인지했다.

그것이 그가 지금 정한 의지였다.

어찌 망설임이 있겠는가!

순간 추소산의 발끝이 지축을 박차고 뛰어올랐다.

수류보? 철마류?

둘 다 아니었다.

추소산은 여태까지 아무리 노력해도 이룰 수 없던 두 각기 다른 형태의 보신경을 단숨에 하나로 융합시켰다.

그 속도는 극한.

추소산의 신형이 한 가닥 바람으로 화해 하늘을 뒤덮은 죽림 위를 가로질렀다.

어찌 알 수 있었는지는 모른다.

단지 그의 본능이 우약연이 처한 위태로움을 미친 듯 외쳐 대고 있었다. 그녀를 구해야만 했다.

쉬아아악!

추소산의 귓전으로 미친 듯한 바람의 울부짖음이 들려온다.

자신의 영역 안에 들어선 이방인에 대한 야멸찬 경고인가, 아니면 놀라움에 찬 탄성인가?

추소산에겐 어떤 것도 의미가 없었다. 열심히 신형을 날리기만도 바쁜데 그 같은 일에 신경 쓸 겨를 따위가 있을 리 없다.

한데, 그렇게 바람이 된 추소산의 눈앞으로 느닷없이 또 다른 바람이 모습을 드러냈다.

또 다른 바람?

그보다는 거대한 돌개바람이라 함이 오히려 맞으리라!

추소산은 자신을 향해 몰려오는 돌개바람을 향해 수중의 묵암검을 사선으로 내리그었다.

오룡희주.

달라진 추소산의 오룡희주는 검초 자체는 평범하나 그 속에 담긴 힘과 빠르기가 전혀 달랐다.

평범함으로 만들어낸 비범함.

사선을 그리며 움직인 묵암검의 암흑 검기가 단숨에 지척까지 이른 돌개바람을 베어냈다.

파창!

'역시 평범한 돌개바람이 아니었는가!'

추소산은 손에 쥔 묵암검으로부터 밀려들어 온 엄청난 충격에 눈살을 가볍게 찌푸렸다.

그리고 귓전을 때린 금속음.

추소산이란 바람이 일순 공중에서 크게 굴신을 이루더니, 비룡번신(飛龍翻身)과 같이 거꾸로 회전했다. 충격을 받은 반대 방향으로 신형을 날림으로써 자신의 몸을 보호하는 최고급의 경공을 발휘한 것이다.

물론 그것으로 끝났을 리 만무하다.

쉬악!

추소산의 검봉이 연달아 풍백을 펼쳐 냈다.

그 위력은 광풍!

결국 여전히 추소산의 뒤를 쫓고 있던 돌개바람이 엄청난 기세로 산란하더니, 순간적으로 산산이 흩어져 갔다. 더 이상 추소산을 쫓을 수 없는 산들바람으로 변하고 말았음이다.

콰득!

추소산의 신형이 그대로 떨어져 내려 가장 가까운 곳에 솟아 있던 대나무 꼭대기를 밟았다.

하중이 그대로 담긴 착지.

용천혈(湧泉穴)이 저릿해 옴을 느끼며 신형을 고정시킨 추소산의 눈앞으로 돌개바람의 실체가 모습을 드러냈다.

"이노옴! 감히 본좌의 앞을 두 번이나 가로막다니!"

익숙한 노성의 주인공은 패도존 여신유였다.

그는 자신이 일으킨 극치의 심어강을 피해 도망친 우약연의 뒤를 쫓던 중 추소산과 마주쳤다. 처음엔 별다른 생각 없이 심어강으로 날려 버리려 했으나 실패하자 노화가 치밀어 올라 살심을 드러냈다.

죽여 버려야겠다고 생각한 것이다.

그러나 추소산은 이미 얼마 전에 만났던 그가 아니었다.

살기를 띤 심어강을 그는 확연히 달라진 지존검법과 보신경으로 어렵지 않게 파훼해 냈다.

보고도 믿기지 않는 변화. 아니, 성취라 해야 할까?

여신유는 얼굴에 노기를 드러내면서도 차갑게 가라앉은 시선으로 추소산의 바뀐 모습을 살폈다.

'흠, 나와 비슷하거나 조금 못한 정도라 생각했는데… 설마하니 더 대단한 자질을 가진 녀석이었단 말인가……?'

삼존.

당금 무림 중에 최정상에 오른 자들 중에서도 패도존 여신유란 이름이 의미하는 바는 사뭇 특별했다.

각기 정과 마를 대표하는 검신존 강구량과 광천존 우대승이 본래 최절정의 절학과 세력을 지닌 명문에서 배출된 천재였다면, 여신유는 말 그대로 입지전적인 인물이었다.

본래 그다지 특별할 것 없는 강남의 군소방파 중 하나에 불과했던 패도문(覇刀門) 출생인 그는 다른 후기지수들보다 훨씬 늦게 무림에 출도했다.

별다를 게 없는 패도문의 절기들을 하나하나 뜯어고쳐 새로운 체계를 세우느라 젊은 시절을 모조리 폐관 수련으로 허비한 까닭이다.

때문에 그가 폐관을 깨고 출도했을 때 무림은 여태껏 본 적이 없는 절대의 천재 출현을 지켜봐야만 했다.

질풍노도!

처음 패도문과 분쟁이 있던 인근의 흑살방(黑殺幫)과 귀도회(鬼刀會)

를 홀로 방문해 문파의 현판을 떼어낸 그는 그 길로 강남평정행에 올랐다.

무려 팔십여 회에 이르는 비무행(比武行)과 연이은 승리.

그의 나이 사십이 되었을 때 강남에서 패도문과 여신유의 이름 앞에 자신을 앞세우는 자는 더 이상 존재하지 않았다. 정사 중간을 자처한 여신유가 실력이 뒷받침되지 않은 전통이나 명예 따윌 들먹이는 자들이 속한 문파를 가장 먼저 찾아 반드시 쓴맛을 보여줬기 때문이다.

결국 여신유는 오십의 나이에 패도문의 이름을 패천도문으로 개명했고, 곧 강남제일인의 자리에 오르게 되었다. 정파의 주축이랄 수 있는 구파일방과 칠대세가가 신성천교와의 정마대전에 주력하고 있는 동안 벌어진 일이었다.

그러나 정마대전이 종식된 후에도 정파의 주축 중 강남에 거점을 둔 문파나 세력들은 어느 하나 감히 패천도문에 대항할 엄두를 내지 못했다.

홀로 삼류문파를 절대의 위치까지 끌어올린 절대의 무인!

천재성만으로 따지면 검신존이나 광천존보다 한 수 위라 불리는 여신유에게 대항한다는 건 문파와 개인의 목숨, 모두를 걸지 않고선 감당할 수 없는 일이었다.

한데 그런 여신유가 지금 추소산의 자질을 자신보다 오히려 나을지도 모른다고 생각하고 있었다. 분노가 머리끝까지 치밀어 올라야 마땅한 이때에 냉철한 눈빛을 하고서 말이다.

오만함, 그 자체로 일컬어지는 자.

여신유의 평소 성정과 자부심을 아는 사람이 있어 지금과 같은 그의 생각을 알았다면 대경실색했을 게 분명하다. 그만큼 여신유의 추소산에 대한 평가는 놀라운 것이었다.

하지만 평가는 평가고 현실은 현실이다.

여신유는 잠시 추소산을 노려보다 시선을 그의 좌측 배후로 던졌다. 자신의 청룡등천도를 들고 도주한 우약연의 행적을 더듬어본 것이다.

'홍, 최소한 경공만으론 내가 그 맹랑한 요녀에게 졌다고 해야겠군. 잠시 머뭇거린 새에 오백 장 밖으로 사라질 줄이야……'

오백 장이라 했다.

그가 잠시 시선을 던지는 것만으로 오백 장 밖까지 이목을 집중시켰다는 걸 의미한다.

잠시 생각을 정리한 여신유가 추소산의 묵암검이 형성하고 있는 암흑의 검기를 향해 손가락을 튕겨 보였다. 흡사 주변을 날아다니는 파리라도 쫓는 듯한 행동.

그러자 일어난 변화!

일순 추소산의 묵암검이 격렬한 떨림을 보이더니, 자연스레 형성되어 있는 암흑의 검기가 급격하게 기운을 잃었다. 추소산이 묵암검을 손에 넣은 후 단 한 번도 경험해 보지 못했던 변화였다.

'이건……'

추소산은 반발이라도 하듯 묵암검에 진기를 주입시켰다.

의식적인 행동.

무아지경 이후 자연스레 유지되고 있던 심즉통(心卽通)이 깨진 것이다.

그 순간, 여신유가 추소산의 바로 코앞까지 이르렀다.

툭!

추소산은 자신의 어깨 위로 떨어진 여신유의 좌장을 눈으로 보면서도 피하지 않았다. 왠지 그래야 할 것 같은 생각이 들었기 때문이다.

그리고 바로 그때였다.

촤촤촤촤촤촤악!

추소산과 여신유가 발을 디딘 대나무를 중심으로 엄청나게 거대한 대형의 원형 공터가 생겨났다. 여신유의 심어강에 반경 백여 장 안의 대나무가 일거에 가루로 변하고 말았음이다.

"타고난 재능만큼 근성 역시 있다는 말이군."

"……."

여신유는 흐릿하게 웃어 보이며 추소산의 어깨에서 손을 떼어냈다.

시험!

만약 추소산이 여신유의 좌장에 어떤 식으로든 반응을 보였다면, 반경 백 장 안의 대나무들과 동일한 형상이 되었으리라.

여신유의 자존심이 눈앞의 추소산을 인정하기 위해 최후로 내건 조건이었다. 추소산 본인이야 인정하든 인정하지 않든 간에 말이다.

그때 여신유의 뒤를 쫓아 뒤늦게 모옥을 떠나온 호심원과 여미연, 남추 등이 느닷없이 생겨난 공터 앞에 이르러 걸음을 멈췄다. 공터의 중앙에 홀로 우뚝 솟아 있는 대나무 위의 두 사람을 발견하지 못했을 리 만무하다.

"허……!"

호심원은 나직이 탄성을 터뜨렸다.

그가 보기에 지금 추소산은 놀랍게도 여신유에게 대항하고 있었다. 아무리 의원이라곤 하나 그 역시 무림인인만큼 추소산의 대담함에 일견 황당하면서도 마음 한구석이 뜨거워지는 걸 주체할 수 없었다.

하지만 그건 어디까지나 중간자적인 관점을 견지하고 있는 호심원만의 견해이고, 어느새 서로 화해를 한 여미연과 남추의 안색은 크게 좋지 못했다. 사실 아주 안 좋다고 보는 게 더 옳으리라.

아직 어리나 이미 마음이 통한 사이.

두 사람 다 친인이나 다름없는 추소산과 중조부인 여신유의 사이가 벌어질 경우 좋은 일이란 게 있을 리 만무하다. 자칫 두 사람 중 어느 한 사람이 다치기라도 한다면 그보다 더 큰 비극은 없을 터였다.

여미연과 남추는 서로의 손을 꼬옥 마주 잡았다.

거의 동시였다.

'남추 오라버니……'

'미연아……'

두 사람은 서로의 눈빛을 읽고서 굳은 표정으로 고개를 끄덕여 보였다. 굳이 말로 표현하지 않더라도 무슨 생각을 하고 있는지 알 수 있었다.

"가자!"

"예……."

남추가 사내답게 먼저 손을 잡아끌자 여미연이 얼른 미소하며 뒤따랐다. 동시에 중앙의 대나무 쪽으로 달려가 추소산과 여신유의 싸움을 말릴 작정을 한 것이다.

그러나 두 사람보다 더 빨리 움직임을 보인 사람이 있었다.

여태까지 싸움을 말릴 생각은 하지 않고 뭔가를 골똘하게 생각하고 있던 호심원이었다.

“애들이 나설 일이 아니다!”

“……”

묵직한 한마디로 두 어린 연인의 걸음을 멈추게 한 호심원이 성큼거리며 중앙의 대나무 쪽으로 다가갔다. 작정한 바가 있었던 만큼 자신만만한 표정이 강퍅한 얼굴 전체에 흘러넘친다.

그러자 막 자신의 시험을 통과한 추소산에 대한 처리를 고심하고 있던 여신유의 무심한 눈에 이채가 스쳐 갔다.

‘무슨 꿍꿍이가 있는 것인가……’

견사불구 호심원.

자만에 가까운 자부심을 지닌 여신유로서도 나름대로 인정하는 재능 넘치는 자다. 그가 지금 같은 때에 어떤 생각을 하고 있는지 궁금해진 여신유가 추소산의 어깨에 올려놨던 좌장을 슬며시 떼어냈다.

슥!

순간적인 변화.

갑자기 추소산에게서 떨어져 나온 여신유가 자신이 만든 공터 위로 신형을 날렸다. 생각이 일면 그리 크게 고민하지 않는 평소 성향대로의 행동이다.

추소산으로선 고민하지 않을 수 없는 상황.

잠시 호심원과 남추 쪽을 눈으로 살핀 추소산이 역시 여신유의 뒤를 따랐다. 지금 우약연의 행방에 대해 알려면 그 두 사람에게 묻는 것 이상의 방법이 없다는 판단이었다.

그렇게 여신유와 추소산이 거의 동시에 대나무에서 떨어져 내리자 호심원이 특유의 조소 어린 표정을 얼굴에 만들어냈다.

“푸허허! 천하의 패도존이 까마득하게 어린 후배나 데리고 놀다니,

내가 벽촌에 은거한 동안 참 세상 많이 변했구려!"

"염왕적이라 불리는 의술을 지녔으니 그 가당찮은 입을 찢어도 제 스스로 고칠 수 있겠구나. 본좌가 그동안 그 같은 광경을 구경해 보지 못했는데, 오늘 한 번 보는 것도 그리 나쁘진 않겠지."

"헙!"

호심원은 재빨리 자신의 입을 손으로 가렸다.

천하에 두려울 게 없어 보이던 그조차 여신유 앞에선 고양이 앞의 쥐나 다름없는 것이다.

추소산이 궁금했던 점을 물었다.

"호 선배님, 우 소저의 치료는 어찌하고 이곳에 오신 겁니까?"

"응? 천하의 패도존의 앞을 가로막아 서놓고 어찌 그 같은 질문을 하는 것인가? 설마 그 마교의 신녀를 구하기 위해 패도존과 싸운 것이 아니란 말인가?"

"그게 무슨……."

추소산은 눈살을 찌푸린 채 다시 질문을 하려다 말끝을 흐렸다. 갑자기 모든 상황이 일목요연하게 뇌리 속에 정리되기 시작했기 때문이다.

여신유 역시 마찬가지였다.

그는 추소산과 호심원 간의 대화를 듣고 깨닫는 바가 있었다. 그리고 한 가지 의혹도 동시에 느꼈다.

'그 요녀가 신성천교의 신녀라면, 그 같은 무공을 지닌 것도 아주 이해 못할 바는 아니다. 신성천교는 마도의 하늘로 본래 무수히 많은 비전마학이 산처럼 쌓인 곳이니까. 하지만 청룡등천도는 본래 심소단과 미연이가 같이 손을 써서 훔친 것인데 어찌 그 요녀의 손에 들어갈 수 있었더란 말인가? 굳이 그럴듯한 이유를 붙여보았댔자 심소단과 미연이가 본 문과 신성천교 간에 싸움을 붙이기 위해 신녀에게 청룡등천도를 넘겼다는 정도밖엔 없을 터인데…….’

여신유는 잠시 염두를 굴린 후 곧 문제의 핵심에 이르렀다. 여미연이 순간적으로 계획했던 패천도문과 마교 간의 동귀어진을 거의 근사치에 가깝게 예측해 낸 것이다.

그때 자신이 찢어 죽이려 했던 상대가 신성천교의 신녀임을 알고 조금 더 안색이 침중해진 여신유의 귓전으로 추소산의 담담한 목소리가 파고들었다.

“후배는 그저 우연찮게 여 선배님과 조우했을 뿐입니다. 호 선배님께서는 우 소저에게 생긴 변화에 대해 자세히 설명해 주시길 바랍니다.”

“그저 우연찮게 조우했을 뿐이라? 허허, 그것참…….”

어찌 들으면 건방질 수도 있는 추소산의 대답에 호심원은 자신도 모르게 뒤통수를 긁적였다.

어이없어하는 모습이나 은근히 통쾌한 감정이 깃든 미소가 입가에 감돈다.

심려군의 일로 여신유와 패천도문에 은근히 안 좋은 감정을 가지고 있던 그로선 당연한 반응이랄까?

어쨌든 여신유 역시 대답을 기다리고 있었다. 여기서 머뭇거려서야 목숨이 열 개라도 부족했다.

“크흠, 정말 자네는 아무것도 모르는구만. 천하에 대란의 조짐이 진동하기 시작했음을 말야.”

“대란… 의 조짐……?”

“그래, 대란의 조짐 말씀이야!”

호심원은 마지막 말에 목소리를 높이곤 눈에 강한 힘을 담았다. 드디어 우연찮게 알아챈 성천신도와 청룡등천도의 구전에 대한 해석을 늘어놓을 차례가 되었기 때문이다.

제48장

피에 젖은 신녀, 난세를 기다리는 자

　잠시 후.

　호심원은 부근에 정신을 잃고 쓰러져 있던 심소단을 구해 모옥으로
돌아왔다.

　어찌 보면 모든 일의 주범이자 원흉.

　특히 호심원으로선 꽤나 큰 유감이 있을 수밖에 없는 사람이었으나
착실하게 의원의 본분을 지켰다. 추소산에게 강압을 받아 우약연을 치
료한 것으로 더 이상 견사불구 따윌 지킬 필요가 없어진 까닭이었다.

　물론 이는 어디까지나 호심원이 말한 주장이었다.

　그는 심소단의 죄보다 자신이 사랑했던 심려군의 아비라는 점을 더
크게 생각했다. 평생 단 한 번뿐인 사랑에 대한 감정적인 빚을 청산하
고 싶었던 것이리라.

　어쨌거나 이는 호심원을 내심 친부처럼 따르게 된 여미연을 기쁘게

했다. 증조부 여신유의 등장 이후 그녀는 계속 외조부 심소단을 걱정했는데, 비록 큰 중상을 당했다곤 하나 당대의 신의가 치료를 맡았으니 생명에는 지장이 없을 거란 생각을 한 것이다.

그 같은 두 노소의 작당을 여신유는 무심하게 지켜볼 따름이었다.

청룡등천도가 마교 신녀 우약연의 손에 넘어간 이상 심소단에게 과거의 죄를 다시 물을 생각 따윈 전혀 없었다. 그는 이미 관심의 대상이 아니었다.

덕분에 잠시 동안 복작거림이 있었다.

호심원의 능숙한 명에 의해 남추와 여미연은 정신없이 뛰어다녀야만 했다. 아무래도 중상을 당한 환자를 치료하기 위해선 준비할 게 꽤나 많았다.

대충 심소단의 치료와 주변 정리가 끝나갈 무렵이었다. 호심원이 추소산과 여신유를 모옥의 상방으로 불러들였다. 얼마 전 서두만을 꺼내놨던 얘기의 마무리를 지을 때가 되었다는 판단을 내린 것이다.

여신유에게 주인석을 내주고 자신은 그 아래 자리를 차지한 호심원이 묵직하게 입을 열었다.

"무림육대병기보란 건 워낙 유명하니까 따로 설명하지 않고, 바로 본론에 들어가겠소이다. 이번에 난리를 일으킨 청룡등천도에 대해 패도존께 따로 물어볼 말도 있으니까."

"청룡등천도라면 무림육대병기보 중 이도에 속한 패천도문의 청룡등천도를 말씀하시는 겁니까?"

"그렇네. 사실 이번에 마교 신녀에 대한 최종적인 치료를 끝내지 못한 건 그같이 여러 가지 문제가 복합적으로 일어났기 때문이라네. 결코 내 잘못이 아니었던 거야."

"그럼 우 소저는 결국 완치되지 못했다는 겁니까?"

"음, 그게… 완치가 안 됐다기보다는 본래 체내에 깃들어 있던 잠재력이 모조리 격발된 상태가 됐다고 볼 수 있겠네. 즉, 현재 그녀는 초인이나 다름없는 것이지. 물론 그로 인해 몇 가지 부작용도 생긴 듯하지만 말이야."

"부작용이라면 무슨……?"

"뭐, 그리 큰 건 아니고 살짝 머리가 돈 테다가, 기억도 좀 왔다 갔다 하게 된 거 정도일 걸세. 대신 격발된 잠재력 덕분으로 내재되어 있던 절중이 완쾌되고 불순해졌던 원정지기 역시 놀라울 정도로 깨끗하게 정화되었으니 의학적인 견지에서 보자면 건강을 회복했다고 봐도 무방할 거야. 물론 별다른 일 없이 내가 정확하게 준비한 단약을 몇 번에 걸쳐 복용했다면 그런 약간의 부작용 역시 없었겠지만, 본래 인생이란 게 항상 바라는 대로만 이뤄지진 않는다네."

"……."

호심원은 추소산의 질문에 기회라도 잡았다는 듯 우약연에게 마지막 치료약을 먹이지 못한 것에 대한 변명을 늘어놨다. 자신만만한 태도나 말의 내용과 달리 추소산과의 약속을 제대로 이행하지 못한 걸 그가 얼마나 부담스레 여기고 있었는지를 보여주는 대목이었다.

그러나 여신유는 애초에 우약연의 치료나 현재 상태 따위엔 그다지 관심이 없었다.

모든 잠재력이 격발되어 초인이나 다름없는 몸이 되었다는 말에는 제법 흥미를 느꼈으나 단지 그뿐이었다.

이미 예전에 몸의 잠재력을 격발시키는 법문 따위는 장난 삼아 만들어본 일이 있었다. 그런 식으로 격발된 잠재력이 오래가지 않는다는 것쯤은 누구보다 잘 알고 있었다.

겉모양만 그럴듯한 가짜!

휘황하게 빛나던 껍질이 벗겨져 흉한 본래의 모습을 드러내는 건 단지 시간문제일 뿐이었다.

'물론 그 요녀가 내가 만든 법문과는 다른 진짜라면 사정이 달라질 수도 있을 테지만.'

내심 생각을 정리한 여신유가 젊은이 못지않게 멋진 검미를 한차례 찌푸려 보임으로써 심중의 불만을 드러냈다.

"본좌 역시 의리(醫理)를 조금 알고 있어서 묻겠는데, 그런 식으로 몸속의 잠재력을 격발시키기 위해선 몇 가지 조건이 필요하다고 알고 있네."

"천부적인 무골, 태어나자마자 특수한 대법이나 법문으로 벌모세수를 받는 것, 깨달음이나 엄청난 기연으로 상단전을 열고 천지교태에 이르는 것을 말하는 것일 테지요?"

"그렇네."

"패도존께서 의혹을 느끼는 것도 무리는 아닐 것이오. 그 같은 기연이 한 사람에게 집중되는 경우란 극히 드문 일이니까. 하지만 신성천교라면 그 같은 일이 가능할 수도 있다는 게 내 의견이올시다."

"확실히 그 요녀가 진짜 신성천교의 신녀라면 천부적인 무골을 타고 났을뿐더러 어려서 특수한 대법과 법문으로 벌모세수를 했을 수도 있을 테지. 하지만 그렇다 해도 느닷없이 상단전을 열어 천지교태의 상태에 이른다는 건 결코 쉬운 일이 아니야."

"사실 거의 불가능에 가까운 일일 것이오. 때마침 청룡등천도가 근처에 없었다면은."

'과연 청룡등천도와 관련이 있었다는 말인가……!'

여신유의 무심하게 가라앉아 있던 눈 깊은 곳에서 일순 작은 섬광이 스쳐 지나갔다. 바로 코앞에 앉아 있던 추소산과 호심원조차 눈치 채지 못했을 정도였다.

그때 좌중을 쓱 훑어본 호심원이 갑자기 흥얼거리듯 노래를 읊조렸다.

성천신도와 청룡등천도.
서로가 서로를 부르나 결코 마주해선 안 될지니.
만약 성천의 피가 청룡과 어울리면, 천하에 대란이 일리라.

무림육대병기보 중 이도에 대한 노래.

고래로부터 무림 중에 아무렇게 인구에 회자되던 구전으로 추소산과 여신유 모두 익히 알고 있었다. 또한 지금 이 자리에서 호심원의 입에서 흘러나온 게 아니면 결코 신경 쓰지 않았을 내용이기도 했다.

그렇다면 호심원이 갑자기 이도에 대한 구전을 노래 삼아 부른 까닭은 무엇일까?

본래 이도 중 청룡등천도의 주인이었던 여신유가 잠시 눈살을 찌푸리더니 곧 답을 찾아내었다.

"설마하니 여기서 말하는 성천신도란 진짜 성천신도 자체가 아니라 신성천교의 상징적 존재인 신녀를 뜻한다는 건가? 그래서 그 요녀의 피가 우연찮게 청룡등천도 위에 떨어져 그 같은 조화를 만들어낸 것이고?"

"과연!"

호심원이 여신유를 향해 엄지손가락을 치켜 올렸다. 자신의 천재적인 추론을 단박에 눈치 챈 것에 대한 칭찬이었다.

물론 여신유가 기뻐했을 리 없다.

한차례 냉랭한 시선을 던져 주는 것으로 호심원을 다시 겁먹게 만든 그가 천천히 고개를 끄덕여 보였다.

"그래, 확실히 그때 당시의 상황을 생각해 보면 과연 그랬을 수도 있겠다는 생각이 드는군. 그 요녀는 우연에 우연이 겹친 결과로 온몸의 잠재력이 몽땅 격발되었고, 때마침 공격해 온 본좌의 절대파천에 놀라 청룡등천도를 들고 도주했을 수도 있는 것이겠어."

"그렇소이다. 한데 여기서 한 가지 무척 신기한 건 어째서 신성천교의 신녀와 패천도문의 청룡등천도 사이에 그 같은 관계가 형성되었냐는 것이오. 나는 여태까지 계속 그 까닭을 생각해 봤지만 당최……."

"흥, 너는 말을 돌릴 까닭이 없다. 본좌는 분명 청룡등천도를 우연찮게 발견해서 소유주가 된 것이 사실이니까."

"거기까진 나 역시 생각했소이다. 하지만 그렇다 해도 이상한 것이, 어째서 마교에서는 청룡등천도에 대한 소유권을 여태까지 주장하지 않았냐는 것이오. 패천도문에 청룡등천도가 있다는 사실은 무림 중에 웬만한 사람은 다 알고 있는데 말이오."

"그야 당연히 본좌를 상대할 자신이 없었기 때문이 아니겠느냐!"

"패도존이란 이름은 과연 그 같은 말을 할 수 있소이다. 필경 마교의 광천존은 패도존의 위명에 겁을 집어먹고 자신의 보물을 두 눈 벌거니 뜨고서 빼앗긴 얼간이가 분명하오. 음, 그리고 어쩌면 신녀에게 대법을 펼친 것도 다 패도존 몰래 청룡등천도를 되찾아오기 위한 방편이었을지도 모르겠소.”

“…….”

호심원은 대뜸 여신유의 자신만만한 말에 호응했고, 자기 멋대로 몇 가지 가정까지 쏟아내었다. 결코 반 마디도 다른 의견이 없는 듯한 태도였다.

그러나 추소산과 여신유는 그것이 그의 본심이 아님을 한눈에 알아볼 수 있었다.

연신 고개를 끄덕이며 그렇다 말하고는 있으나 살짝 치켜 올라간 입술꼬리를 보라.

비웃음.

그것도 꽤나 노골적이다.

‘개방은 과연 천하제일방이란 말을 들을 만하다. 감히 패도존을 앞에 두고 저같이 대담할 수 있다니……. 호 선배는 의술뿐 아니라 간담 역시 천하제일을 다퉈도 손색이 없을 것이다.’

‘건방진 개방의 거지 녀석이 감히 날 희롱하다니! 내 후일 개방의 거지 천 명을 때려죽여 오늘 보인 네 녀석의 오만에 대한 징치로 삼으리라!’

같은 모습을 봤으나 사뭇 다른 두 사람의 내심이었다. 그때 내심 여신유의 살짝 일그러진 얼굴을 보고 통쾌하게 웃은 호심원이 명쾌한 결론을 내렸다.

“그래서 여러 가지 제반 사정을 고려한 끝에 내가 내린 결론은 앞으로 천하에 대란이 일어날 것이란 거요. 왜 그러냐 하면 청룡등천도에 의해 잠재력이 극한까지 끌어올려진 마교 신녀는 막강한 무력을 지닌 채 머리가 살짝 돈 상태라는 거요. 당연히 눈앞에 걸리적거리는 것들을 모조리 박살 내려 할 것이고, 그렇게 만들어진 혈채는 모조리 마교와 패천도문에게로 전가될 테니까 말이오."

"호 선배님, 어째서 우 소저가 함부로 살육을 저지를 거라 생각하시는 겁니까?"

"그야 힘만 세고 별다른 인지 능력이 없는 어린애에게 날카롭고 위험한 칼이 쥐어진 셈이기 때문일세. 어린애는 장난처럼 수중의 칼을 휘두를 테지만, 그 날카로운 서슬에 주변은 초토화로 변하고 마는 게지."

"……."

추소산은 더 이상 질문하지 못하고 입을 굳게 다물었다. 호심원이 내린 결론을 반박할 근거가 없었기 때문이다.

침묵.

세 사람 모두 한꺼번에 입을 닫자 방 안은 갑자기 완벽한 정적에 잠겼다. 그리고 문득 그중 한 사람이 불쑥 자리를 박차고 일어섰다.

슥!

"잘 들었다."

짤막한 한마디. 그러나 그 속에는 결코 쉽사리 범접할 수 없는 위엄이 담겨져 있었다. 말을 한 사람이 바로 패도존 여신유였기 때문이다.

"만약 구전된 내용이 모두 사실이라면, 마교의 광천존도 이미 청룡등천도와 신녀에 대한 사항을 알고 있을 가능성이 높소이다."

"상관없다."

"마교와의 전쟁이라도 불사하겠다?"

"전날의 정마대전에는 본좌가 빠져 있었다. 그 점을 늘상 아쉽게 생각해 왔는데, 이번 기회에 한번 광천존의 무위를 확인해 보는 것도 나쁘진 않겠지."

"정파의 검신존 강 장문인이나 무림맹도 이번 일을 좌시하진 않을 터인데?"

"흐……!"

여신유는 짤막한 미소와 함께 호심원에게서 시선을 떼었다. 그와 더 이상 나눌 얘기 따윈 없다는 판단을 내린 것이다. 다음에 향한 곳은 추소산의 얼굴이다.

"본좌의 손녀인 연경이랑 인연이 있다고 했으렷다! 본래는 일장에 때려죽이려 했지만, 재질과 근성이 마음에 드니 한 가지 제안을 하겠네."

"말씀하십시오."

"지금 이 순간부터 신성천교의 신녀 따윈 잊어버리고 내 손녀 사위가 되는 거야. 그리하면 자네에게 패천도문의 후계를 이을 수 있는 기회를 주겠네. 어떤가?"

"케헥!"

놀라 사레든 기침을 토해낸 건 추소산이 아니라 호심원이었다. 그만큼 놀란 것이었다.

하긴 자부심 높기로 유명한 여신유가 오늘 처음 본 출신 내력조차 불분명한 무명—비록 요즘 들이 명성을 떨치긴 했지만 여신유나 호심원 입장에선 무명이라 함이 옳다—의 청년에게 제시한 조건치곤 지나치게 파격적이긴 하다.

대뜸 어려서부터 강남제일미란 미명이 자자했던 여연경의 배우자로 정한 것도 놀랍지만, 패천도문의 후계를 이을 기회를 주겠다는 건 경악

스럽기까지 한 일이었다.

그동안 여신유의 친혈육들에게 공을 들여왔던 강남무림 전체가 지진을 만난 것처럼 뒤흔들릴 만한 대사건인 셈이었다. 패천도문이 강남무림에 끼치는 영향력이란 그만큼 절대적이니까 말이다.

물론 그건 어디까지나 추소산이 여신유의 제안을 받아들였을 때의 일이다. 그리고 그는 그리하지 않았다.

"죄송합니다."

"뭐?"

이번 역시 가장 놀란 표정이 된 건 호심원이었다. 여태까지 어떤 때든 냉정, 냉철할 수 있다고 자부해 왔던 그가 이번만큼은 대경실색하지 않을 수 없었다.

도무지 납득할 수 없는 표정.

자신을 흡사 미친놈 보듯 바라보는 호심원을 살짝 외면해 준 채 추소산이 여신유에게 고개를 숙여 보였다. 행동으로 다시 한 번 거절의 뜻을 분명히 한 것이다.

픽!

여신유의 입가에 얼핏 만족스런 미소 하나가 떠오르는 듯하더니 곧 자취를 감췄다.

"후회는 없을 테지?"

"물론입니다."

"그럼 우린 후일 다시 만나게 될 운명인 것 같군. 하지만 지금 그 같은 운명을 먼저 들먹일 필요는 없을 터. 방금 했던 제안은 없던 걸로 하겠네."

"……."

자신이 했던 제안을 곧바로 철회한 여신유가 바로 신형을 돌렸다. 추소산의 뜻을 확인한 이상 더 이곳에 남아 있을 까닭이 없었기 때문이다.

"저……."

호심원이 아직도 미진한 면이 남았는지 여신유에게 목소리를 높였다. 그러나 이미 때늦은 부름.

휘오오!

일순 방 안을 휩쓴 한가닥 광풍과 함께 여신유의 신형이 밖으로 빠져나갔다.

처음 등장했을 때와 같이 갑작스런 퇴장.

여신유를 불러 세우려던 동작 그대로 딱딱하게 굳어버린 호심원의 두툼하지도 않은 입술이 일순 불쑥 앞으로 튀어나왔다.

"망할! 아직 려군의 일에 대해선 단 한 마디도 따지지 못했거늘……!"

"……."

추소산은 노발대발하는 호심원의 모습에 쓰게 웃을 수밖에 없었다. 청룡등천도와 함께 사라진 우약연의 행방이 꽤나 신경 쓰이긴 했으나 웃음 지을 정도의 여유는 아직 남아 있었다.

그러자 갑자기 방방 뛰기를 멈춘 호심원이 추소산을 묘한 시선으로 바라봤다.

"만약 방금 전 자네가 패도존의 제안을 수락했다면, 필경 이 자리에서 죽음을 면치 못했을 걸세. 그걸 알고 있었던 건가?"

"알지 못했습니다."

"그렇겠지. 나 역시 만약 패도존의 괴이한 성정을 몰랐다면 알지 못했을 테니까. 하지만 만약 그가 진심으로 그런 몰염치한 제안을 했다면 자네는 내 손에 죽었을 거야. 몰래 독약을 풀어서 며칠 후 발작하게 만드는 건 그리 어려운 일이 아니니까 말야. 왜 그런 줄 아는가?"

"그건… 아마도 호 선배님이 더 이상 견사불구가 아니기 때문이겠지요?"

"견사불구가 아닌 호심원이라… 생각보다 꽤 듣기 괜찮구만……."

굳이 추소산이 한 말에 반박하지 않은 호심원이 안색을 굳힌 채 말했다.

"자네는 본 방의 나 방주와 대장로님께 꽤나 신임을 받는다고 들었네. 그동안 보인 협행이나 본 방 제일의 인물들에게 받는 신임으로 볼 때 정파인이라 생각하고 말할 테니 잘 듣게나."

"말씀하십시오."

"그동안 보인 모습으로 보아 마교의 신녀와 자네는 아마 보통의 관계가 아닐 것일세. 남녀 간에 흔히 일어날 수 있는 일이지. 하지만 이번에 일어난 일로 인해 천하는 크게 경동할 걸세. 어쩌면 천하대란으로까지 발전할 수도 있을 거야. 마교와 패천도문 모두 천하를 쟁패할 수 있을 정도의 힘을 가진 단일 세력이니까."

"두 세력이 정면으로 부딪치면 수없이 많은 인명이 상할 것입니다."

"말 잘했네. 수없이 많은 인명이 상하는 건 물론이거니와 죄없는 양민들도 큰 피해를 볼 게 분명해. 본래 고래 싸움에 새우 등 터지는 법이니까 말야. 그래서 나는 자네가 어떻게 해서든 폭주하는 마교 신녀를 막아냈으면 좋겠네."

"방법을 가르쳐 주십시오."

추소산이 호심원에게 고개를 숙여 보였다. 그밖엔 우약연을 정상으로 돌려놓을 수 있는 방법을 아는 자가 없다는 걸 알고 있었기 때문이다.

말로 표현할 수 없는 절실함!

'사랑이라는 건가…….'

참으로 오랜만에 떠올려 본 말이다. 아련한 그리움으로 퇴색된 기억이기도 했다. 그러나 딱딱한 딱정이가 눌러 붙은 메마른 가슴을 여전히 아리게 하는 이 생채기는 무언가.

추소산에게서 과거 심려군과 헤어질 때의 자기 자신을 발견한 호심원이 가벼운 한숨을 입가에 매달았다.

"그래, 내 방법을 알려주겠네. 자네가 남자로서 할 수 있는 방법을 말야."

"남자로서……."

잠시 후.

다소 상기된 얼굴을 하고서 추소산이 모옥의 상방을 빠져나왔다.

'우 소저를 여자로 만들어야 한다니…….'

호심원에게 전해 들은 말을 떠올리며 추소산은 어느새 붉은 낙조로 물들기 시작한 하늘을 올려다봤다. 마음을 단단히 결정했다고 생각했는데, 문득 떠오르는 얼굴 하나가 있다.

백수빈.

항시 추소산에게 부담스러울 정도로 달려들던 여인.

처음으로 여자의 향기와 정을 느끼게 해줬던 고향과 같은 그녀에게 조금 미안한 감정이 들었다. 아무래도 그녀와 했던 약속을 지키지 못하게 될 것 같았기 때문이다.

하지만 추소산의 뇌리 속에서 백수빈의 그림자는 곧 자취를 감추었다. 그리고 대신 자리 잡은 얼굴 하나.

슥!

문득 추소산의 신형이 저물어가는 낙조를 향해 날아올랐다. 우악연을 자신의 여자로 만들기 위한 대장정에 오른 것이다.

"엇!"

여미연과 한참 즐겁게 노닥거리고 있던 남추는 느닷없이 추소산이 신형을 날리자 크게 놀라 소리 질렀다. 그가 이렇게 갑작스레 모욕을 떠날 줄은 몰랐기 때문이다.

후다닥!

추소산이 떠난 쪽으로 달려가려던 남추가 갑자기 뭔가에 붙잡혀 바둥거리다 바닥에 엎어졌다.

무학의 기초가 상당한 그로선 황당한 일을 만난 셈.

얼른 바닥을 박차고 신형을 일으켜 세운 남추의 얼굴에 당황스런 기색이 스쳐 갔다.

슥!

어느새 그의 앞을 가로막아 선 한 명의 미소녀.

방금 전까지 그와 노닥거리고 있던 여미연이었다.

"미, 미연아……."

"안 돼요!"

"나는……."

"증조부님께서 일을 마치고 이곳으로 돌아오실 때까지 남추 오라버

니는 소녀하고 호 신의님을 모시기로 했잖아요! 이미 약속을 했으니,
이제 와서 다른 곳으로 가시는 건 용납할 수 없어요!"

"그건… 그러니까……."

남추가 안색이 벌게져서 머리를 벅벅 긁었다. 처음 만났을 때완 달
리 어느새 여미연에겐 말싸움으로 결코 대항할 수 없는 그였다.

완전히 성격이 파악당해 버린 상황.

게다가 여미연은 강경하게만 밀어붙여 반발심을 일으키는 우 역시
범하지 않았다.

사락!

갑자기 옷자락 중 일부를 손으로 매만지며 안색을 붉힌 여미연의 목
소리가 작게 잦아든다.

"소녀는 남추 오라버니가 그런 약속을 해주어서 어찌나 기뻤던지…
하루 종일 아무것도 먹지 않고서도 배가 부를 지경이었답니다. 드디어
소녀한테도 오라버니 같은 믿고 의지할 수 있는 사람이 생겼다고 생각
했거든요. 그런데… 이렇게 소녀와의 약속을 헌신짝 버리듯 저버리신
다면……."

"……."

여미연은 굳이 눈물을 찍어내어 분위기를 싸구려로 만들지 않았다.
살짝 고개를 옆으로 돌리는 것으로 그녀가 원하는 효과는 충분히 얻을
수 있었다.

멍!

일시 이러지도 저러지도 못하게 된 남추가 멍청한 표정이 되었다.
단수 높은 여미연을 상대하기엔 그는 아직 부족한 점이 많았다. 적어
도 이 푼은 모자란 것이었다.

멀리서 두 어린 연인의 모습을 살피던 호심원이 입가에 비틀린 웃음을 매달았다.

'흐흐, 남추라 했던가? 저 녀석도 미연이 같은 작은 여우에게 걸렸으니 앞으로 인생이 그리 순탄치만은 않겠구나. 그래도 마교의 신녀와 사랑에 빠진 추소산, 그 녀석만큼만 하겠냐마는……'

내심 고개를 옆으로 갸웃해 보인 호심원이 목소리를 슬쩍 높였다.

"이것들아! 저녁이 다 됐는데 여즉까지 주변 정리도 아직 끝나지 않았고, 밥도 안 해놓다니, 이 늙은이를 배곯게 해 죽일 참이더냐!"

"아! 지금 차리도록 하겠습니다! 남추 오라버니, 우리 빨리 가요!"

"어… 어……."

남추가 여미연에게 손을 잡혀 엉거주춤한 표정으로 끌려가기 시작했다. 앞으로 그에게 남겨진 운명의 단편을 보는 듯한 광경이었다.

*　　　*　　　*

사흘 후.

산서성 평요에 자리 잡은 사파의 거두, 혈문의 위로 낙조가 빠르게 물들어가고 있었다.

여느 때와 그다지 다를 것 없는 광경.

특별할 것이라곤 눈을 씻고 찾아봐도 보이지 않는다.

그러나 과연 그러할까?

낙조가 언제나와 같이 짧고 장엄한 최후를 마쳤을 무렵이었다. 아직 완벽하게 어둠이 밀려들지 않았음에도 주변을 가득 메운 불빛의 행렬.

묵묵히 이어지고 있던 침묵이 갑자기 노도와 같은 함성의 침습을 받

있다.

검은색의 무복에 삼단이 무색한 머리카락.

섬뜩할 정도로 아름다운 얼굴.

손에 들린 특이한 형태의 소도에서 뿜어지는 핏빛 광채에 이르러 그림자의 정체는 확실해진다.

우약연.

사흘 전 죽현에서 우연한 추소산의 도움으로 청룡등천도를 여신유로부터 탈취해 달아난 그녀가 낙조와 함께 혈문 앞에 도착했다.

어째서?

그 이유는 곧 알 수 있었다.

청룡등천도가 만들어낸 적색의 전광!

단숨에 혈문의 대문을 통째로 날려 버린 그녀의 전신에서 살기등등한 적색 강기가 뻗어 나오더니, 사방을 모조리 쓸어버리기 시작했다.

느닷없이 일대 도살극을 벌이기 시작한 것이다.

“음.”

한 걸음에 백 개의 계책을 낼 수 있다 알려진 자.

혈문의 명실상부한 이인자로 불리는 일보백계 추자량은 오랜만에 미간 사이에 작은 주름을 만들어내고 있었다.

정확히 반 각 전.

혈문 한복판에서 일어난 말도 안 되는 도살극을 보다 못해 문주 혈룡대사(血龍大邪) 고양중이 나섰다.

사파삼대고수 중 일인.

최강이라 불리는 귀면사신 경일소와 더불어 사파의 양대산맥을 이룬 채 수십 년을 보낸 그에겐 빙혈(氷血)의 사나이란 별명이 붙어 있었다.

어떤 상황에서든 싸움 중에 결코 이성을 잃지 않고 혈문을 사파이세로 성장시킨 업적에 대한 칭찬이었다.

그런데 그런 고양중이 화가 머리끝까지 나서 수하들의 만류를 떨치고 나섰다.

자신의 평생이 담긴 기업이 어이없을 정도로 쉽사리 무너지고 있는 광경을 도저히 참을 수 없었던 것이리라!

그러나 엄밀히 말해 이는 고양중의 실질적인 빙혈.

그의 군사인 추자량의 완곡한 만류가 없었기 때문에 벌어진 일이었다.

잠시 지켜보는 것만으로 추자량은 충분히 알 수 있었다. 오늘이 사파이세 중 일좌인 혈문 최후의 날이 될 것을.

이는 확신이었다.

그러니 그의 생각에 주군인 고양중의 지금 행동은 대단히 멍청하고 우둔한 짓이었다.

산서성의 빙혈이 삽시간에 끓는 피조차 주체하지 못하는 얼간이가 되었다.

그럼에도 평소처럼 냉철하게 그의 행동을 만류하지 않은 것은 다른 생각이 있었기 때문이다. 이번 일을 기화로 혈문에서의 생활을 정리해야겠다는 계산이었다.

결국 지금 추자량의 무심한 얼굴은 그 같은 감정을 근저에 깐 것이었다.

그는 혼자서 혈문의 정예 전체를 유유히 도살하고 있던 여인의 섬광과 같은 일격에 두 쪽이 난 고양중의 모습을 보고도 전혀 동요를 보이지 않았다.

단지 보다시피 살짝 짜증이 난 듯한 얼굴.

자신의 예상을 조금 더 뛰어넘는 듯한 여인의 무위는 확실히 당황스럽다. 설마 고양중마저 나섰는데 자신이 도망갈 시간조차 벌어주지 못할 줄은 몰랐기 때문이다.

'이렇게 되면 여유있는 도주는 어렵게 된 것인가?

생각은 천천히 진행되었지만 행동은 빛의 속도만큼 빨랐다. 하나밖에 없는 생명이 달린 일이니 당연하달까?

스슥!

갑자기 자신의 주변을 삼엄하게 에워싸고 있는 호위무사들 사이로 이동한 추자량이 재빨리 손을 썼다. 보통의 의복과 비교할 수 없을 정도로 품이 넓은 소맷자락을 춤을 추듯 사방으로 휘두른 것이었다.

쇄쇄쇄쇄쇄쇄쇄!

사방으로 비산하기 시작한 은빛 광망의 향연!

추자량이 혈문에 있었던 동안 단 한 번도 사용한 적이 없는 비장의 절초는 단숨에 주변을 에워싸고 있던 호위무사들을 쓸어버렸다.

우약연의 인간 이상인 신위에 하늘같이 믿고 있던 문주 고양중마저 절명하자 반쯤 넋이 나가 있던 호위무사들로선 속절없이 당할 수밖에 없었다. 군사이자 자신들의 직속상관인 추자량이 이런 배신을 하리라곤 상상조차 못했기 때문이다.

"씨, 씨발놈!"

"개, 개새……."

호위무사들 중 그나마 즉사를 면한 몇 명의 입에서 추자량에 대한 원념의 욕설이 터져 나왔다. 믿고 있던 주군에게 배신당했다는 분노가 고통조차 초월한 힘을 주었다.

하지만 그 역시 오래가지 못했다.

추자량이 쏟아낸 절심은침(絶心銀鍼), 그것은 인간의 핏줄 속으로 파고들어 단숨에 심장을 공격한다. 어떤 경로를 통하든 결국 심장에 지독한 독기를 뿜어내어 생명을 끊어버렸다.

그러니 심장이 멈춘 자들이 계속 욕설을 내뱉을 순 없었다. 그게 당연한 세상의 이치였다.

삽시간에 잦아들기 시작한 신음과 욕설들.

재빨리 주변에 있는 호위무사들이 흘린 피를 자신의 몸 이곳저곳에 묻힌 추자량이 갑자기 커다란 비명을 터뜨리며 바닥에 쓰러져 내렸다. 도망을 치지 못할 바엔 차라리 죽은 것으로 위장하여 삶을 도모하려 한 것이다.

'반혼심법(返魂心法)을 운용해 지금부터 내 심맥은 실제로 열두 시진(하루) 동안 멎는다. 그동안 저 지독한 계집의 손에 내 생사가 맡겨진 셈이니, 꽤나 흥미진진하지 않은가?'

머리에 자신있는 자들의 특징.

자신의 생사마저 승부의 하나로 삼아버린 추자량의 입가에 얄팍한 미소가 떠올랐다. 결국 죽음 중에서 삶을 구하고 말리라는 강한 자신감이 담긴 표정이었다.

푸욱!

추자량이 반혼심법을 운용하자마자 그의 심장이 점차 느려지기 시작하더니 곧 완전히 움직임을 멈췄다.

또 하나의 죽음.

우약연의 방문을 받은 후 주변에서 쉽사리 볼 수 있는 꽤 흔한 광경이 되었다. 하나쯤 더 늘어난다 해도 그리 크게 문제될 일은 없었다. 추자량의 계산처럼.

피로 물든 여신이 이와 같을까?

문득 살육을 멈춘 우약연의 입에서 묘한 슬픔이 느껴지는 장소가 터져 나왔다.

"아! 아아아아아!"

맑고 고운 성량.

그러나 애석하게도 이미 그녀의 목소릴 들어줄 자는 더 이상 남아 있지 않았다.

그녀의 청룡등천도가 모조리 죽여 버렸으니까.

*　　　*　　　*

시체와 피로 물든 대지.

한때 산서성의 절대패자로까지 불렸던 혈문의 폐허를 뒤덮은 건 어마어마한 숫자의 까마귀 떼였다.

자연의 섭리에 따라 죽은 시체를 먹기 위해 모여든 미물들.

웬만큼 간닭이 큰 사람이라도 절대 다가가고 싶지 않을 곳을 느긋한 표정으로 바라보고 있는 중년의 수사가 있었다.

혈유.

얼마 전 산서성에 도착한 그는 몇 가지 모종의 일에 대한 조사를 위해 혈문 앞에 도착해 있었다. 자신의 뒤통수를 친 인물에게 적절한 대가를 치러줘야만 했기 때문이다.

"그래도 이런 광경이 기다리고 있으리란 건 내 예상을 한참이나 벗어난 일인데 말씀이야……."

그렇다.

어떤 것이든 예정과 계획에 따라 처리되어야만 하는 일종의 결벽증이 있는 그에게 눈앞의 광경은 꽤나 생경했다.

그가 수년 전부터 세워놓은 혈천마교의 천하정복대계에 의하면 눈앞의 혈문은 적어도 삼 년간은 더 산서성의 패자로서 군림하고 있어야만 했다. 그게 합당했다.

한데 눈앞의 광경은 깨끗하게 그 같은 자신의 계획을 부인하고 있었다. 완전히 헝클어져 버린 것이다.

그렇다면 어째서 이 같은 일이 벌어진 것일까?

혈유의 섬세한 두뇌가 빠르게 움직이기 시작했다. 현 상황에 맞추어 가능성있는 모든 일에 대해 꼼꼼하게 분석하고 결과를 도출해 냈다. 그러기 위해 두개골 속에 고이 모셔놓고 대우해 주는 두뇌인만큼 당연한 움직임이었다.

결국 몇 가지 가능성있는 가설들이 연이어 떠올랐다. 모두 꽤나 논리적인 것들로 하나같이 시간과 인력을 들여 확인해 볼 가치가 있었다.

혈유는 그리하지 않았다.

그보다 더 좋은 생각이 있었다.

'흠. 아쉽지만, 어쩌면 추자량에게 과거의 죄를 묻지 못하게 될 수도 있겠군. 이번에 벌어진 불쾌한 일에 대해 알자면 그의 힘이 반드시 필요할 것 같으니까.'

내심 가볍게 고개를 흔들어 보인 혈유가 눈앞에 펼쳐진 거대한 까마귀들의 연회장으로 천천히 걸음을 떼어냈다.

투툭!

혈유가 발로 걷어찬 돌멩이가 얼마 전까지 사람의 눈알 하나를 맛있게 쪼아 먹고 있던 까마귀의 머리를 날려 버렸다.

순식간에 난장판이 된 연회장.

요란스런 푸드덕거림과 함께 거의 수백 마리에 이르는 까마귀들이 거의 동시에 하늘로 날아올랐다. 자신들의 연회에 불청객이 참가했음을 비로소 눈치 챈 것이다.

일시 시커멓게 변한 하늘.

문득 시체도 아닌 혈유를 향해 부리를 날려오던 겁없는 까마귀 십여 마리가 공중에서 폭발하듯 터져 버렸다.

혈유의 가차없는 손속.

장력과 지력을 날림에 있어 일고의 사정을 두지 않는다.

그러자 까마귀들은 다시 하늘 위로 날아올랐고, 일시 처참지경인 광경이 혈유의 눈앞을 어지럽혔다. 까마귀 떼에 뒤덮여 있을 때는 그나마 잘 보이지 않았던 인세의 지옥이 제 모습을 찾은 까닭이었다.

혈유는 눈살을 가볍게 꿈틀거렸다.

그가 익히 알고 있는 혈문 문주 고양중의 깨끗하게 두 쪽 난 시신을 발견하고 아쉬움을 느낀 것이다.

'고양중이라면 사왕의 그릇 역시 될 수 있는 자였는데, 저렇게 써먹지도 못할 정도로 망가지다니…….'

그의 아쉬움은 한 치의 거짓이 없는 사실이었다.

고양중 정도 되는 고수.

쉽사리 얻을 수 없는 재료라 할 수 있다.

하지만 아무리 괜찮은 재료라도 저리 단전을 기점으로 완벽하리만 치 두 쪽으로 갈라졌다면 도리가 없다. 두 쪽 난 육체야 어찌 복구할 수 있다손 치더라도 망가진 단전은 그 어떤 대단한 술법이나 법문으로 도 해결이 안 되기 때문이다.

결국 심중의 아쉬움을 접고 시선을 돌린 혈유가 방금 전 까마귀에게 눈알을 파 먹힌 시신 쪽으로 걸어갔다.

어떻게 봐도 완전무결한 시신.

오히려 주변의 다른 시신들과 비교해 사뭇 험악하게 훼손되어 있다.

그런 시신의 앞에 멈춰 선 혈유가 한쪽 발끝을 살짝 모아 들었다. 그 리고 단전 부위를 노린 채 힘껏 내리찍었다.

퍼억!

시체의 상태로 봤을 때 사후강직(死後强直)이 일어난 지가 제법 지났 을 시간이다.

그럼에도 꽤나 그럴듯한 탄력감이 느껴진다. 흡사 살아 있는 사람에 게서나 느낄 수 있을 듯한 감촉이다.

"컥!"

숨이 당장이라도 끊길 듯한 신음.

혈유는 꽤나 만족스런 표정을 하고서 되살아난 시체의 단전에 달라 붙어 있던 발끝을 떼어냈다. 그로 하여금 이런 지옥도의 한가운데를 찾게 만든 당사자, 추자량의 생존이 최종적으로 확인된 것이다.

"어찌 된 거지?"

혈유의 단도직입적인 질문에 추자량은 인상을 슬며시 찌푸려 보였다.

반혼심법 덕분에 다시 살아나는 데 성공한 그의 현재 꼴은 말이 아니었다.

눈 하나를 잃었고 가슴과 다리, 허벅지의 살이 썩어 들어갈 정도의 큰 상처를 입었다.

정신이 돌아오자마자 몇 가지 응급조치를 취하긴 했으나 다시 본래의 무공을 회복하는 건 쉽지 않을 듯했다. 생각했던 이상의 피해를 입은 것이다.

"혈유, 내게 반혼심법에 대해 뭔가 말해주지 않은 게 있었소이까?"

"열두 시진이 지나면 저절로 죽음에서 돌아온다는 거? 물론 거짓말이었지. 반혼심법으로 죽은 자들은 내가 단전에 직접 적절한 내력을 불어넣어 줘야만 다시 부활할 수 있다네."

"으음."

추자량의 몸이 가볍게 진동했다.

눈앞에서 비열하게 웃고 있는 혈유에 대한 분노보다는 반혼심법을 철석같이 믿고 있던 자신의 어리석음에 대한 치욕감이 더욱 컸다. 또다시 혈유에게 머리를 숙여야 할 빚이 생겨 버린 것이다.

그러나 추자량 역시 머리로써 천하에 자신의 이름을 올려놓은 지자였다. 범상한 자들처럼 한순간의 패배감이나 분노로 이성을 잃는 우를 범하진 않았다.

곧 마음을 안정시킨 그가 평소의 담담한 표정을 찾고서 보고하듯 말했다.

"혈문을 멸문시킨 건 한 명의 광녀(狂女)였소이다."

"광녀?"

"얼굴은 천하절색, 의복은 검고 손에는 붉은빛이 감도는 희귀한 형태의 보도(寶刀)가 들려져 있었소이다. 그만하면 혈유 역시 대충 짐작이 가는 사람이 있지 않겠소이까?"

"성천신도와 청룡등천도. 서로가 서로를 부르나 결코 마주해선 안 될지니. 만약 성천의 피가 청룡과 어울리면, 천하에 대란이 일리라?"

"그렇소이다. 아마도 거기서 말하는 성천의 피란 건 신성천교의 신녀를 뜻하고, 청룡이란 청룡등천도가 아니겠소이까?"

"그렇다 해도 좀 너무 공교로운 것 같은데?"

"무림의 지존은 도룡보도이니, 도를 들어올리면 따르지 않을 자 없도다! 만약 의천이 모습을 드러내지 않으면 뉘가 있어 견줄 자가 있으리오!"

"흥, 민간에서 전래되던 구전이 실제로 세상에 모습을 드러낸 게 이번이 처음은 아니란 뜻이군. 하긴 과거 도룡도와 의천검에 각기 천하의 병법 대가인 악비(岳飛)의 무목유서와 절세의 무공인 구음진경이 숨어 있었다는 건 꽤나 유명한 얘기니까."

"그래서 이젠 어찌하실 작정이시오? 본 교와 암중으로 연합했던 귀면사신 경일소의 음산파가 신성천교에게 지리멸렬한 상태에서 혈문마저 끝장이 났으니, 이젠 슬슬 다른 패를 생각해야 할 때가 된 것 같은데?"

"경일소에 대한 것까지 알고 있었다니 놀라운걸? 또 뭘 알고 있는 거지?"

"경일소가 혈유에게 철저하게 이용당한 후 배반당할 거란 것 정도일 테지요. 그는 상당히 영리한 자이나 욕심이 지나치게 많아서 함께 손을 잡기엔 껄끄러운 존재니까."

“그럼 어찌 경일소를 처리해야 할까?”

“차도살인지계! 경일소가 감히 신성천교에게 덤벼들었을 때부터 혈유가 손을 썼을 거라 짐작하고 있었소. 어떻게 그 의심 많은 늙은 너구리를 꾀어냈는진 알 도리가 없지만.”

“늙은 너구리의 자신감을 좀 북돋아줬을 뿐이야. 음산파의 시조(始祖)인 음산귀신(陰山鬼神)의 비급을 던져 줬더니 자기가 천하무적이 된 줄 착각하더군.”

“설마 그렇게 순진할 리가…….”

“그 비급은 본래 이중 구조로 되어 있는데, 그 너구리가 익힌 무공의 가장 취약한 부분을 보완해 주는 비밀이 그 속에 숨겨져 있었거든. 그는 내가 그 같은 사실을 전혀 모른다고 혼자 착각한 거지. 뭐, 적당히 뒤에서 본 교 고수들을 풀어서 도와주기도 했고 말야.”

“어쩐지 흑포혈마 구휘 정도 되는 인물이 너무 쉽사리 죽었다 했더니, 그 같은 숨은 내막이 존재했구려.”

“뭐, 세상사란 게 다 그런 게지.”

“그래서 이제부턴 어찌할 테요?”

“음, 어쩔까나?”

“…….”

추자량이 한 질문을 슬쩍 돌려주는 걸로 침묵을 강요한 혈유의 입가에 문득 흐릿한 미소가 떠올랐다.

뭔가 꽤나 재밌는 장난감을 얻은 아이와 같은 미소.

“이렇게 되면 내 생각보다 훨씬 빨리 난세가 시작된 셈이야. 본래 나는 난세를 기다려 왔던 자이니 이젠 마음껏 즐길 일만 남은 것이겠지.”

"난세를 즐기겠다?"

"물론!"

짤막하게 추자량에게 대답한 혈유의 시선이 기괴한 기운을 뿌리기 시작했다.

뭔가 또 음험한 귀계를 꾸미는 걸 거라고 추자량은 내심 생각하면서도 입은 굳게 다물었다. 지지 기반을 몽땅 잃은 이때, 다시 혈유와 맞설 생각 따윈 전혀 없었다.

그때 문득 생각난 듯 혈유가 중얼거렸다.

"그런데 우리 철부지 소존주께서는 지금쯤 명부에 잘 돌아갔는지 모르겠군. 후일 광천존을 제거할 때 제 몫을 해주시길 바랐는데, 놀랍게도 정욕에 눈이 어두워 사고를 칠 줄이야!"

"……."

추자량은 표정 하나 흩뜨리지 않았다.

자신과 소존주 헌원무진 간에는 어떤 관계도 없다는 태도.

혈유는 그를 탓하지 않았다. 이미 자신을 엿먹인 벌은 충분할 정도로 받았다는 판단이었다. 그래도 경고는 확실히 해둘 필요가 있었다.

"대존주께서는 후일 천하를 본 교의 그늘 아래로 두는 데 가장 큰 공을 세운 자에게 후대를 물려주겠다고 하셨다네. 이미 소존주가 큰 패착을 두었으니, 다시 신임을 회복하긴 쉽지 않을 거야. 그렇게 생각하지 않는가?"

"어찌 대존주의 넓은 흉중을 속하 된 자로서 짐작할 수 있겠소이까. 다만 혈유의 공이 현재로선 본 교에서 가장 크다는 건 이 몸 역시 잘 알고 있소이다."

"현재로선이라……."

추자량을 바라보는 혈유의 입가에 의미 모를 미소가 스쳐 갔다. 이같은 때에도 대뜸 머리를 숙이지 않는 추자량이 꽤나 마음에 들었다. 이렇게 질기고 고집 센 자를 길들이는 건 그가 가장 좋아하는 도락 중 하나였다.

쿠르르르릉!

갑자기 주변에서 까마귀 떼가 자취를 감췄다고 했더니 먹장구름과 함께 천지를 뒤흔드는 뇌성벽력이 감돌았다. 대지를 물들인 피와 살육의 흔적을 지우기 위해 하늘의 천신이 비를 뿌리기로 마음먹은 것이다.

제49장

반로환동보다는 평범한 무사가 되고 싶다!

감숙성 최북단.

인적이 끊기길 백여 리 길이 계속 이어진 후 모습을 드러내는 기험의 산이 있다.

고래로부터 결코 사람들의 발길을 허락지 않았던 산의 이름은 대설(大雪)이니, 일 년 열두 달 항시 정봉에는 만년설이 쌓여 수십 리 밖에서도 반짝이는 모습이 보인다.

멀리서 보기엔 그럴듯하나 가까이 갈수록 대설산은 지옥이나 다름없는 추위와 험지로 뒤덮인 자신의 진면목을 드러낸다. 마치 어떤 인간이든 발을 들여놓지 못하게라도 하려는 것처럼 말이다.

그러나 그 같은 점을 오히려 좋게 생각한 세력이 있었다.

무림사에 있어 거의 유일무이하게 천하쟁패를 성공한 적이 있던 혈천마교가 바로 그랬다.

정사마를 막론한 공적!

천하에서 혈천마교를 바라보는 시선이었다. 그들의 무자비함과 흉 포함에 대한 견제 심리의 발로였다.

당연히 혈천마교의 후예들은 그동안 천하의 이곳저곳에서 계속 쫓 겨다녀야 했고, 백여 년 전에야 간신히 지친 몸을 거할 둥지를 만들 수 있었다.

어떤 사람도 발을 들여놓기 꺼려하는 곳!

대설산의 명부야말로 그들에게 허락된 유일무이한 장소였다.

마천각(魔天閣).

현판에 적힌 그럴듯한 이름에 비해 건물의 규모는 간신히 초라할 정 도만을 면한 삼층 누각.

그 앞에 도착해 잠시 감회에 젖어 있던 헌원무진이 두 눈에 강한 기 운을 담았다. 눈앞의 건물 안에 혈천마교의 당대 대존주가 거한다는 걸 알고 있는 까닭이다.

마천작(魔天爵) 염무적!

당금의 천하제일마인 광천존 우대승에 결코 뒤지지 않는 마도의 대 마웅이나 천하에서 그 이름을 아는 자는 거의 없다시피 했다. 그가 놀 랍게도 평생 단 한 번도 무림에 발을 내딛지 않았기 때문이다.

이는 혈천마교의 초대 대존주인 묵검신마 위일천으로부터 전해져 오는 냉엄한 율법이 원인이었다.

천하를 굴복시킬 수 없다면 결코 나서지 말라!

실로 오만하고도 잔혹한 율법.

홀로 천하를 쟁패한 묵검신마 위일천만이 남길 수 있는 유언이었고, 그것은 곧 혈천마교가 천하를 향해 나아가는 걸 가로막는 단단한 족쇄였다.

묵검신마 위일천 사후 혈천마교는 그의 절대마학이 담겼다 알려진 절세묵검을 잃었고, 후계 구도 역시 확실히 정해지지 않아 자중지란에 빠졌다. 천하를 굴복시킬 만한 힘을 다시 갖기란 결코 수월한 것이 아니었다.

거인이 비운 자리.

그것은 너무나 크고 메울 수 없는 간격을 남긴 것이다.

'그러나 당대의 대존주이신 사부님은 능히 천하를 품에 안을 만한 신인(神人)이시다! 이제 곧 본 교는 천하를 향해 웅비할 것이야!'

내심 의부이자 사부인 대존주 염무적의 절대적인 기세를 떠올린 헌원무진이 천천히 마천각 안으로 걸어 들어갔다. 지난 십수 년간 신성천교에서 거하며 얻은 모든 것을 보고해야만 했기 때문이다.

마천각은 외곽은 물론이거니와 내부에도 변변한 호위무사 한 명 없었다.

주인의 광오한 성품을 대변하는 모습일 수도 있으나 대존주의 처소임을 생각하면 지나치게 허술한 경비였다.

아무리 절대의 고수라 할지라도 어둠 속에서 파고드는 칼날은 피하기 힘든 법!

과거엔 별다른 생각이 없이 지나쳤던 것들 하나하나에 크게 마음이 거슬린 헌원무진은 내심 생각했다. 자신이 돌아온 이상 혈천마교는 오늘부터 크게 변할 거라고.

그렇게 마천각의 삼층에 이른 그의 눈앞에 담담한 향기를 뿜어내는 단향목으로 된 원형의 문이 나타났다. 이 문 뒤에 대존주 염무적이 있는 것이다.

'흐읍!'

헌원무진이 자신도 모르게 내심 호흡을 골랐을 때였다. 마치 기다리고라도 있었던 듯 눈앞의 문이 스르륵 열렸다.

그가 마천각 부근에 이르렀을 때부터 일거수일투족을 모조리 감시하는 자가 있지 않고선 일어날 수 없는 일!

'대존주가 아닌 어떤 자가 있어 감히 내 이목을 이 정도까지 숨길 수 있단 말인가……!'

헌원무진은 재빨리 내력을 운용해서 주변에 수백 가닥이 넘는 진기의 그물을 거미줄처럼 뿌렸다. 숨어서 자신을 지켜보고 있을 마천각의 호위무사를 찾아내기 위함이었다.

그러나 한참을 노력하고서도 헌원무진은 별다른 소득을 얻을 수 없었다.

와락!

굴욕감으로 안색을 구긴 헌원무진의 귓전으로 묘한 마성이 느껴지는 선 굵은 목소리가 파고들었다.

"무진, 네가 감히 본 대존주를 기다리게 하려는 것이냐!"

"어찌 감히!"

헌원무진은 대존주의 모습을 확인도 하지 않고 재빨리 바닥에 한쪽 무릎을 꿇었다.

신성천교에서 광천존 우대승 앞에서도 보인 적이 없는 모습.

잠시의 침묵 끝에 예의 목소리가 다시 들려왔다.

"대대로 본 교의 대존주에겐 영혼이 이어진 수호령(守護靈)이 있다. 무진, 네가 수호령의 기척을 느끼지 못한 건 무공이 부족한 탓이 아니니 스스로를 자책할 필요는 없다. 그동안 얼마나 사내다워졌는지 보고 싶으니, 그만 이쪽으로 건너오도록 하거라."

"존명!"

복명과 함께 자리에서 일어선 헌원무진이 목소리가 들려온 문의 안쪽으로 천천히 걸어갔다.

마천작 염무적.

백호피가 통째로 덮여져 있는 태사의에 몸 전체를 묻은 그는 갓 사십을 넘었을까 말까 할 정도의 기골이 장대한 장년인으로 머리와 얼굴을 뒤덮은 구레나룻이 모두 검었다. 젊은이한테조차 흔한 새치 하나 보이지 않았다.

게다가 검은색 단삼만을 걸친 탓에 밖으로 드러나 있는 양팔과 다리에는 근육이 터질 듯 약동하니, 보통의 상승무학을 연마한 내가고수들과는 사뭇 달랐다.

어찌 보면 외가의 변변찮은 무공을 익힌 차력사나 이, 삼류의 무사들과 그다지 다른 점이 없다. 절정의 무공을 익혔다는 어떤 특별한 기운 자체가 보이지 않는달까?

그러나 헌원무진은 염무적을 아주 어렸을 때부터 알고 있었다. 그가 지금보다 훨씬 늙어 보이고 모발이 눈처럼 새하얀 백발일 때 처음으로 만남을 가졌기 때문이다.

'대존주의 무공이 더욱 대단해지셨구나! 이것이 바로 전설에서 이르는 반로환동이 아닌가!

그렇다.

겉으로 보이는 것과 달리 염무적의 나이는 이미 백 세를 훨씬 넘고 있었다. 적어도 헌원무진이 처음으로 염무적을 만났을 때는 그러했다.

그렇다면 지금 그의 나이는 얼마나 되었단 말인가!

헌원무진으로선 짐작할 도리가 없었다.

세월이 흐르면 흐를수록 오히려 어려져 가는 사람의 나이를 어찌 알 수 있겠는가.

그냥 조심스레 삼존보다 최소한 한 배분쯤 윗세대가 아닐지 짐작해 볼 따름이었다.

스윽!

헌원무진이 다시 한쪽 무릎을 바닥에 대고 부복하자 염무적이 호쾌하게 생긴 얼굴을 미미하게 끄덕여 보였다.

"그동안 신성천교에서 고생이 많았다고?"

"제자는 그저 대존주의 명에 따라 있는 힘껏 최선을 다했을 뿐입니다."

"그렇구나. 그런데 어째서 갑자기 본 교로 돌아온 것이더냐?"

"그건… 갑자기 피치 못할 사정이 생겨서 급히 회교한 것입니다."

"피치 못할 사정이란 신성천교의 신녀에게 손을 대려다가 근본도 모르는 녀석에게 두들겨 맞은 것을 말하는 것이더냐?"

"그……."

헌원무진은 말을 끝까지 잇지 못했다. 갑자기 염무적에게서 일어난 무형의 기운에 얼굴이 옆으로 돌아가 버렸다. 말을 하고 싶어도 할 수 있을 리 만무하다.

철썩! 철썩! 철썩!

연이어 터져 나온 격타음과 함께 헌원무진의 입술꼬리를 타고 피 한 방울이 소리없이 흘러내렸다. 항시 혼원혈마기로 단단하게 보호되고 있는 그가 전혀 무공을 익히지 못한 일반인과 같은 꼴이 된 것이었다.

물론 이는 염무적의 징벌이었다.

헌원무진이 비록 혈천마교 내에서 소존주라 불리곤 있으나 그건 어디까지나 명목상에 불과한 신분이었다. 대존주 염무적의 제자인지라 예의상 붙여준 형식상의 존칭이지, 차대를 약속받은 건 아니라는 뜻이다.

당연히 염무적이 때리면 얌전히 얻어맞아야만 했다. 그게 헌원무진이 할 수 있는 유일한 일이었다. 그리고 가장 현명한 일이기도 했다.

완전한 무저항!

헌원무진은 내공조차 일으키지 않은 채 한동안 염무적의 징벌을 감내했다. 때리면 때리는 대로 묵묵히 견디어내는 길을 선택한 것이다.

그러자 문득 염무적이 헌원무진을 때리는 걸 멈췄다. 어쨌든 자신의 유일무이한 제자인 헌원무진에 대한 개인적인 감정이 분노를 좀 일찍 누그러뜨렸다.

풀썩!

염무적이 기운을 거둬들인 순간, 헌원무진의 몸이 힘을 잃고 옆으로 쓰러져 내렸다. 결코 염무적이 징벌을 내리는 동안 손속에 사정을 두지 않았음을 의미하는 광경.

"어리석은 놈! 신성천교란 보산(寶山)에 들어가 놓고 기껏해야 욕정을 참지 못해 일을 망치다니!"

"죄, 죄송합니다."

처음으로 헌원무진의 입에서 사죄의 말이 흘러나왔다. 염무적의 징벌이 끝나고서야 입을 여는 고집을 보인 것이다.

"흥!"

나직이 코웃음 친 염무적이 품 안에서 조그만 한옥 함을 꺼내더니, 여전히 일어서지 못하고 있는 헌원무진의 머리맡으로 던져 주었다.

투욱!

"그 한옥 함에 담긴 건 조사 때로부터 본 교에 전해 내려오는 성약이니라. 본래 네 녀석이 신성천교에서 대공을 세우고 돌아오면 상으로 주려던 것이다만… 기껏해야 상처를 치료하는 용도로 쓰이게 되었으니 애석하구나."

"대, 대존주……."

"성약을 복용한 연후 일 년 동안 면벽을 명한다! 본래 성약의 약력을 체내에서 녹이기 위해선 반드시 본좌의 도움이 필요하다만, 지금은 대공을 눈앞에 둔 상태라 힘을 분산할 수 없다. 너는 일 년의 면벽 동안 반드시 스스로의 힘으로 약력을 녹여내야만 할 것이다!"

"존명!"

헌원무진은 억지로 복명한 후 그대로 바닥에 머리를 박았다. 여기까지가 그의 한계였던 것이다.

쿠쿠쿠쿵!

눈앞에 활짝 입을 벌린 무저의 동혈을 냉정한 시선으로 바라보던 헌원무진이 천천히 그 속으로 걸어 들어갔다.

앞으로 일 년.

혈천마교에서도 아는 자가 몇 없는 폐관동혈에서 생활하게 된 그의 결심은 단호했다.

다시 동혈을 벗어나는 날, 그때가 되면 더 이상 세상에 실속없는 소존주는 존재하지 않으리라.

그리고 또 한 가지!

'추소산이라 했던가? 그 버러지만도 못한 녀석을 반드시 내 손으로 붙잡아 찢어 죽이고 말리라!'

다른 누구도 아닌 자기 자신과 하는 맹세였다. 결코 어길 수 있을 리 없고, 잊어버릴 리도 없다. 앞으로 일 년 동안 어둠밖엔 존재하지 않는 곳에서 계속 곱씹고 있을 테니까.

쿠쿠쿠쿵!

헌원무진이 동혈 안으로 들어선 순간, 다시 예의 기관 움직이는 소리와 함께 소름 끼칠 정도로 완전한 어둠이 몰려들었다. 헌원무진을 반기기라도 하려는 것처럼.

삼목인(三目人).

폐관동혈 안으로 사라진 헌원무진의 뒷모습을 묵묵히 지켜보고 있던 중년인의 가장 큰 특징이었다. 그는 놀랍게도 두 개의 눈 외 이마에 또 하나의 눈을 가지고 있었던 것이다.

독특한 괴인마웅이 많은 혈천마교에서도 이와 같은 신체적인 특징을 가진 이는 단 한 사람밖엔 없었다.

묘강 사신혈의 혈주인 삼목독마(三目毒魔) 지심경.

본래 묘강 제일독벌인 사신혈을 기반으로 천하를 노리던 대마웅이나 대존주 염무적의 수호령에게 패해 혈천마교에 귀의하게 되었다.

성격은 음험독날하고 수법이 매서워 혈천마교 내에서도 세 손가락 안에 드는 강자이자 세력가였으나 근래 들어선 은인자중하고 있는 중이었다. 동생이자 사신혈의 부혈주인 혈유 지심원이 염무적의 오른팔이자 가장 총애받는 군사가 되었기 때문이다.

차기 대존주의 가장 강력한 후보.

혈천마교 내에서 공공연히 도는 혈유 지심원에 대한 평가였다. 당연히 동생의 놀라운 천재성을 잘 알고 있는 지심경으로선 자세를 낮추고 염무적의 눈치를 볼 수밖에 없었다.

어찌 됐든 훗날 천하를 도모할 가능성이 큰 혈천마교의 대존주에 지심원이 오르기만 한다면, 그 자신의 야망이 십분 풀리는 것이나 다름없다는 생각을 한 것이다.

그러니 이 같은 때 혈천마교로 돌아온 소존주 헌원무진을 바라보는 그의 감정이 썩 좋을 순 없었다. 사실 당장이라도 휘하 사신혈의 가장 강력한 독인들을 살수로 보내 폐관동혈 안에서 제거해 버리고 싶은 심정이었다.

하지만 그러기엔 평소 흉중을 절대 파악할 수 없는 염무적이 헌원무진에게 보인 관심이 마음에 걸렸다.

아무리 생각해도 이번에 염무적이 헌원무진에게 내린 징벌은 지나치게 가벼웠다. 무언가 다른 의도가 숨겨져 있는 것만 같았다.

"개인적인 욕심으로 혈천마교의 대업에 차질을 가져온 놈에게 고작 일 년 폐관이라니… 대존주는 진짜 저 어린 녀석에게 인간적인 정을 느끼고 있는가?"

지심경은 혼잣말을 내뱉고는 세 개의 눈을 동시에 찌푸려 보았다.

머리보다는 독공!

평생 자신의 힘과 세력을 기르는 데만 모든 역량을 기울여 온 그에겐 오늘처럼 머리를 굴리는 일은 꽤나 고달팠다.

이런 일은 역시 언제나처럼 동생 지심원에게 맡기는 게 옳았다. 이미 요 며칠 혈천마교에서 벌어진 일에 대한 보고를 받고서 그에 대한 대응책까지 마련해 놨을 동생일 테니 말이다.

＊　　　＊　　　＊

단양은 요 며칠 꽤나 마음이 우울했다.

얼마 전 우연찮게 얽혀 버린 무림고수들 간의 싸움은 그야말로 흥미만점이었다.

비록 괜스레 멋을 부리려다가 노구에 단단히 몸살까지 나버렸지만, 그래도 녹슨 철검을 빼 들 때는 제법 호연지기까지 느낄 수 있었다.

의(義)를 행(行)하고 위험에 빠진 약자(弱者)를 돕는다!

여태까지 단양이 무수히 많이 우려먹었던 얘기로 가끔은 연달아 세 번에 걸쳐 구경꾼들에게 써먹은 일도 있었다. 한마디로 말해 이야기의 주요 소재인 셈이었다.

그런데 구경꾼들의 마음을 희롱하며 이야기를 늘어놓을 때는 그리 쉽게 느껴지던 일이 자신이 직접 주인공이 되자 어찌 그리 어려울 수 있단 말인가.

단양은 하마터면 자신이 아무것도 해보지 못하고 죽을 뻔했다는 걸 인정하지 않을 수 없었다. 잠시 들뜨고 흥분됐던 마음이 싸늘하게 식는 순간이었다.

때문에 단양은 며칠간 자신의 미래라고까지 생각했던 대협객 추소산의 협행기까지 포기하고 정처없이 이곳저곳을 떠돌아다녔다.

본래 이야기꾼이란 직업 자체가 특별히 목표로 한 곳이 없는 한 발 닿는 대로 걷는 거라곤 하나 좀 심하다 싶을 정도로 아무렇게나 걸음을 옮겼다.

그만큼 단양은 이번에 심경에 큰 충격을 받은 것이었다.

그런데 아무래도 천성이란 어쩔 수 없는가 보다.

아무렇게나 걸음을 옮겼다고 생각했는데, 단양은 어느새 어느 이름 모를 마을 중앙에 잔뜩 늘어선 저잣거리 한복판을 걷고 있었다. 그리 크지 않은 마을의 규모로 볼 때 동네 잔치나 장이 선 게 분명하다.

웅성웅성!

단양은 장터나 잔치만 보면 신명이 나는 성정답게 곧 평소대로의 표정을 되찾았다. 이야기꾼이라면 의당 가질 수밖에 없는 낙천적인 기질이 고개를 든 것이다.

왁자지껄한 소리에 맞춰 점차 가벼워지는 발걸음.

어느새 단양의 입가에는 묘한 흥얼거림이 맴돌고 있었다.

그런데 단양이 막 저잣거리의 중간쯤에 이르렀을 때였다. 갑자기 그의 귀를 자극하는 장사꾼의 목소리가 들려왔다.

"자! 자! 세상에 사내로 태어났다면 국가에 투신하여 대장군에 오르거나 한 자루 보검을 비껴 메고 천하를 종횡하는 대협객이 되어야 하는 법!"

'옳거니!'

장사꾼의 목소리에 맞춰 내심 속으로 박자를 맞춘 단양이 빠른 걸음으로 저잣거리를 가로질렀다. 장사꾼의 목소리가 들려온 쪽으로 달려가 무얼 팔려는지 구경하거나 한몫 끼어들어 볼 속셈이었다.

그때 예의 장사꾼이 다시 목소리를 돋웠다.

"그러나 대장군이나 대협객이 되려면 그냥은 안 돼! 십팔반병기를 제 수족처럼 부릴 수 있는 용자이거나 절세비급을 얻는 행운아가 되어야 하는 거란 말씀이야!"

'그거야 당연하지!'

"그러니 오늘 이 사람을 이런 평범한 시골의 저잣거리에서 만난 건 그야말로 삼생(三生)의 복이나 다름없는 일인 것이야! 다들 대장군이나 대협객이 될 기회를 잡게 된 거니까 말야! 어이, 애들은 가라! 애들은 가!"

'그렇지! 중간에 뭔 짓을 할지 모르는 애들은 그런 식으로 몰아내는 게 옳지! 옳아! 그러니 이 사람아, 이젠 대충 본론을 끄집어내시게나!'

단양은 장사꾼의 목소리에 맞춰서 또다시 내심 소리쳤다. 장사꾼의 말솜씨가 꽤나 괜찮은지라 절로 흥이 돋았고 신명이 났다.

도대체 언제 우울증이 있었는가 싶다.

그렇게 단양이 결국 대장군과 대협객을 팔아먹는 장사꾼이 있는 곳까지 이르렀을 때였다.

주변에 몰려든 구경꾼들에게 연신 눈도장을 찍고 있던 장사꾼이 일순 비장한 표정을 짓더니 품에서 몇 가지 퀴퀴한 냄새 가득한 고서(古書)들을 꺼내 늘어놨다.

척 보기에도 세월의 때가 묻어 보이는 책들.

사람들은 일제히 책들의 겉면에 쓰여져 있는 글자들을 애써 읽어보다가 갑자기 와! 하고 웃어댔다.

독고구검(獨孤九劍).

육맥신검(六脈神劍).

구음진경(九陰眞經).

구양진경(九陽眞經).

암연소혼장(黯然消魂掌).

…….

조금이라도 무림에 떠도는 얘기들에 대해 알고 있는 사람이라면 한 번쯤은 들어본 적이 있는 무공 제목들이다. 하나같이 한때 천하를 호령했던 절세의 무공들이기 때문이다.

그런데 어째서 사람들이 비웃음 섞인 대소를 터뜨린 것일까?

그건 여태까지 장사꾼이 했던 호언장담과 눈앞에 내놓은 비급들의 명칭이 워낙 잘 어울려서다.

본래 절반쯤은 구경거리가 생겼다는 생각에 몰려들었던 사람들의 생리란 이같이 기막히게 맞아떨어지는 일에 대해 꽤나 부정적이게 마련인 것이다.

여기저기서 들려오는 비웃음과 조소, 웅성거림을 잠시 감내하고 있던 장사꾼이 갑자기 버럭 목소리를 높였다.

"다들 이 비급의 제목들을 알고 있는 듯하니 더 이상 세세한 설명은 하지 않겠소이다! 자! 자! 대장군과 대협객이 되고 싶으신 분들은 모두들 망설이지 말고 이 사람에게 달려와 문의해 보시기 바라오!"

"무슨 헛소리냐!"

"개소리하지 마라!"

여기저기서 노한 목소리들이 터져 나왔다. 모두 눈앞의 비급들의 내용을 확인해 볼 생각은 하지 않고 장사꾼을 사기꾼에 야바위꾼으로 몰아가는 모양새다.

그러나 장사꾼은 이미 이런 경우를 많이 겪어본 듯 태연자약한 표정으로 주변을 훑어보곤 털썩 바닥에 주저앉기까지 한다. 아예 이곳에서 장시간 버틸 생각을 한 것이다. 사람들이야 어떤 생각을 하건 말건 간에 말이다.

하지만 세상에는 좀 특별한 사람들이 존재한다. 이렇게 끝이 뻔히 보이는 결말을 앞에 놓고도 뭔가 다른 걸 기대하는 자들이 있다는 뜻이다.

그런 자들의 틈바구니 속에는 단양처럼 꼼꼼하게 비급의 겉 재질을 살피고 있는 사람도 있었다.

눈앞의 장사꾼이 정말 사기를 치는 공식조차 모르는 사기꾼이라 할지라도 물건을 살펴보는 데는 돈이 들지 않는다. 그냥 비웃음만을 던지며 애꿎은 입만 아프게 설왕설래하고 있을 필요는 없다고 볼 수 있다.

그 결과 단양은 눈앞의 비급들에 대해 다소 놀란 심정이 되었다. 뭔가 결말이 뻔하지 않을 수도 있다는 생각이 잠시 뇌리를 스쳐 갔기 때문이다.

'허어, 만약 저것들이 모두 가짜라면 꽤나 황당한 일이라 할 수 있다. 비급의 겉모양새가 저렇게 오래된 것처럼 보이게 하려면 꽤나 섬세한 공정을 거쳐야만 할 터인데… 어찌 이런 곳에서…….'

그렇다.

단양이 놀란 건, 만약 눈앞의 비급이 가짜라 해도 꽤나 공을 들인 티가 역력하다는 점이었다.

아무리 생각해 봐도 대도시의 유명한 고서점 같은 곳도 아니고 이런 시골 장터에서 굴러다닐 만한 물건은 아닌 것이었다.

그러나 단양은 애석하게도 무공에 대한 소양이 굉장히 적었다.

실제 비급을 들어 안의 내용을 살펴본다 해도 제대로 이해할 수 없을 가능성이 농후했다. 진가를 구별할 만한 자질이 없다는 뜻이다.

그런 탓에 단양이 잠시 주저하고 있을 때였다.

문득 사람들을 헤치며 한 명의 훤칠한 백의검객과 미모의 여도사가 어깨를 나란히 한 채 모습을 드러냈다.

소매에 뚜렷하게 수놓아진 세 송이 매화.

당금 정파제일인 화산파 매화검수의 표식을 자연스레 드러낸 백의검객은 화산검룡 화무겸이고 여도사는 무당파의 일대제자인 영경이었다.

두 사람은 낙양에서 추소산의 일로 의기투합해 함께 산서성까지 동행해 왔는데, 그사이 꽤나 사이가 가까워져 있었다. 두 사람 모두 천하가 인정하는 정파제일의 후기지수들이고 선남선녀이니 그 모습이 더할 나위 없이 어울려 보인다.

물론 이는 어디까지나 그들과 전혀 관계없는 사람들의 평가였다.

두 남녀로부터 멀찍이 떨어져 뒤따르고 있는 강성연은 두 사람이 전혀 어울리지 않는다고 속으로 중얼거리고 있었다. 대사형 화무겸과 어울릴 수 있는 여인은 오로지 자신뿐이어야 했기 때문이다.

'허어, 저 젊은 친구는 화산검룡이 아닌가!'

이미 낙양에서 화무겸에 대한 요란한 소문과 얼굴을 확인해 놨던 단양의 눈이 크게 반짝거렸다.

비록 대협객 추소산에 비한다면 좀 약하지만, 화산검룡 화무겸 역시 앞으로 무궁무진하게 써먹을 이야기 소재라 할 수 있었다. 이런 궁벽한 외딴 마을에서 우연찮게 조우하게 되자 마음이 크게 들뜨지 않을 수 없었다.

게다가 눈앞의 화무겸은 그야말로 천하의 무학 기재였다.

그라면 무학에 대한 조예 역시 깊을 테니, 눈앞의 굉장히 공들인 가짜 같은 비급서들의 진가를 단번에 가려줄 수 있을 게 분명했다. 그렇게 생각되었다.

그런데 그런 생각을 한 사람이 단양만은 아니었다.

쑥 자신의 앞으로 나선 화무겸의 얼굴과 옷차림을 살핀 장사꾼이 갑자기 화색을 띠며 소리쳤다.

"푸하하! 여기 진짜 신공절학을 확실하게 이해할 수 있는 사람이 왔구나! 자! 자! 화산파의 청년 협사는 망설이지 말고 이곳으로 오시오! 여기 전대 화산파에서 배출된 천하제일검객인 영호충 대협의 독고구검도 있소이다!"

"……."

화무겸은 장사꾼이 자신을 정확히 지목하자 눈에 기광을 담았다.

독고구검.

화산파에서도 꽤나 오래전에 실전된 전설상의 검법이었다. 그 기법이 워낙 독창적인지라 마지막으로 대성했던 영호충은 천하에 적수가 없었다고 알려졌는데, 화무겸은 화산파에 입문한 후 계속 그 같은 얘기를 들으며 검을 닦아왔었다.

마음속의 우상.

화산검룡이라 불리는 그에게도 그 같은 존재는 있었던 것이다.

하물며 이런 시장통에서 그 같은 얘기를 듣게 되자 감개가 무량하지 않을 수 없었다.

그래서 잠시 구경이라도 할 요량으로 나선 것인데, 장사꾼이 대뜸 자신의 정체를 알아보자 마음이 크게 요동쳤다. 뭔가 묘한 기분이 들었기 때문이다.

그러나 화무겸은 천하가 인정한 화산검룡이었다.

이 정도 일로 마음이 흔들린다면 그동안 수양에 들인 공이 아깝다 할 것이다.

'흠, 그럼 어디 당년 영호 선배님의 풍취를 확인해 보기로 할까?

화무겸은 큰 걸음으로 장사꾼이 깔아놓은 비급들 앞에 이르렀다.

그의 늠연한 기태에 위압을 느낀 사람들이 분분히 좌우로 흩어져 갔다. 딱히 위협을 느껴서라기보다는 그냥 그래야만 할 것 같은 기분이 들었음이다.

슥!

화무겸은 대뜸 손을 뻗어 독고구검을 들었다. 다른 신공 비급 따윈 관심조차 없다.

꿀꺽!

누군가 마른침을 삼키는 소리가 들려왔다.

긴장한 것이다.

그러나 오히려 당사자인 화무겸의 태도는 조금의 변함도 없었다. 그는 천천히 독고구검 비급을 살폈고, 곧 본래 있던 자리에 비급을 돌려놓곤 물러섰다.

물과 같은 기도.

몇 걸음 뒤에 물러선 그가 장사꾼에게 슬며시 손을 모아 포권해 보였다.

"오랫동안 마음속에서 풀리지 않고 있던 궁금증을 풀게 해주어서 감사드립니다."

"허헛, 궁금증이 풀렸다니 다행이구려. 그래, 수확은 있었소이까?"

"본 파의 무공은 바르게 발전했음을 알았습니다."

"본래 세상의 모든 만물이 다 그런 것 아니겠소? 발전과 진보가 없다면 만물의 윤회 자체가 의미없음일 것이오."

"죄송하지만 불가의 제자가 아니라 윤회 같은 건 잘 모릅니다."

"세상의 도리를 알고 있으니, 굳이 그딴 걸 알 필요는 없을 것이오."

"……."

화무겸이 다시 포권해 보이자 장사꾼이 슬며시 입가에 미소를 지으며 고개를 끄덕여 보였다.

흡사 뭔가를 가르쳐 주고 또 가르침을 받은 듯한 모습.

그 광경이 사람들로부터 커다란 반향을 불러일으켰다. 여태까지 장사꾼을 그렇게 조롱했던 자들이 앞 다투어 달려나오더니 비급을 서로 쟁탈하려 마구 싸우기 시작했다.

이전투구(泥田鬪狗).

화무겸이 결코 독고구검을 구입하지 않았는데 사람들은 이미 그런 것에 관심을 기울이지 않았다. 화산파의 당당한 검협이 장사꾼을 인정한 것만을 기억하고 있었다.

눈앞의 비급이 진짜일 수 있다는 기대감!

그것만으로 소박한 시골 장터의 사람들이 탐욕에 물들기엔 충분했다. 그게 세상이었다.

단양은 이번에도 주변에 모인 구경꾼들과 좀 다른 길을 선택했다.

그의 관심이 장사꾼의 비급보다는 화무겸에게 집중되어 있었기 때문이다.

'어째서 화산검룡은 장사꾼에게 사의를 표했단 말인가! 내가 보기엔 저 비급들은 확실히 가짜가 분명할 터인데…….'

단양은 화무겸의 일거수일투족을 세세히 살핀 탓에 그의 입가에 잠시 감돌던 만족스런 미소를 눈치 챌 수 있었다.

만족감.

매우 특별한 감정이다.

특히 젊은 나이에 정파비무대회를 제패하고 화산검룡이란 명예로운 별호를 획득한 화무겸 같은 사내에겐 쉽사리 느낄 수 없는 감정이었다.

그렇다면 어째서 그는 가짜 비급을 보고 그런 감정을 느꼈고, 또 사람을 속이는 사기꾼에게 고맙다는 말을 한 것일까?

그것을 알기 위해 단양은 다시 사람들 틈으로 파고들어 갔다. 어느새 이전투구가 서로의 멱살을 쥐고 흔드는 무력행사로까지 진전되고 있던 참이라 처음보다는 꽤 장사꾼에게 다가가는 게 어려웠다.

갑자기 그는 꽤나 유명인이 된 듯 보였다.

단양은 그래도 포기하지 않았고, 어찌어찌 장사꾼 앞까지 이를 수 있었다. 서로 멱살을 잡고 주먹질까지 나누는 사람들 중 정말 볼품없는 외양을 한 단양을 경계하는 자는 아무도 없었던 것이다.

"에이그, 어째들 이리 싸우고 난리들인가! 그냥 얌전히 줄을 서서 물건을 사면 될 것이지……."

단양이 나직이 혀를 차곤 장사꾼에게 말했다.

"주인장, 그래서 어떤 게 가장 좋은 비급이오?"

"모두 좋소이다. 딱히 우열을 나눌 순 없는 것이오."

“딱히 우열을 가릴 순 없다?”

“그렇소. 이래 봬도 내가 확실한 물건이 아니면 사람들에게 판매를 하지 않는 근면성실한 장사치라오.”

“허허허허! 그럼 주인장이 노부한테 가장 어울릴 만한 비급 하나만 골라주시구려.”

“호오? 이제 와서 무공을 익히겠다니, 갑자기 바람이라도 든 것이오?”

“제자를 한 명 뒀는데, 이 녀석이 너무 머리가 좋아서 가르칠 것이 다 떨어졌다오. 그러니 어쩌겠소? 이제부터라도 열심히 배워서 가르칠 밖에.”

“그렇구려. 그럼 이런 건 어떻겠소이까?”

장사꾼이 바닥에 잔뜩 널어놨다가 구경꾼들 간의 쟁탈전 목표가 되어버린 비급들 중 손도 타지 않고 있던 걸 하나 집어 들었다.

뿌옇게 먼지가 쌓인 비급.

툭툭 손으로 털어 이름을 드러내니, 과거 전진교의 도사였던 노완동 주백통이 만들었다고 알려진 공명권(空明拳)의 권보(拳譜)이다.

그 역시 대단한 절학이긴 하나 아무래도 가장 앞쪽에 널어놨던 것들에 비해선 이름이 떨어지니 사람들에게 인기가 없었던 것도 이해가 간다.

“이 공명권을 익힌 주백통은 본래 백 세가 넘어 하얗던 머리가 다시 검게 변했다오. 노인의 나이가 벌써 제법 많으니 더 늦기 전에 이 공명권을 익혀 반로환동하도록 하시오.”

“허허, 반로환동이라…….”

나직이 웃은 단양이 천천히 고개를 저어 보였다.

"내 이 나이에 반로환동한다 한들 뭘 할 수 있겠소이까? 나는 반로
환동 따위보다는 평범하게 검이라도 휘두를 수 있는 무사가 되고 싶소
이다."

"그게 진짜 원하는 바요?"

"그렇소이다."

단양이 고개를 끄덕이자 장사꾼이 얼핏 입가에 흡족한 미소를 담더
니, 자신의 발치까지 굴러온 비급을 손가락으로 가리켰다.

"여기 노인이 원하는 게 있구려."

"이건……."

단양이 장사꾼이 가리킨 비급을 들고 노안을 몇 차례 끔뻑여 보였
다.

천하기본검법총론(天下基本劍法總論).

한때 추소산을 가르치기 위해 단양이 구했던 몇 가지 잡스런 검법서
중 하나.

다만 그는 그 당시 제대로 그 안의 내용을 숙지하지 못했고 익히려
하지도 않았다. 제자를 가르치겠다고 작정한 사람이 조금치의 노력도
기울이지 않았던 것이었다.

"주인장… 혹시 존성대명이 어찌 되시는지 물어봐도 되겠소이까?"

"여동빈(呂洞賓)이라 하오."

"여, 여동빈? 검선(劍仙)이시란 말씀이오?"

단양이 깜짝 놀라 소리치자 자신을 여동빈이라 칭한 장사꾼이 문득
개구진 표정을 지어 보였다.

"노인은 내가 가져온 신공절학들이 그럼 모두 진짜라고 생각하는 것이오?"

"아니, 그런 건……."

"사실 사람의 이름 따윈 전혀 중요한 게 아니오. 그 사람의 행적이 어땠냐가 중요할 뿐이지."

말을 마친 장사꾼이 갑자기 툭툭 엉덩이를 털고 자리에서 일어서더니, 여전히 자신의 비급들을 가지고 난리법석을 부리는 사람들에게 마구 손가락질을 하며 웃어댔다.

아이가 장난을 성공하고서 통쾌해하는 것 같은 모습!

잠시 멍청해진 사람들이 얼굴이 벌게져서 화를 내려는데, 갑자기 장사꾼이 품속에서 엄청나게 많은 비급들을 꺼내 아무렇게나 집어 던지기 시작했다.

모두 여태까지 사람들이 난리법석을 부리게 만들었던 것과 동일한 비급들로 한동안 시장통을 아비규환의 도가니로 변모시키기에 충분한 양이었다.

그는 오늘 확실하게 장난을 치기로 마음먹은 것 같았다.

제50장
삼 년의 기다림, 바위에 꽂히다

　　화무겸은 자신이 한몫 단단히 한 난리법석을 뒤로한 채 영경과 저잣거리를 빠져나왔다.

　　어차피 자신들보다 앞서 낙양을 떠난 백수빈 일행의 행적을 뒤쫓던 중 우연찮게 들른 시골 장터였다. 중간에 제법 재밌는 일을 만나긴 했지만 크게 관심을 둘 만한 일은 아니었다.

　　빠른 걸음으로 앞서 걷는 화무겸과 보조를 맞추며 영경이 궁금한 표정으로 물었다.

　　"화 소협, 제가 무척 궁금한 게 있는데 물어보면 대답해 주실 건가요?"

　　"방금 전에 소생이 한 행동에 대한 건지요?"

　　"예, 맞아요. 저는 화 소협이 어째서 귀 파의 절기를 저잣거리에서 팔고 있는 사람을 징치하지 않았는지 궁금해요."

영경은 정직하게 고개를 끄덕여 보이곤 자신의 의견을 피력했다.

항상 자신의 속마음을 숨기는 소사매 강성연과는 꽤나 다른 솔직한 모습.

그 같은 모습이 꽤나 마음에 든다고 속으로 생각한 화무겸이 입가에 슬쩍 미소를 띠었다.

"사실 방금 전 소생이 읽은 독고구검 비급에는 검법의 요결 같은 건 전혀 적혀 있지 않았소이다. 그러니 본 파의 무공이 외부로 유출될 걸 걱정할 까닭은 없는 것이지요."

"……."

"게다가 독고구검은 분명 과거 화산파의 절기였으나 당금에 이르러선 실전되어 자취조차 찾을 길이 없어졌소이다. 그러니 만약 진짜 그 장사꾼이 독고구검을 팔고 있었다 해도 특별히 가로막을 방도는 없었을 겁니다."

"그렇군요."

영경이 천천히 고개를 끄덕여 보였다. 화무겸의 말이 모두 사실이라면 그의 이후 행동엔 전혀 문제가 없었다. 한 가지 걱정이 덜어진 셈이었다.

그러나 그녀에겐 다시 새로운 의문이 생겨났다. 어째서 화무겸이 사람들에게 사기를 치고 있는 사기꾼을 도와줬는지 납득이 가지 않았던 것이다.

"그럼 어째서 그런……."

"소생은 그 안에 독고구검의 검결이 없었다고 했지, 그 비급 자체가 가짜라고 하진 않았소이다."

"예?"

“그 비급 안에는 특별한 검법 구결은 없었지만, 놀랍게도 당년 독고구검을 대성했던 영호 선배님의 이후 행적과 말년에 검을 버릴 때의 소회가 자세히 적혀져 있었소이다. 내 어찌 그같이 귀한 경험을 나눠받게 해준 그분께 고마움을 표하지 않을 수 있었겠소이까?”

“음, 그렇지만 그건…….”

“물론 그 같은 영호 선배님에 대한 사항은 모두 소생 같은 화산파 동도들만이 느낄 수 있는 암호로 되어 있었소이다. 아마 다른 일반인들은 평생을 풀어봐도 그 안에 담긴 참된 내용을 알 수는 없을 것이오.”

“…….”

영경은 다시 고개를 끄덕일 수밖에 없었다. 화무겸이 속한 화산파와 마찬가지로 그녀의 사문인 무당파 역시 문파 내의 비밀 암호가 존재한다.

한자를 파자해서 뜻을 숨기는 이러한 방법은 각 문파마다 워낙 독특한 방식을 사용하는지라 웬만한 대학자라 해도 사전 지식이 없다면 풀 수 없는 게 보통이었다.

그러니 만약 그녀 역시 화무겸과 마찬가지로 당년 무당파에서 배출된 선배 고수들의 행적과 훗날의 소회를 독문의 암호로 접할 수 있었다면 똑같은 행동을 했을 거라 생각했다. 이 같은 독특한 경험은 기연이나 다름없으니, 훗날 무학과 인생을 성장시키는 데 있어 큰 원동력이 될 게 분명했기 때문이다.

‘역시 화 소협은 특별해. 나는 그와 함께 있었음에도 전혀 그 같은 경험을 할 수 없었는데…….’

영경은 마음속 깊이 조금 유감을 느꼈다. 왠지 좋은 기회를 놓쳤다는 생각이 들었다.

그런 영경의 마음을 공감한 화무겸이 그녀에게 위로하듯 말했다.

"솔직히 소생 역시 잠시 동안 반신반의했었소이다. 그같이 공교로운 일이 쉽게 일어나진 않을 거라 생각했으니까요."

"예, 분명 그래요. 하지만 화 소협은 그 쉽사리 일어나지 않는 기회를 잡았고 저는 그러지 못했네요. 그건 분명 화 소협과 제가 가진 그릇의 차이일 거예요."

"그렇진……."

"그런데 아직도 화 소협의 사매는 우리의 뒤를 쫓고 있는 것이겠지요?"

영경이 화제를 돌리자 화무겸이 살짝 눈살을 찌푸려 보였다. 그녀가 끄집어낸 화제가 가장 싫어하는 것이었기 때문이다. 잠시 기력을 운집해 주변의 움직임을 살핀 화무겸이 천천히 고개를 끄덕여 보였다.

"음, 잘 따라오고 있소이다."

"천시지청술인가요?"

"본 파의 내공 중 하나인 전심법(傳心法)을 이용했을 뿐이오."

"전심법이라… 꽤 편한 기법이군요."

"만약 원하시면 내 가르쳐 드리도록 하지요."

"어! 그건 금기 사항이 아닌가요?"

"전심법은 화산파 고유의 기법이긴 하나 비전절학이랄 것까진 아니니 상관없소이다."

"……."

화무겸은 전심법이 자기 스스로 독창해 낸 기법이란 걸 영경에게 말하지 않았다. 젊은 나이에 벌써 새로운 무공까지 창안한 걸 말한다는 게 왠지 자기 잘난 체를 하는 것처럼 쑥스러웠기 때문이다.

다행히 영경은 깊이 생각하지 않았다. 화무겸이 꽤나 보기 드문 순수남임을 알기에 마음을 다소 놓고 있었기에 가능한 일이었다.

두 사람은 한동안 전심법에 관해 담론하며 관도가 나오는 곳까지 걸었다. 뒤를 따르는 강성연을 생각해 경공을 펼치진 않았으나 화기애애한 모습을 보이는 것만으로 충분히 그녀의 가슴을 찢어놓고 있었음을 까맣게 모르고 있었다.

두 사람이 관도에 도착했을 때였다.

화무겸과의 대화에 빠져 있던 영경이 갑자기 걸음을 멈추더니 자신의 어깨를 양손으로 와락 끌어안았다. 갑자기 왠지 알 수 없는 추위와 두려움이 강하게 엄습해 온 까닭이었다.

'뭐, 뭐지? 이 오싹하고 두려운 느낌은……?'

화무겸 역시 뭔가 이상한 낌새를 느꼈다. 영경과는 다르지만 그 역시 긴장한 것이다.

'주변에 고수가 있다? 그것도 한둘이 아니라 다수!'

두 사람은 거의 동시에 서로에게 손을 내밀었다.

꽈악!

위기를 느끼자 자기 자신보다 상대방의 걱정을 했고, 자연스레 마음이 합치되었다.

위기는 사랑을 불타오르게 만든다.

그리고 두 사람이 거의 동시에 검을 빼 들었을 때였다.

채챙!

발검과 동시에 삼엄한 검기를 일으킨 두 사람의 눈앞으로 한 명의 풍채 좋은 노인이 모습을 드러냈다.

관도 저편으로부터 한달음에 달려온 것이 거의 순식간!

세상에 이 같은 경공을 아무렇지도 않게 펼칠 수 있는 인물은 단 한명, 투왕 육지견밖엔 없었다. 적어도 육지견은 그렇다고 항상 주장하곤 했다.

"아! 아아아!"

육지견의 얄궂은 얼굴을 확인한 순간, 영경의 입에서 앓는 듯한 신음이 터져 나왔다.

그녀가 세상에서 가장 껄끄러워하고 두려워하는 인물, 육지견이 어느새 그녀의 앞에 얼굴을 들이밀고 있었다. 일부러 신형을 날려 근방까지 다가온 것이다. 그리고 슬쩍 입술꼬리가 치켜 올라간 특유의 웃음.

히죽!

그야말로 장난감이라도 발견한 듯한 모습이다.

결국 영경이 거의 경기를 일으키듯 뒤로 물러섰고, 화무겸이 자연스레 앞으로 나섰다.

영경을 보호하기 위함이었다.

스팟!

중후하면서도 날카로운 검기가 몇 송이 매화를 그리며 단숨에 육지견의 상반신 전체를 노렸다.

아무리 경공의 귀재인 육지견이라 한들 뒤로 물러설 수밖에 없는 상황!

그러나 그는 그리하지 않았다.

스으.

육지견은 뒤로 물러서는 대신 오히려 화무겸 쪽으로 다가섰다. 그렇다면 검기에는 어찌 대처했는가?

그는 느닷없이 발끝을 교차시키더니, 거의 사람의 머리 높이만큼을 뛰어올랐다. 자연스레 화무겸의 검기 모두를 발아래로 흘려 버린 것이다.

'대단한 경공!'

화무겸은 평생 처음 보는 기막힌 경공에 내심 찬탄을 토해냈다. 이 같은 경공은 화산파의 장로들조차도 펼치는 걸 본 적이 없었다.

하지만 화무겸은 내심 찬탄을 터뜨리면서도 내음은 명경지수처럼 깨끗하고 고요했다.

냉정을 유지했다는 의미.

지익!

발끝으로 바닥을 찍은 화무겸이 역시 신형을 사람 키 높이로 띄워 올리며 검기를 쏟아냈다. 한 번 잡은 승기를 결코 놓치지 않겠다는 의지를 드러낸 것이었다.

'이 애송이 녀석이!'

육지견은 공중에서 재빨리 신형을 회전시켜야만 했다. 하마터면 화무겸의 검기에 하단전과 양 발 전체가 피투성이로 변할 뻔했기 때문이다.

그래서 결국 영경에게서 한참이나 먼 곳에 떨어져 내리고 만 결과!

자연스레 이가 갈린다.

나이도 어린 애송이에게 망신을 당했다고 생각하니, 유쾌한 성격이나 노화가 치솟지 않을 수 없다.

그러나 놀란 건 화무겸 역시 마찬가지였다.

'공중에서 방향을 세 차례나 바꿀 수 있다니……!'

곤륜파의 운룡대팔식(雲龍大八式)이나 소림파의 연대구품 같은 초절
정의 신법이 그런 기괴망측한 짓을 할 수 있다는 말은 들었다.

물론 당대에 그 같은 신기를 펼칠 수 있는 인물은 전혀 없었다. 그냥
무림 중에 전해지는 전설 같은 얘기였다.

그만큼 공중에서 몇 차례나 방향을 바꾼다는 건 상식을 초월한 엄청
난 짓이었다.

화무겸으로서도 처음 목격했다.

'이 같은 경공을 가진 사람이라면… 혹시 그인가……?

문득 짐작이 가는 사람이 있음을 깨달은 화무겸이 더 이상 육지견을
공격하지 않고 걸음을 멈춰 세웠다.

그러자 육지견 역시 뒤로 신형을 물린 채 더 이상 공격하지 않았고,
화무겸이 검을 거꾸로 해 포권해 보였다.

"본인은 화산파 제자 화무겸이라 합니다. 혹시 하오문의 백수빈 소
저와 일행인 투왕 육지견 선배님이 아니신지요?"

"흥, 언제부터 명문정파인 화산파에서 백 소저 같은 하오문도에게
관심을 가지고, 노부 같은 사마외도에게 선배 대접을 했었는가? 혹시
뭔가 의도가 있는 게 아닌지 두렵구만."

말을 에둘러 비꼬면서도 은근슬쩍 자신이 투왕임을 확인시켜 주는
육지견의 언사에 화무겸이 입가에 슬쩍 미소를 떠올렸다. 천하에 명성
이 자자한 사람답게 꽤나 재밌는 사람이란 생각이 들었다.

하긴 천하 도둑들의 왕이라 불리는 사람이다. 이 정도의 모습을 보
이지 않는다면 재미가 적다 할 것이었다.

빙긋.

화무겸이 입가에 미소를 매달았다.

그러자 그런 나이답지 않은 화무겸의 여유가 육지견은 더욱 마음에
들지 않았다. 그의 앞에서 이런 애늙은이 같은 행동을 하는 자는 오로
지 의제 추소산 한 명이면 족했다. 두 번째 따윈 전혀 키울 생각이 없
었다.

'흥, 건방진 놈!'

내심 차게 냉소를 터뜨린 육지견이 슬그머니 고개를 옆으로 돌렸다.

하는 짓이 꼭 토라진 애 같다.

그때 그가 방금 전 달려왔던 관도 저쪽에서 또 하나의 인영이 모습
을 드러냈다.

육지견에 비해 결코 못하지 않은 빠르기.

"어! 저분은……."

영경이 놀라 토끼 눈이 되었다. 새롭게 모습을 드러낸 인영 역시 그
녀가 익히 잘 아는 사람이었기 때문이다.

'엥? 저건 화산파의 화산검룡이란 아해와 무당파의 영경이란 귀여
운 여도사가 아닌가!'

육지견에 이어 관도 저편으로부터 황토바람을 몰고 달려온 인영의
정체는 개방의 대장로인 풍개 지화자였다.

그는 얼마 전까지 육지견과 천하제일의 경공대가가 누구인지를 놓
고 세기의 경공 대결을 펼치고 있는 중이었다.

당연히 평생 가장 빠른 속도로 취팔선보를 펼치고 있었는데, 결국
백여 리를 달리는 동안 완전히 뒤처지고 말았다. 승부는 그것으로 끝
난 것이나 다름없었다.

그래도 자존심이란 게 있다.

끝까지 승부를 포기하지 않고 최선을 다했는데, 느닷없이 육지견이 웬 어린 아해들하고 싸움질을 하는 모습을 발견했다. 경공 대결 중에 방해자가 끼어든 셈이었다.

그렇다면 자신의 완벽한 패배를 반전시켜서 기사회생할 가능성 역시 배제할 수 없게 됐다고 할 수 있다. 육지견에겐 좀 미안하지만, 일단 먼저 목표지에 도착한 후 말발로 마구 우겨서 좀 수작을 부려야겠다는 생각이 들었다.

그런데 하필이면 육지견을 건든 게 다른 사람도 아니고 화산파와 무당파의 제자들일 건 또 뭔가!

그들이 평소 자신의 문파 제자들이 하는 것과 똑같이 재수없는 정직성을 발휘한다면 지화자의 계획은 모조리 틀어질 수밖에 없었다.

육지견 정도 되는 인물이 자신과 적대시했다 하여 순진한 정파 제자들을 정략적으로 이용하지 못한다는 건 도저히 말이 안 되는 일이었기 때문이다.

스슥!

결국 지화자는 내심 툴툴거리며 육지견 바로 코앞에 신형을 멈춰 세웠다. 일단 자신이 정파의 큰 어르신답게 언제나 공명정대하다는 걸 보여줄 요량이었다.

하지만 그래도 이대로는 조금 억울하다.

슬쩍!

지화자는 마지막 순간에 한 걸음쯤 더 나아갔다. 어쨌든 육지견보다 자신이 앞선 위치에 서야만 직성이 풀리는 것이다.

'흐흐, 결국 최후의 승리자는 나다!'

자신의 앞에 떨어져 내린 지화자의 득의양양한 모습.

힐끗!

곁눈질로 지화자의 안색을 살핀 육지견은 대번에 그의 속마음을 눈치 챘다. 내심 어이가 만 리 길 너머로 날아가 버리는 기분이 없을 리 만무하다.

'쫌스런 거지새끼! 설마 이런 상황을 이용해서 경공 승부에서 이득을 보려 하다니! 진짜 아무리 생각해도 평생 거지 짓밖엔 할 것이 없는 빌어먹을 자식이로다!'

그렇다.

지화자가 한 행동은 육지견에겐 어디까지나 정당한 승부에서 당한 패배를 인정치 않으려는 좁은 소견에 지나지 않았다. 승부 초기에 이미 확연한 실력의 차이를 보여줬는데, 어찌 이제 와서 꼼수를 사용하려 하는가.

용서받지 못할 짓!

육지견이 지화자의 꼼수에 대해 내린 결론이었다.

그러나 지화자는 애초에 어떻게서든 우기기로 굳게 마음먹은 상태였다. 이제 와서 육지견 앞에서 약한 모습을 보일 생각 따윈 전혀 없었다.

'흥. 그런 눈으로 봐봤자 소용없다, 늙은 도둑아! 어쨌든 서로 승부를 포기한 시점에서 내가 한 발 더 나아간 곳에 섰으니, 승패는 결정된 것이야!'

냉랭한 분위기!

어느새 서로를 노려보는 구도를 형성한 두 늙은이의 긴장 강화에 화무겸과 영경은 자신도 모르게 입을 벌렸다.

둘 사이에 어떤 사연이 있는진 모르겠지만, 서로를 흡사 당장에라도 잡아먹을 듯 노려보는 모습이 꽤나 우습게 느껴졌다. 전혀 긴장감이라거나 위압감 따위가 보이지 않는다. 실제론 무림 중에서도 각기 다른 세력이나 집단에 속한 채 꽤나 큰 위치를 차지하고 있는 두 사람인데도 말이다.

그러나 본래 웬만한 일이 아니고선 무력을 사용하지 않는 두 사람이다.

잠시 경공 승부에 집착하느라 서로에게 으르렁거리긴 했지만, 곧 누가 먼저랄 것도 없이 대치를 풀어버렸다. 무림에서 꽤나 오래전부터 굴러다닌 늙은 생강들답게 이런 식의 대립은 두 사람 모두에게 큰 도움이 못 된다는 걸 인정한 까닭이다.

그러자 화무겸과 영경이 내심 한숨을 몰아쉬곤 얼른 지화자에게 다가가 인사했다. 본래 화산파는 개방과 꽤나 가까운 사이였고, 영경은 개봉에서 이미 지화자와 인연을 맺은 바 있었다.

"후배 화무겸이 노선배님을 뵙습니다!"

"후배 영경이 지화자 노선배님을 뵙습니다!"

이미 화무겸과 영경, 모두와 안면이 있던 지화자가 얼른 만면에 환한 미소를 지어 보였다.

"허허, 이게 어찌 된 일인가! 화산과 무당, 양 파의 기재들을 이런 산서성의 벽촌에서 만나게 되다니!"

"……."

"……."

"그래, 강 장문인의 삼십 년 묵은 매화주는 무탈하게 잘 있던가?"

"장문인께서는 올해도 정정하십니다. 삼십 년 묵은 매화주에 대해선 후배가 아는 바가 없습니다만.”

“호오, 그건 참 애석한 노릇이로군. 화산파의 매화주는 그야말로 명불허전인 것을.”

‘화산파의 매화주가 언제부터 그리 유명했었는지 모르겠구나. 명불허전이란 말까지 듣게 되다니.’

한 번도 화산에서 술을 마셔본 적이 없는 화무겸이 입가에 씁쓸한 고소를 지어 보였다.

언제나 사뭇 엄격하던 화산파의 뭇 사존들이 제자와 사손들 몰래 자신들끼리 둘러앉아 술을 퍼마시는 장면은 아무리 생각해도 떠올리기가 쉽지 않았다. 아예 상상조차 하기 힘든 광경이었다.

그러자 화무겸이 과거 만났을 때와 마찬가지로 꽤나 재미없다는 생각을 한 지화자가 이번엔 영경에게 시선을 던졌다.

“그런데 영경 도장, 어쩌다가 명민한 사형들과 떨어져서 무림 중에 가장 만나선 안 될 못된 늙은이와 마주치는 불운을 겪었는가?”

“뭐시라! 이런 육시랄 늙은 거지 녀석이!”

육지견이 화를 내며 삿대질을 해댔으나 지화자는 그를 깨끗이 무시했다. 무슨 강아지 한 마리가 옆에 와서 짖고 있냐는 듯 쳐다도 보지 않았다.

보고 있던 영경이 다 무안해질 정도.

거기에 더해 지화자는 육지견 쪽으로 저리 꺼지라는 뜻을 담아 손바닥을 몇 차례나 휘휘거리곤 영경에게 다시 말했다.

“저 녀석이 하는 못된 말 따윈 귀담아들을 필요도 없네. 본래 입만 험한 인사니까 말야.”

“아, 예……”

영경은 머뭇거리며 대답을 하면서 은근히 기분이 좋아졌다. 그녀를 그동안 사뭇 못살게 굴었던 육지견이 지화자에게 철저하게 무시당하는 모습이 꽤나 통쾌했던 것이다.

그러나 정파 중에서도 가장 규율이 엄하기로 소문난 무당파의 일대 제자가 그 같은 속마음을 겉으로 드러낼 리 만무하다.

얼른 안색을 엄숙히 한 영경이 화무겸과 자신이 산서성까지 오게 된 전말에 대해 설명하기 시작했다.

그녀의 생각에 천하에서 가장 많은 방도 수를 지닌 개방의 대장로인 지화자라면 추소산의 행방을 알아내는 데 꽤나 도움이 될 것 같았다.

계속 하오문과 백수빈 일행만을 쫓는 것에 슬슬 지쳐 가던 차에 지화자를 만나자 이젠 방법을 달리할 필요가 있다는 판단을 내린 것이다.

그렇게 영경이 설명을 끝내자 지화자가 한쪽 눈살을 살짝 찌푸린 채 더러운 머리를 손으로 벅벅 긁어댔다. 사뭇 난처한 일을 만났을 때 취하곤 하는 모습.

'추소산! 그 어린 친구는 본 방에서의 일을 제외하더라도 근래 들어 천패단에 이어 혈문의 백인혈룡대를 격파해서 세간에선 일검경혼 백검 비천이란 별호까지 지어줬다고 한다. 이미 천하에 명성을 떨쳤다고 봐 도 무방할 것이야. 하지만 명성이 오른 만큼 적 역시 늘었으니 이 일을 어찌한다? 마음이 여린 영경이란 여아는 몰라도 저 화무겸이란 아이는 필경 전날 맺었던 삼년지약을 해결하기 위해 이 먼 산서성까지 찾아온 것일 터인데…….'

지화자는 전날 추소산의 도움으로 오랫동안 가슴속에 유감으로 남 아 있던 제자 기련음마 염규원과의 묵은 감정을 풀 수 있었다.

이는 생명의 은혜를 입은 것보다 지화자 본인에겐 더욱 중한 일이었다.

본래대로라면 어떤 일이 있던지 간에 추소산에게 은혜를 갚는 데 최선을 다했을 터이나 몇 가지 오해가 있어 그럴 기회를 놓쳤다.

묵암검!

사파삼대고수 중 한 명인 염규원을 일검에 죽여 버린 마검이 오해의 발단이었다. 지화자는 추소산이 혹시 과거 천하를 악몽의 도가니로 몰아넣었던 혈천마교의 후신이 아닌가 의심했던 것이다.

그러나 그 같은 오해는 곧 풀렸다.

위기에 처한 사람들을 위해 정파비무대회에 참가하는 것조차 포기한 과단성과 그 후 보인 의협의 행동은 무림을 열광시켰고, 개방 방주 나원경조차 감탄하게 만들었다. 그야말로 천하에 참으로 오랜만에 진정으로 협의 길을 걷는 대협의 자질을 가진 자가 등장한 것이었다.

방주 나원경에게 그 같은 얘기를 들은 지화자는 너무나 부끄러워 쥐구멍에라도 들어가고 싶었다. 추소산의 놀라운 자질과 마검의 위력에 현혹되어 계속 믿음을 못 갖고 의심만 했던 일이 너무나 부끄러웠다.

그런 까닭으로 지화자는 추소산이 혈문과 은원을 맺었다는 말을 듣자마자 바로 산서성으로 달려왔다. 방주 나원경조차 망설였던 혈문과의 정면 대결조차 불사할 각오로 추소산을 돕기 위함이었다.

하지만 산서성에 들어서자마자 산서성 전체를 통괄하는 분타주들을 모조리 집결시킨 그는 놀라운 사실을 전달받고 말았다.

혈문의 멸망!

이미 추소산이 백인혈룡대를 처참하게 박살 내고 일검경혼 백검비천이란 별호를 얻었다는 걸 알고 있던 지화자로서도 아연실색하지 않을 수 없는 대사건이었다.

왜 그렇지 않겠는가.

개방조차 산서성에선 혈문의 아래였다.

하물며 혈문을 산서성에서 깨끗하게 지워 버릴 수 있는 세력이나 절대고수란 천하 전체를 싸그리 뒤진다 해도 손가락을 꼽을 정도였다.

그리고 또 한 가지!

재빨리 개방의 전 조직을 동원해서 알아본 바에 의하면 지화자가 어렵사리 꼽을 수 있는 조직이나 인물들은 모두 꽤나 바쁜 나날을 보내고 있었다.

혈문의 멸문이 개방의 이목을 벗어난 제삼의 세력이나 인물에 의해 저질러졌다는 의미였다.

그래서 다시 떠오른 용의자의 이름이 바로 추소산이었다.

근래 들어 혈문과 가장 직접적으로 원한을 맺은 사람이 그였으니 어쩔 수 없는 일이긴 하나 지화자는 절대 그렇지 않을 거라 생각했다.

아무리 추소산의 무공이 나날이 일취월장하고 수중에 묵암검이란 마검이 있다 해도 혈문 전체와 홀로 싸운다는 건 죽음을 각오하지 않고선 벌일 수 없는 일이었다.

그렇지 않고 그것이 가능한 사람은 천하에 오직 세 명뿐.

삼존.

무림의 정상에 군림하는 그들 외엔 없었다.

그러니 이젠 강력한 무력을 동반한 단체가 기습적인 대공세에 나섰다고밖엔 볼 수 없는 것인데…….

지화자는 이 부분까지 생각한 후 바로 방주 나원경에게 대장로의 직권을 발휘해 이번 사건을 알아보겠다는 전서를 날려 보냈다.

그만큼 이번 사태에 대해 심각하게 생각한 것도 있지만, 또다시 추소산에게 억울한 누명이 씌워지지 않게 하려는 마음 역시 없다곤 할 수 없었다.

그는 어느새 추소산을 나이를 뛰어넘는 친구 정도로 애틋하게 생각하고 있었다. 다시 그를 만나게 되면 형제의 연을 맺는 것도 진지하게 생각하고 있을 정도였다. 추소산이 관계된 일에 소홀함을 보일 리 만무했다.

그러나 그가 대장로의 직권으로 산서성 내 개방 거지들 전체를 끌어 모았지만, 추소산의 행방과 혈문의 멸문 이유는 여전히 오리무중이었다.

추소산은 혈문의 백인혈룡대를 제압한 이후 완벽하게 자취를 감췄고, 커다란 무덤으로 변한 혈문은 어느 날 원인 모를 불이 나서 잿더미밖엔 남지 않았기 때문이다.

체면 상실.

지화자는 결국 더 이상 산서성의 거지들을 볼 면목이 없어서 몰래 분타를 도망 나왔고, 부근에서 우연찮게 육지견을 만나 느닷없는 경공 대결까지 벌였다.

모두 추소산을 찾지 못했기에 벌어진 일이었다.

한데, 이곳에 또다시 추소산을 찾는 일남일녀가 나타났다. 그것도 그중 화무겸은 과거 추소산과 싸우고 삼년지약까지 맺은 장래가 촉망되는 고약한 녀석이었다.

아무리 화산파와 사이가 좋은 지화자라 하나 기분이 썩 유쾌할 순 없었다. 그가 자신이 전력을 다 기울이고도 생사조차 확인하지 못한 추소산을 찾는다는 자체만으로 괜스레 화가 치밀어 올랐기 때문이다.

결국 내심 눈앞의 화무겸을 추소산의 잠재적인 적으로 규정한 지화자가 영경을 향해 천천히 고개를 저어 보였다.

"영경 도장의 말은 내 잘 들었네. 하지만 정말 안타깝게도 노부 역시 추 소협의 행방은 아는 바가 없다네. 사실 노부 역시 그동안 그를 찾아다녔건만, 행적이 묘연해진 지 꽤 오래되었다네. 아마도 이미 산서성에는 없는 게 아닐까 생각되는구만."

"그러시군요."

영경의 얼굴에 실망의 기색이 떠올랐다.

어느새 화무겸과 대단히 친숙해진 그녀였지만, 추소산이 남긴 그림자는 꽤나 컸다. 다시 한 번 그와 만나고 싶은 열망은 자연스러운 것이었다.

그러자 이번엔 화무겸이 지화자가 아니라 근처를 배회하며 열심히 딴 짓 하고 있던 육지견에게 다가가 질문했다.

"소생이 알기로 육 노야는 추 소협이나 그와 관계가 깊은 하오문의 백 소저 등과 꽤나 친근한 사이라 들었습니다. 혹여 추 소협의 행방에 관해 아시는 바가 없으신지요?"

"없다."

육지견의 대답은 지화자보다 더욱 짧고 확실했다. 지화자의 말을 듣고도 혹시나 하는 생각을 품고 있던 화무겸의 안색이 가볍게 흐려졌다.

삼년지약!

추소산과 화무겸은 삼 년이 지난 후 다시 검을 맞대고 전날 끝내지 못했던 비검교우를 다시 꽃피우자 맹세했었다. 서로 오랫동안 사귄 바는 없으되 진실로 마음속에 담아둔 친우라 믿어 의심치 않았던 것이다.

그런 추소산의 행방을 쫓아 멀고 먼 이곳 산서성까지 왔는데, 어찌 그를 만날 수 없단 말인가!

'도대체 어디서 무얼 하기에…….'

내심 격정에 차서 소리친 화무겸이 문득 거둬들였던 검을 뽑더니, 근처에 놓여져 있던 편편한 바위 위에 팍 소리가 나도록 박아버렸다.

부르르르!

화산파로 돌아간 후 죄를 받아 들게 된 폐관 수련 동안 오로지 삼년지약만을 생각하며 갈고닦아 온 검. 방금 전까지만 해도 자신의 목숨과도 바꾸지 않겠다 여겼던 애검이다.

그 자신의 분신을 잠시 애조 띤 얼굴로 바라보던 화무겸이 육지견과 지화자에게 연달아 포권을 해 보이곤 곧바로 신형을 돌렸다.

여태까지 걸어왔던 것과 반대의 방향.

"화 소협……."

영경이 놀라 부르자 화무겸이 담담한 목소리로 답했다.

"소생은 지난 삼 년 동안 추 소협과의 삼년지약을 한결같이 기다려 왔는데 그에겐 그 약속이 하찮은 것이었던가 보오."

"그건……."

"여기 내 지난 삼 년의 세월을 놓았으니, 혹시 연이 닿아 추 소협이 이곳에 오게 된다면… 하찮은 약속이나마 최선을 다해 지키려 했던 나의 작은 마음을 조금쯤은 생각해 주지 않을까 생각할 뿐이오."

"……."

미처 영경이 어떤 말을 하기도 전에 화무겸은 천천히 신형을 옮기기 시작했다.

자신의 말에 책임을 지는 사나이.

화무겸이 꽤나 상심했음을 알기에 잠시 머뭇거리는 빛을 보이던 영경이 역시 육지견과 지화자에게 인사를 해 보이곤 그의 뒤를 쫓았다.

점차 멀어져 가는 두 남녀를 물끄러미 바라보던 지화자가 육지견에게 의뭉스런 시선을 던졌다.
"진짜 거짓말 잘하더구만."
"거짓말?"
"추 소협의 행방을 네놈, 늙은 도적이 모르면 또 누가 알겠느냐?"
"늙은 거지도 모르는데, 늙은 도둑이 모를 수도 있는 거잖아."
"잘도!"
퉁명스레 목소리를 높인 지화자가 입가에 작은 한숨을 매달았다. 천하에서 가장 정보에 밝다고 자부했던 자신이 육지견 같은 사마외도에게 질문을 하는 처지가 된 것이 한탄스러웠다.
그러나 추소산의 행방이 지화자는 정말 궁금했다.
이미 경공 대결을 이겨서 그에게 당당하게 물어보겠다던 당초의 목표는 실패했으니, 이젠 뻔뻔스러워질밖에 도리가 없었다. 거지의 가장 유리한 점을 이용하기로 한 것이다.
"나와 개방은 추 소협에게 큰 빚을 졌다네. 결코 그를 곤란하게 할 생각이 없으니 말해주게나."
"그래도 말해줄 수 없다면?"
"형산에서 일어난 보검쟁탈전에서 자네와 추 소협이 모종의 거래를 했다는 정보를 포착했다네. 추 소협이 현재 가지고 다니는 검은색 마검을 그때부터 사용하기 시작했다는 사실이 세상에 알려지면……."
"알겠다! 알겠어!"
육지견은 지화자가 말을 채 끝내기도 전에 얼른 항복을 선언하곤 입술을 슬쩍 삐죽거렸다.

분함의 표현.

그는 언젠간 눈앞의 재수없는 늙은 거지에게 오늘의 앙갚음을 확실하게 해주겠다고 생각했다.

『만검조종』 6권에 계속…

강남 여행기 1

　새벽부터 일어나 부산을 떤 바람에 공항에 도착하는 시간은 좀 여유가 있었다. 이미 작년에 한차례 중국을 다녀온 터라 마음만큼은 여행의 베테랑이라 할 수 있었다.

　그렇다.

　내 중국 여행은 결코 초짜가 아닌 것이었다. 그러니 당연히 발걸음에는 자신감이 넘치고, 손으로 끄는 여행용 가방은 가볍기 그지없었…….

　끼릭! 끽끽끽!

　공항 로비에 도착한 후 잘 굴러가고 있던 여행용 가방의 바퀴가 옆으로 삼백육십여덟 번째 비틀려진 순간, 내 입에서 자연스레 2458이란 말이 튀어나왔다.

　폼 좀 잡아보려 작년과 달리 끌고 다닐 수 있는 사각 모양의 여행 가방을 가져왔는데, 이런 곳에서 또다시 초짜 냄새가 풀풀 튀어나온다. 역시 베테랑이란 게 아무나 할 수 있는 건 아닌 것이다.

　어쨌든 덕분에 내 자신감 넘치던 발걸음은 싹 사라지고 비굴한 엉거주춤만이 백주에 모습을 드러냈다. 역시 보기엔 좀 그럴지 몰라도 이게 편하다. 사람이란 게 본래 생긴 대로 살게 마련이란 말은 결코 틀린 것이 아니다.

　그렇게 낑낑거리며 약속된 장소에 도착하자 몇 명의 익숙한 모습들이 보였다.

작년 여행 때 함께했던 친숙한 얼굴들.

역시 나와 비슷한 과정을 거쳐 공항에 도착했음에 분명한 사람들은 힘겹게 여행용 가방을 끌고 오는 내 모습을 보며 만면 가득 해사한 미소를 매달았다. 그리고 연신 끄덕여지고 있는 고갯짓들.

'제길, 내가 고생하는 모습을 다 본 게로군!'

내 입술이 자연스레 비틀어졌다.

조금 먼저 와서 지금 날 비웃고 있는 저들 사이에 끼지 못한 게 조금 원통스럽다. 뭐, 그래도 일단은 모두 도착한 건 아니다. 아직 내게도 조금쯤의 기회는 남아 있었다.

사삭!

나는 재빨리 일행 사이에 끼어들어 갔다. 일단은 내 자신의 불리함을 인정하고 승자들 쪽에 붙어버린 것이다. 아무래도 좋은 게 좋은 것 아니겠는가.

그렇게 시간이 흘러 작년의 멤버에 신입 멤버가 더해진 아홉 명이 모였다. 중국 여행 2기라 할 수 있는 강남 여행기의 주축 멤버들이 모두 모인 것이다.

와자지껄.

오랜만에 보는 반가운 얼굴들이다.

소란이 없을 리 만무하다.

특히 이번에 새롭게 멤버에 끼어든 호위산적, 권왕초적 등의 작가인 초*님은 프로 못지않은 실력의 사진 예술가란 자신의 호언장담대로 전문가용으로도 얼핏 보이는 수동 카메라를 들고 열심히 이곳저곳을 오갔다. 과연 손에 카메라를 잡고 있는 모습이 범상치 않은 게 이번 여행의 찍새로서의 정체성을 확실히 뿜어내고 있었다. 마음이 흐뭇하지 않을 수 없다.

내가 고개를 끄덕이고 있을 즈음, 또다시 이번 여행의 총관을 맡은 총관군과 총괄 가이드를 맡은 분께서 모습을 드러냈다. 이젠 그분에게 설명을 듣고 비행기에 오를 시간이 된 것이다.

총괄 가이드인 오식(본인의 부탁으로 인해 본명은 쓰지 못함을 양해 바랍니다)님은 과거 이쪽 멤버들과 다른 곳에서 함께 여행을 한 전력이 있는 분으로 특별히 이번 강남 여행에 초빙한 분이었다. 믿음이 크게 가지 않을 수 없다.

비슷한 또래며 사적으로 친구인 나와 K광수님은 재빨리 그분께 달려가서 이번에 여행하는 곳의 특징을 면밀하게 체크했다. 특히 중점적으로 다뤄진 부분이 강남의 미인들이었음은 그다지 어렵지 않게 예상할 수 있는 일이라 사료된다. 강남 미인은 본래 부드럽고 현숙하며 예쁘다지—대충 그리 들어왔기에 지금까지는 그렇게 우기기로 한다—않던가.

암튼 우리의 초롱초롱하게 빛나는 눈빛이 부담스러운 듯 오식님은 전혀 묻지 않은 여행 코스에 대한 설명만을 빠르게 늘어놓는 것이었다.

—인천국제공항→ 상해공항→ 무석(태호가 있는 곳)→ 소주→ 황산→ 항주.

이번 강남 여행의 코스로써 언제나와 마찬가지로 일반적인 패키지와는 다른 진행이 될 예정이라는 설명이 오식님의 입에서 조목조목 흘러나왔다. 아예 우리의 질문에 대해선 깡그리 무시를 해버린 것이다.

그러나 곧바로 비행기에 오르는 과정이 이어졌고, 몇 가지 출국 서

류에 대한 설명이 뒤이었다. 그런 것에 대한 불만을 터뜨리기엔 주변 상황이 여의치 않은 게 당연하다. 나와 K광수님은 쓴 입맛을 다시며 비행기에 탑승할 수밖에 없었다. 이제 다시 중국으로의 여행길에 오를 때였다.

상해.

중국의 수많은 도시들 중 첫째, 둘째를 다툴 정도로 번화한 국제 도시이자 항만 도시이다. 중국의 모든 경제와 문화, 수출입의 관문이자 핵이라 할 수 있는 곳이란 뜻.

당연히 도시 전체는 서울에 비견되거나 그보다 오히려 나을 정도의 세련됨과 주변부의 꼬질꼬질함이 상존하고 있었다. 서울 역시 그런 면이 전혀 없는 건 아니나 그 정도가 상해 같은 경우 조금 더 심하다 할 것이었다.

한 열 배쯤?

그래서인지 상해의 하늘은 서울을 오히려 능가할 정도로 뿌연 스모그의 바다에 침범당하고 있었다. 아예 파란빛이란 것 자체가 보이지 않는다. 급격한 중국의 경제 성장이 희생해야 한 것들이 얼마만큼 많은지를 알게 해주는 모습.

물론 날 비롯한 일행의 시선은 상해의 하늘을 그저 무심히 스쳐 지나 보낼 따름이었다. 그들과 그다지 큰 관계가 없다는 생각과 이런 곳은 우리가 바라는 중국의 모습이 아니었기 때문이다.

경제 성장에 찌든 모습.

그런 건 한국에서도 신물이 날 정도로 봐왔다. 그런 것을 구경하러 이 먼 타국까지 온 것은 아니었다.

게다가 상해에서 정해진 유일무이한 코스인 상해 게 요리 전문점에서 하는 식사가 일행들을 기다리고 있었다. 금강산도 식후경이라 하는데, 어찌 찌든 하늘밖엔 볼 것이 없는 상해의 기타 전경 따위가 눈에 들어올 수 있겠는가. 만약 그런 걸 논한다면 그야말로 언어도단이 될 터였다.

상해공항 앞에서 이번 강남 여행 전체의 가이드를 맡게 된 중국 교포 3세 출신의 청봉님을 만난 우리는 보라색에 가까운 붉은색 버스에 승차한 후 식당으로 향했다. 일단 밥부터 먹고 보자는 심산이었다.

음식점으로 이동하는 동안 청봉 가이드님은 자신의 소개를 구성지게 늘어놓곤—하도 길고 장황해서 굳이 여행기에 소개하진 않겠다—자신을 굳이 조선족이 아니라 중국 교포 3세로 불러주기를 강조했다. 아무래도 한국인 관광객들이 요즘 들어 중국 조선족들에게 갖고 있는 묘한 감정에 대해 잘 알고 있었음이 분명하다.

그렇게 몇 차례의 대화가 오고 가는 동안 버스는 상해에서도 꽤나 부자들이 모여 산다는 동네로 향했다. 상해 게 요리 전문점이 그곳에 위치한 까닭이다.

웬만한 한 달 집세가 한국 돈 오십만 원, 육십만 원에 이른다는 이해하기 힘든 물가—다른 중국의 물가와 비교하면 거의 백 배 정도 차이—가 형성된 곳.

나름대로 얼마나 화려할까, 짙은 관심을 느끼고 있던 내 시야 속으로 가장 먼저 파고든 건 곳곳에서 보이는 낯익은 한글 간판들이었다.

"엥? 저건… 일종의 한국촌인가?"

누군가 질문하듯 중얼거리자 얼른 나선 청봉 가이드의 설명에 의하면 상해에서 일하거나 유학하는 한국인들이 많기 때문에 벌어진 일이

라 한다. 그야말로 세계로 뻗어나가는 한국인의 기상… 은 아니고 돈
질이라 할 수 있는 광경이었다.

하지만 그렇게 비싼 임대료를 받는 동네치고 게 요리 전문점이 위치
한 곳은 생각보다 화려하진 않았다. 아니, 그건 정확하지 않은 표현이
다.

확실히 말해서 꽤나 많이 촌스러웠다. 한국으로 치면 시골을 간신히
면한 읍 정도에도 좀 많이 모자란 정도의 수준이라고 할까나?

당연히 그 정도 돈 내고 살긴 좀 그렇지 않겠냐는 얘기가 여기저기
에서 터져 나왔다. 작년 경험했던 사천, 운남 지역에 비해 지나치게 비
싼 임대료에 대한 불평불만들이었다. 뭐, 우리 돈 나가는 건 아니지만,
심리적으로 왠지 손해 보고 있다는 생각이 드는 것까진 막기가 힘들었
다.

곧 게 요리 전문점 앞에 버스가 정차했다.

우르르 버스에서 뛰쳐나온 일행들은 오식 총가이드님과 청봉 가이
드의 인솔하에 이층 식당으로 몰려갔다. 비행기에서 기내식을 먹은 지
얼마 지나지 않았지만, 진미를 마다할 사람은 단 한 명도 없었다. 이번
에도 역시 원 헌드레드 클럽—이번에도 끼고야 말았다. —ㅜ—은 건재를
과시하고 있었던 것이다.

그리고 한동안 식사가 진행되었다.

푸석푸석한 게 요리—아직 제철이 아니란 설명이 뒤따랐다—와 그럭저
럭 한국인 입맛에 맞춰진 식사가 이어졌다. 메인디쉬가 나름 형편없
었던 만큼 그다지 인상적이진 못한 음식 조합이었으나 불평은 그다지
크게 흘러나오지 않았다. 아직 한국을 떠나온 지 얼마 안 되는지라 기
력들이 쌩쌩하고 여행에 대한 기대감이 크게 형성되어 있었기 때문이

리라.

　식사를 마친 일행들은 주변을 둘러볼 생각도 없이 곧바로 버스에 탑승했고, 빠른 출발을 종용했다. 서로 별다른 얘기를 나누진 않았으나 상해 따위에서 지체시킬 시간 따윈 전혀 없다는 것에 모두들 공감했음에 분명하다.

　뭐, 어쨌든 여기까지가 상해 일정의 끝이었다. 버스는 우리들의 요구대로 천천히 다음 여행지이자 실제 강남 여행 코스의 시작인 무석을 향해 출발했다.

　상해에서 무석으로 향하는 도로는 예상보다 훨씬 잘 닦여져 있었다. 작년 사천, 운남의 말도 안 되는 시골길을 달렸던 때와 비교하자면 거의 상전벽해(桑田碧海)란 말이 무색하지 않을 정도였다.

　게다가 또 한 가지, 날 감탄시킨 것이 있다.

　익숙한 한국의 지형과는 사뭇 다른 강남의 지평선이 보이는 곳까지 산 그림자조차 없는 평야와 도로 옆으로 끝없이 늘어서 있는 건설 현장이 바로 그것이었다.

　남선북마(南船北馬)!

　예부터 전해져 오는 중국의 주요 교통수단을 이르는 말이다. 당연히 강남의 주요 교통수단은 자고로 배가 주로 사용되었는데, 그 이유는 수없이 많은 호수와 운하에 있다고 할 수 있다. 결코 강남에 말이 다닐 만한 길이 없거나 부족해서 그리된 건 아니었다.

　이렇게 엄청나게 광활한 평야에서 어찌 말이 뛰놀지 못하겠는가!

　실제로 그 후 우리 일행은 황산과 항주 쪽을 향할 때까지 하루 종일 차를 타고 달려도 산 그림자조차 볼 수가 없는 특이한 경험을 자주 하게 된다.

뭐, 그건 훗날의 얘기이니, 일단은 넘어가도록 하자.

지금 여기서 말하고자 하는 바는 그렇게 끔찍스레 넓은 평야와 도로 주변에 끊임없이 늘어서 있는 공사 현장에서 느낀 묘한 부러움과 두려움이니까.

중국, 특히 강남은 하루가 다르게 고도 성장을 하고 있었다. 성장의 모습이 실제 피부로 느껴질 정도라는 말이 결코 과한 말이 아닐 정도였다.

그리고 그런 성장의 가장 직접적인 현장이 바로 끊임없이 도로 부근에서 벌어지고 있는 공사 현장이었다. 그런 생각이 들었다. 우리의 눈앞에서 중국의 강남은 거대한 공룡처럼 활기차게 근육을 약동하며 포효하고 있는 것이다.

그 점이 근 몇 년간 집단적인 무기력증에 빠진 듯 느껴지는 한국의 모습과 크게 대조되었다. 한국인으로서 부러움과 두려움을 동시에 느낄 수밖에 없는 대목이었다. 특히 대학 재학시 IMF를 맞아야 했던 세대로선 말이다.

그렇게 버스는 중국답지 않게 잘 닦인 도로 위를 경쾌하게 달렸고, 한 시간쯤 뒤에 톨게이트 앞에 멈춰 섰다. 잠시 휴식을 취하고 화장실을 다녀올 시간을 주기 위한 가이드의 배려였다.

그러나 톨게이트 주변엔 특별히 화장실이라 할 만한 곳이 보이지 않았다. 한국의 상황과는 조금 달랐다. 그래서 가이드에게 물어보니, 잠시 근처 중국인들과 얘기를 나누곤 대략 150M 정도 떨어진 곳에 위치한 관공서를 가르쳐 줬다. 그곳까지 가야만 화장실이 있다는 것이다.

나는 가볍게 조깅하듯 관공서로 달려갔고, 돌아오는 길에 이번에 처음으로 합류한 초*님을 발견하게 되었다. 초*님은 그때 중국인에게 다가가고 있었는데, 나는 크게 감탄하고 말았다. 초*님이 중국인과 대화를 나눌 수 있을 정도의 중국어 실력을 지니고 있다는 망상에 가까운 착각을 한 까닭이다.

물론 초*님은 내 기대를 배반하지 않았다.

"화장실! 화장실!"

또렷하고 한국에 사는 어떤 사람이라 해도 확실하게 알아들을 수 있는 말을 연달아 내뱉은 초*님이 곧바로 만국공통어인 바디랭귀지를 시도했다.

툭! 툭!

자신의 아래 지퍼를 내려 보이는 시늉.

그 부분에서 나는 이미 아랫배를 부여잡고 있었다. 웃음이 목구멍, 가장 예민한 식도 부위를 간질이며 미친 듯이 튀어나오려 발버둥 쳤다. 너무나 원초적인 모습에 예기치 못한 습격을 당한 셈이었다.

그러나 초*님의 바디랭귀지는 역시 수준급이었다.

잠시 어리둥절한 표정을 지어 보이던(…이라 말하고 미친놈 보듯이라 읽는다) 중국인은 곧 관공서 쪽을 손가락으로 가리켜 보였다. 초*님은 소기의 목적을 이루는 데 성공했고, 나는 여행 첫날부터 상큼하게 웃을 수 있는 기회를 제공받은 것이다.

그 후 꽤나 소란스런 과정을 거쳐 간신히 일행 모두가 모이자—가장 늦은 건 초*님이었다. 사진을 찍는 데 정신이 팔린 모습은 사뭇 진지하고, 사람 말을 깔끔하게 무시하길 밥 먹듯 하는지라 그냥 버스를 출발시키고 싶은 충동을 불러일으켰음을 밝힌다. 이후 강남 여행 내내 줄곧, 쭈욱—버스는 다시 무석을 향해 거침없이 달리기 시작했다.

여담이지만, 무석으로 향하는 중 내 재담은 꽤나 버스 안을 화기애
애하게 만들었는데, 주요 소재로 초＊님의 놀라운 바디랭귀지 실력이
채택되었음은 물론이었다.

─한 번 문 먹이를 절대 놓치지 않는다!

이번 강남 여행 중 내가 모토로 삼은 말이며 반드시 실천하고자 소
망하는 바였다. 당연히 써먹을 때까지 써먹고 질릴 때까지 반복하는
건 매우 합당하면서도 당연한 일이었다.

무한 상상 · 공상 세계, 청어람 신무협&판타지

『한백무림서』11가지 중 『무당마검』, 『화산질풍검』을
잇는 세 번째 이야기 『천잠비룡포』의 등장!!

천잠비룡포(天蠶飛龍袍) / 한백림 지음

천상천하 유아독존!!
새로운 무림 최강 전설의 탄생!!

『천잠비룡포』
(天蠶飛龍袍)

천잠비룡황, 달리 비룡제라 불리는 남자.

그는 누군가의 명령을 받고 움직이는 남자가 아니다.
그는 자신의 적을 앞에 두고 물러나는 남자가 아니다.
그는 자신의 이름 안에 있는 자들의 원한을 결코 잊는 남자가 아니다.

그 누구보다도 결정적이고 파괴력있는 면모를 지닌 남자.
황(皇)이며, 제(帝). 그것은 아무나 지닐 수 있는 칭호가 아니다.
그는 제천의 이름으로도 제어할 수가 없는 남자였다.

무적의 갑주를 몸에 두르고
가로막은 자에게 광극의 진가를 보여준다.